AVENTURA EM BAGDÁ

Agatha Christie®

AVENTURA EM BAGDÁ

Tradução de Petrucia Finkler

L&PM EDITORES

Texto de acordo com a nova ortografia.
Título original: *They Came to Baghdad*

Este livro também está disponível na Coleção **L&PM** POCKET

Tradução: Petrucia Finkler
Capa: designedbydavid.co.uk © HarperCollins/Agatha Christie Ltd. 2008
Adaptação da capa: Carla Born
Foto da autora na orelha: Popperfoto / Getty Images
Preparação: Bianca Pasqualini
Revisão: Jó Saldanha

CIP-Brasil. Catalogação na Fonte
Sindicato Nacional dos Editores de Livros, RJ.

C479a

Christie, Agatha, 1890-1976
Aventura em Bagdá / Agatha Christie; tradução de Petrucia Finkler. – Porto Alegre, RS: L&PM, 2023.
272 p.; 21 cm

Tradução de: *They Came to Baghdad*
ISBN 978-85-254-3347-3

1. Ficção policial inglesa. I. Finkler, Petrucia. II. Título.

12-8901. CDD: 823
CDU: 821.111-3

Rua Comendador Coruja, 314, loja 9 – Floresta – 90220-180
Porto Alegre – RS – Brasil / Fone: 51.3225.5777

Pedidos & Depto. Comercial: vendas@lpm.com.br
Fale conosco: info@lpm.com.br
www.lpm.com.br

Impresso no Brasil
Inverno de 2023

A todos os meus amigos em Bagdá

Sumário

Capítulo 1

I

O capitão Crosbie saiu do banco com aquele ar satisfeito de alguém que compensou um cheque e descobriu que havia um pouquinho a mais do que pensara em sua conta corrente.

O capitão com frequência aparentava estar satisfeito consigo mesmo. Era desse tipo de homem. Fisicamente, era baixo e atarracado, com o rosto vermelho e um bigode militar eriçado. Empertigava-se um pouco ao andar. Usava roupas talvez um tanto extravagantes, e adorava uma boa história. Era popular entre os homens. Era alegre, banal, mas gentil e solteiro. Nada de especial a seu respeito. Há montes de Crosbies no Oriente.

O capitão Crosbie caminhava pela Bank Street, rua assim chamada porque a maioria dos bancos da cidade se localizava ali. Dentro do banco estava fresco, escuro e um tanto embolorado. O ruído predominante era de uma grande quantidade de máquinas de escrever tilintando ao fundo.

Do lado de fora, na Bank Street, o dia estava ensolarado, cheio de redemoinhos de poeira, e os ruídos eram os mais terríveis e variados. Havia o barulho insistente das buzinas dos automóveis, os gritos dos vendedores dos mais diversos produtos. Havia discussões acaloradas entre pequenos grupos que pareciam prestes a matarem-se uns aos outros, mas eram de fato amigos íntimos; homens, meninos e crianças vendiam todo tipo de planta, guloseimas, laranjas, bananas, toalhas de banho, pentes, lâminas de barbear e outras mercadorias diversas, que eram carregadas sobre tabuleiros com rapidez pelas ruas. Havia também o ruído perpétuo e sempre renovado de gente pigarreando e cuspindo, e, acima de tudo isso, o gemido fino e melancólico dos homens conduzindo jumentos e cavalos em meio ao fluxo de veículos e pedestres, gritando: "*Balek – Balek*!".

Eram onze horas da manhã na cidade de Bagdá.

O capitão Crosbie parou um menino que passava correndo com os braços carregados de jornais e comprou um. Dobrou a esquina da Bank Street e entrou na Rashid Street, a principal avenida de Bagdá, que corta a cidade por uns seis quilômetros, sempre paralela ao rio Tigre.

Crosbie olhou de relance para as manchetes, enfiou o jornal debaixo do braço, andou por mais uns duzentos metros e depois dobrou em uma viela estreita, chegando a um grande *khan* ou largo. Do outro lado deste, abriu uma porta com uma placa de bronze e entrou em um escritório.

Um funcionário iraquiano todo arrumadinho deixou a máquina de escrever e foi ao seu encontro com um sorriso de boas-vindas.

– Bom dia, capitão Crosbie. O que posso fazer pelo senhor?

– O sr. Dakin está na sala dele? Que bom, vou entrar.

Passou por uma porta, subiu uma escada íngreme e seguiu por uma passagem suja. Bateu na porta dos fundos, e uma voz respondeu:

– Pode entrar.

Era uma sala alta, bastante vazia. Havia uma estufa a óleo com um prato de água em cima, um banco acolchoado longo e baixo com uma mesinha de centro em frente e uma escrivaninha grande em péssimo estado. A lâmpada elétrica estava acesa e a luz natural fora cuidadosamente excluída. Atrás da escrivaninha deteriorada se encontrava um homem quase maltrapilho, com o rosto cansado e derrotado – o rosto de alguém que não progrediu na vida, tem consciência disso e parou de se preocupar com o assunto.

Os dois homens, o alegre e autoconfiante Crosbie e o melancólico e cansado Dakin, olharam-se.

– Olá, Crosbie. Acaba de chegar de Kirkuk?

O outro assentiu com a cabeça. Fechou a porta com cuidado atrás de si. Era uma porta de aparência desgastada e pintura ruim, mas tinha uma qualidade inesperada: encaixava-se bem, sem deixar nenhuma fresta e nenhum vão embaixo.

Era, de fato, à prova de som.

Com o fechar da porta, a personalidade de ambos se transformou de maneira muito sutil. O capitão Crosbie se tornou menos assertivo e cheio de si. Os ombros do sr. Dakin ficaram menos caídos, e seus modos, menos hesitantes. Se alguém estivesse naquela sala ouvindo a conversa, ficaria surpreso ao descobrir que Dakin era o homem que detinha a autoridade.

– Alguma novidade, senhor? – perguntou Crosbie.

– Sim – Dakin suspirou. Tinha diante de si um documento que estivera ocupado em decodificar. Rabiscou mais duas letras e declarou: – Será em Bagdá.

Então riscou um fósforo, ateou fogo ao papel e ficou observando-o queimar. Quando ardia em cinzas, soprou-as com suavidade. As cinzas alçaram voo e se dispersaram.

– Pois é – disse. – Decidiram por Bagdá. Dia 20 do mês que vem. Temos de "manter sigilo total".

– Estão comentando no *souk*, já há três dias – ironizou Crosbie.

O homem alto sorriu um sorriso cansado.

– Confidencial! Nada é confidencial no Oriente, não é mesmo, Crosbie?

– Não, senhor. Se quiser saber minha opinião, nada é confidencial em lugar nenhum. Durante a guerra, muitas vezes percebi que um barbeiro em Londres sabia mais que o alto comando.

– Não faz muita diferença neste caso. Se a reunião foi marcada para Bagdá, logo isso vai ter de vir a público. E então a brincadeira... a nossa brincadeira em especial... vai começar.

– Acha que vai mesmo acontecer, senhor? – perguntou Crosbie, cético. – O tio Zé (era desse modo desrespeitoso que o capitão se referia ao chefe de uma grande potência europeia) tem intenção de comparecer?

– Acho que desta vez ele vem, Crosbie – respondeu Dakin, pensativo. – Sim, acho que sim. E se a reunião avançar... progredir sem nenhum incidente... bem, pode ser a salvação para... tudo. Se ao menos conseguissem chegar a algum tipo de entendimento... – ele se interrompeu.

Crosbie ainda parecia um pouco cético.

– Seria... perdoe-me, senhor... Acha *possível* chegarem a algum tipo de entendimento?

– No sentido a que está se referindo, Crosbie, provavelmente *não*! Se fosse apenas o encontro de dois homens representando duas ideologias totalmente diferentes, a coisa toda terminaria como de costume, com ainda mais desconfiança e desentendimentos. Mas há um terceiro elemento. Se aquela história fantástica de Carmichael for verdade...

De novo não concluiu a frase.

– Mas senhor, não pode ser verdade. É fantástica *demais*!

O outro ficou em silêncio por alguns instantes. Estava revendo de maneira muito vívida a imagem daquele rosto sério e angustiado, ouvindo a voz calma e indefinível descrevendo coisas fantásticas e inacreditáveis. Repetia para si mesmo, como fizera naquela ocasião: "Ou o melhor e mais confiável dos meus homens enlouqueceu, ou então... esse negócio é verdade...".

Falou com a mesma voz fina e melancólica:

– Carmichael acreditava. Tudo que ele conseguiu apurar confirma a hipótese. Queria ir até lá para descobrir mais, obter provas. Se foi ou não uma decisão sábia permitir que ele fosse, não sei. Se não retornar, resta apenas a minha versão do que Carmichael me contou, que, por sua vez, é uma versão do que alguém contou para *ele*. Isso é suficiente? Acho que não. Como você diz, é uma história tão fantástica... Mas, se ele mesmo estivesse aqui, em Bagdá, no dia 20, para contar a própria versão, a versão de uma testemunha ocular, e apresentar provas...

– Provas? – interrompeu Crosbie, com rispidez.

O outro assentiu.

– Sim, ele tem provas.

– Como sabe disso?

– Pela fórmula combinada. A mensagem chegou por intermédio de Salah Hassan.

Ele repetiu com todo o cuidado:

– *Um camelo branco com um carregamento de aveia vai passar pelo Estreito.*

Fez uma pausa e continuou:

– Carmichael conseguiu o que queria, mas não escapou incógnito. Estão na pista dele. Qualquer rota que escolher será vigiada, e o que é ainda mais perigoso, estarão esperando por ele... aqui. Primeiro na fronteira. E, se tiver êxito ao cruzar a fronteira, vão montar barreiras em torno das embaixadas e consulados. Olhe isso aqui.

Vasculhou entre os papéis sobre a escrivaninha e leu em voz alta:

– Um inglês viajando de carro da Pérsia para o Iraque foi morto a tiros, supostamente por bandidos. Um mercador curdo fazendo o percurso de descida pelas montanhas foi morto numa emboscada. Outro curdo, Absul Hassan, suspeito de ser um contrabandista de cigarros, foi morto pela polícia. O corpo de um homem mais tarde identificado como um motorista de caminhão armênio foi encontrado na estrada de Rowanduz. Todos eles, repare bem, com basicamente a mesma descrição. Mesma altura, peso, cabelo, porte, tudo isso corresponde à descrição de Carmichael. Não querem correr nenhum risco. Estão decididos a apanhá-lo. Uma vez que chegue ao Iraque, o perigo será ainda maior. Um jardineiro da embaixada, um serviçal do consulado, um oficial do aeroporto, gente na alfândega, nas estações de trem... todos os hotéis sendo vigiados... Um cerco bem apertado.

Crosbie ergueu as sobrancelhas.

– Acha que estão tão atentos assim?

– Não tenho dúvida. Até na nossa operação tem ocorrido vazamentos. Isso é o pior de tudo. Como posso ter certeza que as medidas que estamos adotando para trazer Carmichael de volta em segurança para Bagdá já não sejam do conhecimento do lado de lá? Como sabe, uma das manobras mais fundamentais do jogo é ter alguém na folha de pagamento do campo adversário.

– Há alguém de quem o senhor... desconfie?

Dakin balançou a cabeça negativamente, devagar.

Crosbie suspirou.

– Neste meio-tempo – disse – tocamos adiante?

– Sim.

– E Crofton Lee?

– Concordou em vir para Bagdá.

– Todo mundo está vindo para Bagdá – desabafou Crosbie. – Até mesmo o tio Zé, segundo o senhor. Mas se acontecer alguma coisa com o presidente... enquanto ele estiver aqui... a bolha vai estourar com força total.

– Nada pode acontecer – disse Dakin. – É aí que nós entramos. Para garantir que não aconteça nada.

Quando Crosbie já tinha saído, Dakin se curvou sobre a escrivaninha. Resmungou em voz baixa:

– Eles vieram para Bagdá...

No bloco de notas, desenhou um círculo e escreveu embaixo *Bagdá*, depois traçou uma linha pontilhada ao redor, esboçou um camelo, um avião, um navio a vapor, uma pequena locomotiva soltando fumaça; tudo convergindo para o círculo. Em seguida, no canto do bloco, desenhou uma teia de aranha. No meio da teia, escreveu um nome: *Anna Scheele*. Embaixo, pôs um enorme ponto de interrogação.

Então, apanhou o chapéu e saiu do escritório. Enquanto caminhava pela Rashid Street, um homem perguntou para o outro quem era aquele.

– Aquele? Ah, aquele é Dakin. De uma das companhias de petróleo. Um sujeito simpático, mas nunca dá certo em nada. É letárgico demais. Dizem que bebe. *Esse* nunca vai chegar a lugar nenhum. É preciso motivação para se dar bem nesta parte do mundo.

II

– Já terminou os relatórios da propriedade do Krugenhorf, srta. Scheele?

– Sim, sr. Morganthal.

A srta. Scheele, contida e eficiente, depositou os papéis em frente ao patrão.

Ele grunhiu enquanto lia.

– Satisfatório, acho eu.

– Com certeza está, sr. Morganthal.

– Schwartz já chegou?

– Está aguardando na recepção.

– Façam-no entrar agora mesmo.

A srta. Scheele apertou um dos seis botões do interfone.

– Vai precisar de mim, sr. Morganthal?

– Não, acho que não, srta. Scheele.

Anna Scheele deslizou sem fazer barulho ao sair da sala.

Era uma loira platinada, mas não era glamorosa. Os cabelos claros, finos como o linho, estavam puxados firmes para trás e presos em um coque junto ao pescoço. Os olhos azul-claros e inteligentes observavam o mundo por trás dos óculos reforçados. O rosto tinha traços delicados, mas inexpressivos. Tinha subido na vida não por seus encantos, mas por sua eficiência. Era capaz de memorizar qualquer coisa, por mais complicada que fosse, e reproduzia nomes, datas e horários sem precisar consultar qualquer anotação. Conseguia organizar a equipe de um grande escritório de tal maneira que ele funcionava como se fosse uma máquina bem lubrificada. Era a discrição em pessoa, e sua energia, embora controlada e disciplinada, jamais esmorecia.

Otto Morganthal, chefe da firma Morganthal, Brown e Shipperke, banqueiros internacionais, tinha consciência de que devia muito mais do que apenas dinheiro para Anna Scheele. Confiava nela completamente. Sua memória, experiência, discernimento e a cabeça sempre no lugar eram de um valor inestimável. Pagava-lhe um alto salário e teria aumentado ainda mais a quantia se ela pedisse.

Ela sabia não só dos detalhes dos negócios, mas também os da vida privada de Otto. Consultara a secretária a respeito da segunda sra. Morganthal, e ela não apenas havia aconselhado o divórcio, mas sugerido a exata quantia para a pensão. Não expressara qualquer comiseração ou curiosidade. Não era, diria ele, daquele tipo de mulher. Não achava que fosse dotada de qualquer sentimento e jamais lhe ocorreu imaginar que assuntos ocupariam os pensamentos dela. Teria ficado de fato atônito se tivessem lhe dito que ela se preocupava com qualquer coisa, melhor dizendo, qualquer outra coisa que não tivesse relação com Morganthal, Brown e Shipperke ou com os problemas de Otto Morganthal.

Portanto, foi com absoluta surpresa que a ouviu dizer enquanto se preparava para sair da sala:

– Gostaria de tirar três semanas de licença se fosse possível, sr. Morganthal. Começando na próxima terça-feira.

Fitando-a, respondeu desconfortável:

– Seria muito inconveniente... muito inconveniente.

– Não acho que seria tão complicado, sr. Morganthal. A srta. Wygate é plenamente capacitada para resolver tudo. Deixarei com ela as minhas anotações e instruções completas. O sr. Cornwall pode tratar da fusão da Ascher.

Ainda inquieto, ele perguntou:

– Não está doente, ou algo assim?

Não conseguia imaginar a srta. Scheele doente. Até os germes respeitavam Anna Scheele e ficavam fora do seu caminho.

– Ah, não, sr. Morganthal. Quero ir a Londres para visitar a minha irmã.

– Irmã?

Não sabia que ela tinha uma irmã. Nunca havia concebido a hipótese de a srta. Scheele ter qualquer familiar ou parente. Nunca mencionara ninguém. E lá estava ela, casualmente comentando sobre uma irmã em Londres. Estivera em Londres com ele no outono anterior, mas naquela ocasião não mencionara ter uma irmã.

Sentindo-se ofendido, disse:

– Não sabia que tinha uma irmã na Inglaterra.

A srta. Scheele sorriu discretamente.

– Ah, pois tenho, sr. Morganthal. É casada com um inglês ligado ao Museu Britânico. Precisa se submeter a uma cirurgia muito séria. Pediu que fosse lhe fazer companhia. Gostaria de ir.

Em outras palavras, Otto Morganthal constatou, já estava decidida a ir.

Disse, rosnando:

– Está bem, está bem... Volte para cá assim que puder. Nunca vi o mercado financeiro tão volátil. Tudo por causa desse maldito comunismo. A guerra pode começar a qualquer momento. Chego a pensar que é a única solução. O país inteiro está crivado deles, crivado. E agora o presidente está determinado a participar dessa conferência idiota em Bagdá. É uma armadilha, na minha opinião. Estão querendo pegá-lo. Bagdá! O mais bizarro de todos os lugares!

– Ah, tenho certeza que estará muito bem protegido – disse a srta. Scheele, confortando-o.

– Pegaram o xá da Pérsia no ano passado, não pegaram? Pegaram o Bernadotte na Palestina. É loucura, é isso que é... loucura. – Mas enfim – acrescentou o sr. Morganthal com pesar –, o mundo inteiro está louco.

Capítulo 2

I

Victoria Jones estava aborrecida sentada em um dos bancos do FitzJames Gardens. Estava inteiramente entregue a reflexões – ou, poderia-se dizer, lições de moral – sobre as desvantagens inerentes ao uso de talentos pessoais no momento errado.

Victoria era como todo mundo, uma moça com qualidades e defeitos. Pelo lado positivo era generosa, afetiva e corajosa. Seu pendor natural para a aventura poderia ser encarado como digno de mérito, ou o contrário, nestes tempos modernos em que a segurança é muito mais valorizada. Seu principal defeito era a tendência a contar mentiras, tanto em momentos oportunos quanto inoportunos. Para ela, a ficção exercia um fascínio superior à realidade, e isso lhe era sempre irresistível. Mentia com facilidade, fluência e fervor artístico. Se Victoria estivesse atrasada para alguma coisa (o que era frequente), não bastava murmurar uma desculpa sobre o relógio ter parado (o que na verdade era muito frequente) ou um ônibus ter sofrido um atraso inexplicável. A ela pareceria mais interessante propor a explicação falaciosa de que seu caminho fora dificultado por um elefante que havia fugido e se atravessara no caminho do coletivo, ou por uma batida policial relâmpago, na qual ela tivera uma participação importante auxiliando a polícia. Para Victoria, um mundo satisfatório seria aquele onde tigres andassem à espreita nas ruas do centro de Londres e bandidos perigosos infestassem os bairros da cidade.

Uma moça magra, com uma aparência agradável e pernas de primeira linha, os traços de Victoria poderiam na verdade ser descritos como comuns. Eram pequenos e delicados. Mas havia algo de picante nela, pois a "carinha de borracha", como um de seus admiradores a apelidara, era capaz de retorcer aqueles traços imóveis transformando-os em uma assombrosa imitação de praticamente qualquer pessoa.

Pois fora justamente esse talento que acaba de ser descrito que a levara à presente situação. Contratada como datilógrafa pelo sr. Greenholtz, da Greenholtz, Simmons e Lederbetter, na Graysholme Street, Victoria estava matando tempo em uma manhã tediosa entretendo as outras três datilógrafas e o contínuo com uma vívida performance da sra. Greenholz fazendo uma visita ao escritório do marido. Tranquila em saber que o sr. Greenholz havia saído para visitar clientes, Victoria se deixou empolgar.

– Por que diz que não podemos comprar aquele sofá da Knole, paiziiinho? – perguntava ela num tom de voz estridente e manhoso. – A sra. Dievtakis, ela tem um de cetim azul. Diz que é o dinheiro que está curto? Mas então como é que levou aquela moça loira para jantar e dançar... Ah! Acha que não estou sabendo... e se sai com aquela moça... então eu ganho o sofá, todinho encomendado em cor de ameixa com almofadas douradas. E quando diz que foi a um jantar de negócios, você é mesmo um tolinho... é sim... e chega em casa com marca de batom na camisa. Então eu ganho o sofá Knole e mando encomendar uma capa de peles... muito linda... como vison, mas sem ser de vison, e vou conseguir ela bem barata e vai ser um bom negócio...

A distração repentina da sua plateia, hipnotizada no começo, mas que agora parecera de súbito retornar ao trabalho de comum acordo, fez Victoria interromper o espetáculo e voltar-se para o sr. Greenholtz, parado no umbral da porta, observando a cena.

Victoria, sem conseguir pensar em nada relevante para dizer, exclamou apenas:

– Oh!

O sr. Greenholz grunhiu.

Arrancando o sobretudo, o sr. Greenholz seguiu para sua sala particular e bateu a porta. Quase que imediatamente a campainha dele emitiu dois toques curtos e um longo. Era o sinal para chamar Victoria.

– É para você, Jones – assinalou uma colega, sem necessidade; tinha os olhos iluminados com o deleite ocasionado pela desgraça alheia. As outras datilógrafas colaboraram com aquele sentimento proferindo:

– Acabou para você, Jones.

E:

– Vai para a lona, Jones.

O contínuo, uma criança desagradável, contentou-se em traçar uma linha com o indicador em frente à garganta, fazendo um barulho sinistro.

Victoria apanhou um bloco de notas e um lápis e voou para o escritório do sr. Greenholz com o máximo de confiança que conseguiu reunir.

– Chamou, sr. Greenholtz? – murmurou, encarando-o com o olhar límpido.

O sr. Greenholtz estava segurando três notas de uma libra e remexendo os bolsos à procura de moedas.

– Então aí está – observou. – Estou por aqui com você, mocinha. Vê alguma razão em particular por que, em vez de lhe dar um aviso prévio, eu não deveria lhe pagar o salário da semana e botá-la na rua agora mesmo?

Victoria (que era órfã) acabara de abrir a boca prestes a explicar como a agonia de sua mãe naquele momento, passando por uma operação séria, a havia desmoralizado de tal forma que ficara completamente aérea, e que agora aquele mísero salário dela era tudo com o que a mãe podia contar como sustento quando, ao lançar um olhar rápido para a expressão indignada do sr. Greenholtz, fechou a boca e mudou de ideia.

– Concordo inteiramente com o senhor – disse com sinceridade e simpatia. – Acho que está cem por cento *certo*, se entende o que quero dizer.

O sr. Greenholtz pareceu um pouco surpreso. Não estava acostumado a ter suas demissões tratadas com aquele espírito favorável e congratulatório. Para disfarçar a sua breve perplexidade, separou uma pilha de moedas na escrivaninha à sua frente. Então vasculhou mais uma vez os bolsos.

– Faltam nove centavos – resmungou sombrio.

– Não tem importância – disse Victoria, sendo gentil. – Aproveite para ir ao cinema ou comprar uns doces.

– Acho que não tenho sequer alguns selos.

– Não importa. Nunca escrevo cartas.

– Poderia mandar depois para você – sugeriu o sr. Greenholtz, sem muita convicção.

– Não se incomode. Que tal uma carta de referência? – pediu Victoria.

A cólera do sr. Greenholtz voltou.

– Por que raios eu deveria lhe dar uma carta de referência? – perguntou tomado pela ira.

– É de praxe – respondeu ela.

O sr. Greenholtz puxou uma folha de papel e rabiscou umas linhas. Empurrou com força para ela.

– Está bom assim para você?

A srta. Jones trabalhou dois meses para mim como estenodatilógrafa. A taquigrafia dela é inexata, e ela não sabe ortografia. Está saindo por perder tempo durante o horário de trabalho.

Victoria fez uma careta.

– Não serve como recomendação – assinalou.

– Não era esse o objetivo – disse o sr. Greenholtz.

– Acho – começou Victoria – que o senhor deveria ao menos dizer que sou honesta, sóbria e respeitável. Sou mesmo, entende. E talvez pudesse acrescentar que sou discreta.

– Discreta? – vociferou.

Victoria retribuiu o olhar dele com uma expressão inocente.

– Discreta – repetiu com a voz suave.

Ao lembrar-se de cartas de toda espécie que haviam sido ditadas para Victoria e datilografadas por ela, o sr. Greenholtz decidiu que a prudência era melhor do que o rancor.

Arrancou a carta da mão dela, rasgou e redigiu outra.

A srta. Jones trabalhou para mim por dois meses como estenodatilógrafa. Está saindo devido ao excesso de pessoal no escritório.

– Que tal assim?
– Poderia ser melhor – disse Victoria –, mas serve.

II

Então era com o salário de uma semana no bolso (menos nove centavos) que Victoria estava sentada meditando em um banco do FitzJames Gardens, cujos jardins se resumem a um canteiro triangular de arbustos lamentáveis, flanqueando uma igreja e à sombra de um armazém alto.

Sempre que não estivesse chovendo, Victoria tinha o hábito de comprar um sanduíche de queijo e outro de tomate com alface e consumir esse almoço singelo em uma dessas paisagens pseudorrurais.

Naquele dia, enquanto mastigava, dizia para si mesma, já pela milésima vez, que havia uma hora e um lugar para tudo... e que o escritório definitivamente não era lugar para se fazer imitações da mulher do chefe. Ela precisaria, no futuro, refrear aquela exuberância natural que a levava a tornar mais agradável o desempenho de um trabalho entediante. Nesse meio-tempo, estava livre de Greenholtz, Simmons e Lederbetter, e a perspectiva de conseguir um emprego em outro lugar a enchia de empolgação. Victoria sempre se alegrava quando estava prestes a começar um trabalho novo. Ficava pensando que não havia como adivinhar o que poderia acontecer.

Acabara de distribuir a última migalha de pão a três pardais atentos que imediatamente começaram a disputar a comida enfurecidos, quando percebeu um rapaz sentado na outra ponta do banco. Victoria já havia se dado conta vagamente da presença dele, mas com a cabeça cheia de ótimas resoluções para o futuro, não o havia observado com cuidado até então. Do que pôde divisar (pelo canto do olho) gostou bastante. Era um rapaz bonito, de um loiro quase angelical, mas com um queixo firme e olhos extremamente azuis que já andavam – assim preferiu imaginar – examinando-a com discreta admiração por um bom tempo.

Victoria não tinha inibições em fazer amizade com rapazes desconhecidos em lugares públicos. Considerava-se com uma capacidade excelente para julgar o caráter de alguém e muito habilidosa em controlar qualquer demonstração de falta de pudor por parte de homens desacompanhados.

Passou a sorrir abertamente para ele, e o rapaz respondeu como uma marionete quando se puxa a cordinha.

– Olá – disse o rapaz. – Bonito lugar este. Vem sempre aqui?

– Quase todos os dias.

– Que azar o meu nunca ter vindo aqui antes. Era o seu almoço que acabou de comer?

– Era.

– Acho que não come o suficiente. Eu morreria de fome se almoçasse apenas dois sanduíches. Que tal vir comigo e comer uma linguiça em Tottenham Court Road?

– Não, obrigada. Não conseguiria comer mais nada agora.

Ela chegou a esperar que ele fosse dizer: "Outro dia, quem sabe", mas não disse. Apenas deu um suspiro e então falou:

– Meu nome é Edward, e o seu?

– Victoria.

– Por que foi que sua família decidiu batizar você com o nome de uma estação de trem?

– Victoria não é apenas a estação de trem – assinalou a srta. Jones. – Há também a rainha Victoria.

– Hmm, é. E seu sobrenome?

– Jones.

– Victoria Jones – disse Edward, testando o som das palavras na língua. Balançou a cabeça. – Não combinam.

– Tem toda a razão – disse ela com vontade. – Se me chamasse Jenny seria bem melhor: Jenny Jones. Mas Victoria exige algo com um pouco mais de classe. Victoria Sackerville-West, por exemplo. É desse tipo de coisa que a gente precisa. Algo que encha a boca para falar.

– Poderia emendar alguma coisa no Jones – sugeriu Edward, interessado e compreensivo.

– Bedford Jones.

– Carisbrooke Jones.

– St. Clair Jones.

– Lonsdale Jones.

Aquela brincadeira agradável foi interrompida quando Edward consultou o relógio de pulso e disse numa exclamação horrorizada:

– Preciso correr de volta pro meu maldito patrão... hã... e você?

– Estou sem trabalho. Fui despedida hoje de manhã.

– Ah, que coisa, sinto muito – disse Edward com uma preocupação sincera.

– Bem, não desperdice a sua compaixão porque eu mesma não estou nada sentida. Primeiro porque vai ser fácil conseguir outro emprego e, segundo, porque foi muito divertido.

E atrasando ainda mais o retorno de Edward para com suas obrigações, ela fez um relato espirituoso da cena daquela manhã, refazendo sua imitação da sra. Greenholtz para o imenso deleite de Edward.

– É mesmo maravilhosa, Victoria – disse. – Deveria estar no palco.

Victoria aceitou aquele elogio com um sorriso realizado e observou que era melhor Edward se apressar se não quisesse ser demitido também.

– Sim, e para mim não seria tão fácil conseguir outro trabalho como no seu caso. Deve ser maravilhoso ser uma boa estenodatilógrafa – disse Edward com inveja na voz.

– Bem, na verdade não sou uma boa estenodatilógrafa – confessou com franqueza –, mas felizmente até mesmo a pior das estenodatilógrafas consegue emprego nos dias de hoje, ao menos em alguma instituição de ensino ou de caridade; não podem pagar muito bem, então empregam pessoas como eu. Prefiro empregos intelectuais. Aqueles nomes e termos científicos são tão assustadores por si só, que não conseguir escrevê-los corretamente não chega a ser vergonha nenhuma, porque ninguém consegue. Você trabalha em quê? Suponho que tenha servido nas forças armadas. Força Aérea?

– Bom palpite.

– Piloto de caça?

– Acertou de novo. Eles são bem razoáveis com a questão de conseguir empregos para nós e tudo o mais, mas veja bem, o problema é que não somos muito inteligentes. Digo, ninguém precisava ser um gênio na RAF. Fui colocado para trabalhar em um escritório com uma porção de arquivos e números onde precisava raciocinar um pouco e me dei mal. O negócio parecia de todo modo totalmente sem sentido. Então é isso. Deixa a gente um pouco pra baixo saber que não serve para nada.

Victoria assentiu compreensiva; Edward prosseguiu com amargura.

– Alienado. Fora do mundo. Estava tudo bem durante a guerra, dava pra segurar as pontas direitinho; ganhei uma condecoração militar, por exemplo, mas agora... bem, acho que é melhor riscar meu nome do mapa.

– Mas deve haver...

Victoria interrompeu-se. Sentiu-se incapaz de colocar em palavras a convicção de que aquelas mesmas qualidades que haviam conquistado condecorações para os seus proprietários deveriam encontrar uma posição digna em algum lugar no mundo de 1950.

– Fiquei bem deprimido – disse Edward. – Por não servir para nada, digo. Bem... melhor ir andando... Agora pergunto... se importaria... seria um abuso tremendo da minha parte... se ao menos pudesse...

No que Victoria arregalou os olhos com surpresa, gaguejando e corando, Edward mostrou uma pequena câmera.

– Gostaria demais de ter uma foto sua. É que viajo para Bagdá amanhã.

– Bagdá? – exclamou Victoria com uma decepção evidente.

– Pois é. Gostaria de não ter de ir mais. Hoje cedo estava todo empolgado; foi por isso que aceitei esse trabalho, na verdade... para dar o fora do país.

– Que tipo de trabalho é?

– Bem desagradável. Cultura... poesia, todo esse tipo de coisa. Meu patrão é o dr. Rathbone. Tem uma porção de títulos depois do nome, fica todo emotivo observando a gente através do seu pincenê. É intensamente dedicado à evolução intelectual e deseja espalhar isso pelos quatro cantos do mundo. Fica abrindo livrarias em lugares remotos... Está abrindo uma em Bagdá. Manda traduzir as obras de Shakespeare e Milton para o árabe, curdo, persa e armênio e tem todas para pronta entrega. Uma bobagem, eu acho, porque já temos o Conselho Britânico fazendo a mesma coisa em todos os lugares. Enfim, é isso. Rendeu um emprego para mim, então não deveria estar reclamando.

– Mas e o que é que você *faz*? – perguntou Victoria.

– Bem, trocando em miúdos, sou capacho e assistente faz-tudo do velho. Compro as passagens, faço reservas, preencho formulários de passaporte, confiro o empacotamento de todos aqueles manuaizinhos poéticos horrendos, corro daqui para lá, acolá e todo lugar. Já quando chegarmos lá, espera-se que eu confraternize... meio que como uma espécie de movimento glorificado de juventude... as nações todas unidas numa campanha pela educação.

O tom de Edward foi tornando-se cada vez mais melancólico.

– Francamente, é medonho, não?

Victoria não tinha condições de oferecer muito consolo.

– Então – continuou Edward –, se não fosse muito incômodo... uma de lado e outra olhando direto para mim... ah, isso é maravilhoso...

A câmera clicou duas vezes e Victoria demonstrou aquela complacência ronronante das moças que sabem ter causado uma forte impressão em um atraente membro do sexo oposto.

– Mas isso é muito injusto mesmo, ter de ir embora logo agora que conheci você – disse Edward. – Parte de mim tem vontade de mandar tudo para o espaço... mas presumo que não posso fazer isso, assim de última hora... não depois de todos aqueles formulários pavorosos, vistos e tudo o mais. Não seria muito correto, não é?

– Pode se revelar melhor do que você espera – disse Victoria, consolando-o.

– Nã-ão – balbuciou Edward, duvidando. – O mais engraçado é que – continuou – tenho a sensação de que há alguma coisa suspeita ali.

– Suspeita?

– Sim. Algo me cheira mal. Não me pergunte por quê. Não tenho motivo. É daquele tipo de sensação que a gente tem às vezes. Uma vez senti isso em relação ao meu combustível de bombordo. Comecei a remexer no maldito negócio e, pois bem, tinha uma anilha atravessada na bomba de engrenagem sobressalente.

Os termos técnicos que ele usou para se exprimir deixaram a história ininteligível para Victoria, mas pôde compreender a ideia geral.

– Acha que *ele* é um farsante, o Rathbone?

– Não consigo enxergar como isso seria possível. Digo, ele é tremendamente respeitável, culto e pertence a todas essas sociedades... tem intimidade com arcebispos e diretores de faculdades. Não, é apenas uma *sensação*... bem, o tempo dirá. Adeus. Gostaria que você estivesse vindo junto.

– Eu também – respondeu Victoria.

– O que vai fazer?

– Vou dar uma passada na agência St. Guildric na Gower Street e procurar outro emprego – disse Victoria lúgubre.

– Adeus, Victoria. *Partir, cést mourir un peu* – acrescentou Edward com forte sotaque britânico. – Esses franceses sabem do que estão falando. Nossos companheiros ingleses só sabem divagar sobre despedidas como sendo um doce sofrimento... que imbecis.

– Adeus, Edward, boa sorte.

– Não imagino que vá se lembrar de mim algum dia.

– Vou sim.

– É completamente diferente de qualquer garota que já conheci... queria ao menos...

O relógio deu a badalada do quarto de hora, e Edward disse:

– Que inferno... tenho que ir voando...

Batendo em rápida retirada, foi engolido pelas entranhas de Londres. Victoria, que ficara sentada no banco, absorta em reflexões, se concentrava em duas vertentes distintas de pensamento.

Uma ocupava-se da temática de Romeu e Julieta. Ela e Edward, sentia, estavam de certa forma na mesma posição daquele casal infeliz, embora talvez Romeu e Julieta houvessem expressado seus sentimentos em linguagem mais erudita. Mas a situação em que se encontravam, pensou, era a mesma. Conheceram-se, atração instantânea... frustração... dois corações apaixonados separados à força. A recordação de um versinho que sua antiga babá costumava recitar lhe veio à mente:

Jumbo disse eu amo você para Alice
Alice disse a Jumbo eu não acredito no que diz.
Se de fato me amasse como tanto diz
Não iria para a América me deixando infeliz.

Substitua América por Bagdá e eis a situação atual!

Victoria levantou-se por fim, espanou os farelos do colo e saiu caminhando decidida do FitzJames Gardens em direção à Gower Street. Victoria concluíra duas coisas: a primeira era que (como Julieta) amava aquele rapaz e queria ficar com ele.

A segunda conclusão a que Victoria havia chegado era de que, como em breve Edward estaria em Bagdá, a única coisa a fazer era ir para Bagdá também. Agora ocupava seus pensamentos com as possíveis alternativas para obter tal resultado. Victoria não tinha dúvidas que, de uma maneira ou de outra, isso iria acontecer. Era uma jovem com otimismo e força de vontade.

A partida é um doce sofrimento; como sentimento, essa ideia a atraía tão pouco quanto a Edward.

"De alguma forma", disse para si mesma, "preciso ir a Bagdá!"

Capítulo 3

I

O Hotel Savoy deu boas-vindas à srta. Anna Scheele com a fervorosa cordialidade digna de um cliente antigo e valorizado; perguntaram sobre a saúde do sr. Morganthal e lhe asseguraram de que, se a suíte não estivesse do seu agrado, bastava lhes comunicar, pois Anna Scheele representava DÓLARES.

A srta. Scheele se banhou, vestiu-se e deu um telefonema para um número em Kensington, descendo depois pelo elevador. Passou pelas portas rotatórias e pediu um táxi. O veículo encostou, ela entrou e o instruiu a seguir para a Cartier na Bond Street.

No que o táxi saía da entrada do Savoy para pegar a Strand, um homenzinho moreno, que estava parado olhando a vitrine de uma loja, consultou de repente o relógio de pulso e acenou para outro táxi, que por conveniência vinha passando e o qual estivera curiosamente cego aos acenos de uma mulher agitada cheia de pacotes alguns segundos antes.

Esse segundo táxi seguiu pela Strand sem perder de vista o primeiro. Quando ambos foram detidos pelos semáforos que contornavam a Trafalgar Square, o homem no segundo carro olhou para fora da janela do lado esquerdo e fez um gesto rápido com a mão. Um automóvel que esperava numa rua lateral junto ao Admiralty Arch deu a partida no motor e apressou-se para entrar no fluxo do tráfego, logo atrás do segundo táxi.

O trânsito voltou a andar. Enquanto o táxi de Anna Scheele seguia a corrente de veículos entrando à esquerda na Pall Mall, o táxi que levava o homenzinho moreno dobrou à direita, continuando a circundar a Trafalgar Square. O carro particular, um Standard cinza, estava agora logo atrás de Anna Scheele. Levava dois passageiros, um rapaz claro que parecia um pouco alheio ao volante e uma jovem muito bem vestida ao lado dele. O Standard seguiu o táxi de Anna Scheele ao longo da Piccadilly e subindo a Bond Street. Ali, parou por um momento junto ao meio-fio, e a moça desceu.

Ela agradeceu de maneira clara e convencional:

– Muito obrigada.

O carro seguiu adiante. A jovem continuou caminhando, olhando de vez em quando para alguma vitrine. Havia um bloqueio atrapalhando o trânsito. Ela passou tanto pelo Standard quanto pelo táxi de Anna Scheele. Chegou à Cartier e entrou.

Anna Scheele pagou a corrida e entrou na joalheria. Passou algum tempo olhando diversas joias. No final, escolheu um anel de safira com diamante. Preencheu um cheque de um banco de Londres para pagar pela peça. Ao ver o nome na folhinha, o assistente demonstrou uma dose extra de cordialidade.

– Fico feliz em saber que está de volta a Londres, srta. Scheele. O sr. Morganthal também veio?

– Não.

– Pensei que talvez fosse o caso. Recebemos uma safira estrela de altíssima qualidade... Sei que ele se interessa por safiras estrela. Teria interesse em vê-la?

A srta. Scheele expressou seu desejo de ver a pedra, admirou-a devidamente e prometeu mencioná-la ao sr. Morganthal.

Retornou para a Bond Street, e a jovem que estivera olhando brincos de pressão manifestou sua dificuldade em tomar uma decisão e saiu da joalheria também.

O Standard cinza que havia dobrado à esquerda na Grafton Street e descido até a Piccadilly estava mais uma vez retornando à Bond Street. A jovem não demonstrou nenhum sinal de reconhecê-lo.

Anna Scheele então chegava à galeria Arcade. Entrou em uma florista. Encomendou três dúzias de rosas de caule longo, um vaso cheio de violetas roxas grandes e lindas, uma dúzia de ramos de lilases brancos e um potinho de mimosas. Forneceu um endereço para a entrega.

– São doze libras e dezoito xelins, madame.

Anna Scheele pagou e saiu da loja. A moça que acabara de entrar perguntou o preço de um ramalhete de prímulas, mas decidiu não comprar.

Anna Scheele atravessou a Bond Street e seguiu pela Burlinton Street, dobrando na Savile Row. Ali entrou em um estabelecimento de um daqueles alfaiates que, ao mesmo tempo em que atendem essencialmente a clientela masculina, em raras ocasiões consentem em cortar um tailleur para certos indivíduos favorecidos do sexo feminino.

O sr. Bolford recebeu a srta. Scheele com a saudação concedida aos clientes importantes, e foram avaliar os tecidos para um traje.

– Felizmente, posso lhe oferecer nossa exclusiva qualidade tipo exportação. Quando vai retornar a Nova York, srta. Scheele?

– No dia 23.

– Podemos providenciar tranquilamente.

– Sim.

– E como vão as coisas na América? Estão muito tristes por aqui... muito tristes mesmo.

O sr. Bolford meneou a cabeça como um doutor ao descrever o paciente.

– Não há *coração* em nada, se entende o que quero dizer. E não aparece ninguém com o menor orgulho que seja em apresentar um trabalho bem-feito. Sabe quem vai cortar seu traje, srta. Scheele? O sr. Lantwick... já está com 72 anos de idade e é o único homem que tenho em quem de fato posso confiar para cortar o tecido para nossos melhores clientes. Todos os outros...

As mãos rechonchudas do sr. Bolford acenaram num gesto de desconsideração.

– Qualidade – disse ele. – Era por isso que este país era reconhecido. Qualidade! Nada malfeito, nada exagerado. Quando tentamos fazer algo de produção em massa, não somos bons, e isso é fato. Essa é a especialidade do *seu* país, srta. Scheele. O que *nós* devemos preservar, vou dizer mais uma vez, é a *qualidade*. Fazer as coisas com tempo, dedicação e apresentar um artigo que ninguém no mundo consiga igualar. Agora, que dia podemos marcar para a primeira prova? Daqui a uma semana? Às 11h30? Muito obrigado.

Abrindo caminho pelos os corredores repletos com a melancolia arcaica dos rolos de tecido, Anna Scheele emergiu mais uma vez na claridade do dia. Acenou para um táxi e retornou ao Savoy. Um táxi que estivera encostado no lado oposto da rua e que levava um homenzinho moreno seguiu pelo mesmo caminho, mas não entrou no Savoy. Deu uma volta até o Embankment e ali apanhou uma mulher baixa e rechonchuda, que havia saído há pouco da entrada de serviço do Savoy.

– E então, Louisa? Revistou o quarto dela?

– Revistei. Nada.

Anna Scheele almoçou no restaurante, numa mesa reservada junto à janela. O maître d'hotel perguntou atencioso sobre a saúde de Otto Morganthal.

Depois do almoço, Anna Scheele apanhou a chave e subiu para a suíte. A cama estava feita, toalhas limpas foram dispostas no banheiro e tudo estava novinho em folha. Anna foi conferir as duas malas ultraleves que constituíam sua bagagem; uma estava aberta, a segunda, trancada. Deu uma olhada rápida no conteúdo da que não havia sido trancada, então tirou as chaves da bolsa e abriu a outra. Tudo estava impecável, as roupas dobradas como ela havia arrumado, nada fora aparentemente tocado ou remexido. Uma maleta de couro estava disposta bem em cima. Uma pequena câmera Leica e dois rolos de filme estavam em um dos cantos. Os filmes permaneciam fechados e lacrados. Anna passou a unha embaixo da aba e puxou para cima. Então sorriu de leve. O fio de cabelo loiro quase invisível que pusera lá antes não estava mais. Com destreza polvilhou um pouco de pó de arroz sobre o couro brilhante da maleta e soprou. A pasta continuava limpa e lustrosa. Não havia nenhuma impressão digital. Mas naquela manhã, depois de aplicar um pouco de brilhantina para ajeitar suas mechas de cabelos finos, ela manuseara a pasta de documentos. *Deveria* haver impressões digitais ali, as suas próprias.

Sorriu novamente.

"Fizeram um bom trabalho", falou consigo mesma. "Mas não bom o suficiente..."

Com habilidade, preparou uma valise para pernoite e desceu para o lobby mais uma vez. Um táxi foi chamado, e ela mandou o motorista seguir para o número 17 em Elmsleigh Gardens.

Elmsleigh Gardens era uma praça calma, mas bastante descuidada em Kensington. Anna pagou o táxi e subiu correndo os degraus até a porta descascada. Apertou a campainha. Depois de alguns minutos, uma senhora idosa abriu a porta com uma expressão desconfiada que imediatamente se transformou em um sorriso luminoso de boas-vindas.

– Ah, como a srta. Elsie vai ficar feliz em vê-la! Está na biblioteca, nos fundos. A espera da sua visita é a única coisa que a mantém mais animada.

Anna seguiu rapidamente pelo corredor escuro e abriu a última porta. Era uma sala pequena, surrada e confortável, com poltronas grandes de couro desgastado. A mulher sentada sobre uma delas levantou-se com um pulo.

– Anna, minha querida.

– Elsie.

As duas beijaram-se afetuosamente.

– Está tudo arranjado – disse Elsie. – Vou para lá hoje à noite. Espero apenas...

– Anime-se – disse Anna. – Vai dar tudo certo.

II

O homenzinho de capa de chuva entrou em uma cabine telefônica na estação de High Street Kensington e discou um número.

– Companhia de Gramofones Valhalla?

– Sim.

– Aqui é Sanders.

– Sanders do Rio? Qual rio?

– Rio Tigre. Reportando sobre A.S. Chegou esta manhã de Nova York. Foi à Cartier. Comprou anel de safira com diamantes no valor de 120 libras. Foi à florista, Jane Kent... doze libras e dezoito xelins em flores para serem entregues em uma casa de saúde de Portland Place. Encomendou saia e blazer na Bolford and Avory's. Não há nenhum registro dessas firmas terem qualquer contato suspeito, mas uma atenção especial lhes será dedicada no futuro. O quarto de A.S. no Savoy foi revistado. Nada suspeito foi encontrado. Pasta de documentos na mala contendo papéis relacionados à fusão com Wolfensteins. Tudo nos conformes. Uma câmera e dois rolos de filmes aparentemente não utilizados. Possibilidade de filmes serem arquivos fotostáticos, portanto foram substituídos por outros, mas os originais foram analisados e confirmados como sendo filmes virgens comuns. A.S. pegou uma pequena valise e foi ao encontro da irmã em Elmsleigh Garden, número 17. A irmã dá entrada na clínica de Portland Place esta noite para fazer uma cirurgia. Isso foi confirmado pela casa de saúde e também na agenda de compromissos do cirurgião. A visita de A.S. parece perfeitamente nos conformes. Não demonstrou qualquer nervosismo ou conhecimento de estar sendo seguida. Entendemos que vai passar a noite na clínica. Manteve a reserva do quarto no Savoy. Tem uma passagem de volta para Nova York em um navio reservada para o dia 23.

O homem que se dissera chamar Sanders do Rio fez uma pausa e acrescentou uma informação em sigilo por conta própria.

– E se quer saber minha opinião, estão procurando chifre em cabeça de cavalo! Esbanjando dinheiro por aí, é *isso* que ela está fazendo. Gastar mais de doze libras em flores! Ora essa!

Capítulo 4

I

O fato de não lhe ter ocorrido, por um momento sequer, a possibilidade de fracassar em seu objetivo demonstra bem a volatilidade do temperamento de Victoria. Versos poéticos sobre desencontros amorosos não serviam de consolo. Com certeza era uma infelicidade que quando tenha – bem, finalmente – se apaixonado por um rapaz atraente, esse rapaz estaria às vésperas de partir para um lugar a cinco mil quilômetros de distância. Teria sido muito mais fácil se ele estivesse a caminho de Aberdeen, Bruxelas, ou até mesmo Birmingham.

Que se tratasse de Bagdá, pensava Victoria, era muito azar! Mesmo assim, por mais complicado que fosse, pretendia chegar a Bagdá de qualquer jeito. Victoria caminhava decidida pela Tottenham Court Road tentando encontrar meios e maneiras. Bagdá. O que estava acontecendo em Bagdá? De acordo com Edward: "Cultura". Será que encontraria alguma maneira de se envolver com cultura? A Unesco? A Unesco mandava pessoas para lá e para todo o lugar, às vezes para os lugares mais fantásticos. Mas isso, refletiu Victoria, era geralmente para moças de categoria superior, com diplomas universitários, que começaram a trabalhar nessas coisas desde cedo.

Victoria, decidindo que era melhor se concentrar em uma coisa de cada vez, por fim dirigiu-se a uma agência de viagens e lá fez suas consultas. Parecia não haver nenhuma dificuldade em se viajar para Bagdá. Poderia ir por ar, por mar até Basrah, de trem por Marselha, cruzar de barco até Beirute e depois atravessar o deserto de automóvel. Poderia chegar via Egito. Poderia fazer o percurso inteiro de trem se estivesse determinada a proceder assim, mas a obtenção de vistos apresentava uma dificuldade no momento, ou era incerta, ou poderiam ter na verdade expirado quando a pessoa finalmente os recebesse. Bagdá ficava na zona esterlina, portanto dinheiro não era problema. Isto é, não no sentido usado pelo funcionário. Em resumo, não havia qualquer dificuldade para se chegar a Bagdá, contanto que se tivesse entre sessenta e cem libras em dinheiro.

Como Victoria naquele momento contava com apenas três libras (menos os nove centavos), outros doze xelins a mais, além de cinco libras na poupança do banco, o modo mais simples e direto de chegar lá estava fora de questão.

Fez algumas tentativas de encontrar vagas como aeromoça ou comissária, mas percebeu que essas posições eram altamente cobiçadas, pois havia lista de espera.

Na sequência, Victoria fez uma visita à agência St. Guildric, onde a srta. Spenser, sentada atrás de sua eficiente escrivaninha, a recebeu como uma daquelas pessoas destinadas a passar pelo escritório com certa regularidade.

– Minha nossa, srta. Jones, não me diga que já está sem emprego *de novo*. Achei que este último...

– Praticamente impossível – contestou Victoria com firmeza. – Não quero nem começar a lhe contar o que tive de suportar enquanto estava lá.

Um rubor risonho subiu às faces pálidas da srta. Spenser.

– Não... – começou ela... – Espero que não... Ele não me pareceu esse tipo de homem... mas concordo que era *mesmo* um pouquinho repulsivo... Espero que...

– Está tudo bem – declarou Victoria. Conjurou um sorriso pálido e corajoso. – Sei me cuidar.

– Ah, é claro, mas a questão é o *dissabor*.

– É – concordou Victoria. – Foi *mesmo* desagradável. E, no entanto... – sorriu bravamente mais uma vez.

A srta. Spenser consultou seus livros.

– A Assistência para Mães Solteiras de St. Leonard precisa de uma datilógrafa – disse a srta. Spenser. – Claro que não pagam muito bem...

– Existe alguma possibilidade – perguntou Victoria de maneira repentina – de um emprego em Bagdá?

– Em Bagdá? – exclamou a srta. Spenser com assombro.

Victoria constatou que era o mesmo que ter dito Kamchatka ou Polo Sul.

– Gostaria muito de poder ir até Bagdá – disse Victoria.

– Acho difícil... com um emprego de secretária, é isso?

– De qualquer jeito – respondeu a moça. – Como enfermeira, cozinheira ou cuidando de um lunático. De qualquer jeito mesmo.

A srta. Spenser meneou a cabeça.

– Receio que não possa lhe dar muitas esperanças. Uma senhora esteve aqui ontem com duas menininhas oferecendo uma passagem para a Austrália.

Victoria fez pouco caso da Austrália.

Levantou-se.

– Se ficar sabendo de alguma coisa. Mesmo que seja só a passagem de ida... já serve para mim.

Satisfez a expressão de curiosidade no olhar da outra explicando:

– Tenho... hã... parentes lá. E entendo que há um bocado de serviços que pagam bem. Mas, é claro, é preciso chegar lá primeiro.

– Pois é – repetiu Victoria para si mesma ao sair do escritório de St. Guildric. – É preciso chegar lá primeiro.

Foi um incômodo a mais para Victoria que, como de costume, assim que a atenção de alguém é subitamente voltada para um nome ou assunto específico, tudo parece de repente conspirar para impingir a ideia de Bagdá nos pensamentos dela.

Um breve parágrafo no jornal da noite que Victoria comprou dizia que o dr. Pauncefoot Jones, o conhecido arqueólogo, dera início a uma escavação na antiga cidade de Murik, situada a duzentos quilômetros de Bagdá. Um anúncio mencionava serviços de transporte para Basrah (e dali de trem até Bagdá, Mosul etc.). No jornal que forrava sua gaveta de meias, algumas linhas impressas sobre estudantes em Bagdá lhe saltaram aos olhos. *O ladrão de Bagdá* estava passando no cinema do bairro e, na livraria toda elitista e intelectual cuja vitrine ela sempre admirava, estava exposta de maneira proeminente uma nova biografia de Haroun el Rashid, califa de Bagdá.

Estava parecendo que o mundo inteiro decidira voltar o olhar para Bagdá no mesmo instante. E até aquela tarde, aproximadamente às 13h45, para todos os efeitos, ela mal havia ouvido falar em Bagdá e com certeza jamais pensara a respeito do lugar.

As perspectivas de chegar lá eram insatisfatórias, mas Victoria não estava pensando em desistir. Possuía uma imaginação fértil e a atitude otimista de que sempre há um meio de conseguir o que se quer.

Aproveitou a noite para fazer uma lista de possíveis estratégias:

Tentar o Ministério do Exterior?
Publicar um anúncio?
Tentar a embaixada iraquiana?
Que tal empresas de tâmaras?
Idem para empresas de remessas?
Conselho Britânico?
Balcão de informação da loja Selfridge's?
Central de Aconselhamento do Cidadão?

Foi forçada a admitir que nenhuma alternativa parecia muito promissora. Acrescentou à lista:

De algum jeito, arranjar cem libras.

II

O intenso esforço mental de concentração que Victoria exercera durante a noite e possivelmente a satisfação subconsciente de não mais precisar chegar ao escritório às nove da manhã em ponto fizeram com que ela dormisse além do planejado.

Acordou cinco minutos depois das dez horas e, no mesmo instante, pulou da cama e começou a se vestir. Estava acabando de pentear uma última vez sua cabeleira escura e rebelde quando o telefone tocou.

Victoria esticou a mão para pegar o aparelho.

Do outro lado da linha, estava a srta. Spenser, seriamente agitada.

– Que alívio que consegui achar você em casa, minha querida. Realmente, uma coincidência das mais incríveis.

– Pois não? – exclamou Victoria.

– Como dizia, de fato uma coincidência surpreendente. Uma tal sra. Hamilton Clipp, que vai a Bagdá dentro de três dias, quebrou o braço... e precisa de alguém para assisti-la na viagem... liguei para você assim que eu soube. É claro que não sei se ela chegou a se inscrever em alguma outra agência...

– Estou a caminho – disse Victoria. – Onde ela está?

– No Savoy.

– E qual é mesmo esse nome bobo que ela tem? Tripp?

– Clipp, querida. Como um clipe de papel, só que com dois "P"... Não consigo imaginar o porquê, mas, enfim, ela é americana – concluiu a sra. Spenser, como se aquilo explicasse tudo.

– Sra. Clipp no Savoy.

– Senhor e senhora Hamilton Clipp. Foi na verdade o marido quem telefonou.

– A senhorita é um anjo – disse Victoria. – Adeus.

Passou a escova apressadamente em seu tailleur e desejou que fosse um pouco menos surrado, penteou de novo o cabelo para deixá-lo com aparência menos exuberante e mais adequada ao papel de anjo da guarda além de viajante experiente. Então, apanhou a recomendação escrita pelo sr. Greenholtz e balançou a cabeça olhando para aquilo.

"Precisamos melhorar isto", pensou Victoria.

Pegou o ônibus nº 19, desceu no Green Park e entrou no Ritz Hotel. Uma rápida olhada por cima do ombro de uma mulher lendo no ônibus se provou vantajosa. Ao entrar na sala de leitura do hotel, Victoria redigiu algumas frases de elogios generosos em nome de Lady Cynthia Bradbury, que o jornal anunciara ter acabado de partir da Inglaterra para a África Ocidental... "*excelente com enfermidades*", escreveu Victoria, "*e muito capaz em todos os sentidos...*"

Saindo do Ritz, atravessou a rua e andou um pouco na Albermale Street até chegar ao Balderton's Hotel, conhecido por ser o ponto de encontro do alto clero e dos viúvos nobres e tradicionais do interior.

Em uma letra menos arrojada, e fazendo pequenos "ee" em estilo grego e bem desenhado, escreveu uma recomendação de um tal Bishop de Llangow.

Assim equipada, Victoria pegou o linha 9 e seguiu para o Savoy.

Na recepção, perguntou pela sra. Hamilton Clipp e informou que vinha através da agência St. Guldric. O atendente estava prestes a usar o telefone quando parou, olhou para o outro lado do saguão e disse:

– Aquele lá é o sr. Hamilton Clipp.

O sr. Hamilton Clipp era um americano altíssimo, tinha os cabelos finos e grisalhos, aspecto gentil e um modo de falar lento e pausado.

– Ora, srta. Jones, é melhor subir direto comigo e falar com a sra. Clipp. Ela ainda está na suíte. Acho que estava entrevistando alguma outra moça, mas talvez já tenha ido embora.

Um pânico gelou o coração de Victoria.

Chegaria assim tão perto e estaria ao mesmo tempo tão distante?

Subiram de elevador até o terceiro andar.

Enquanto andavam pelo corredor forrado de carpete bem grosso, uma jovem veio na direção deles. Victoria teve uma espécie de alucinação de que era ela própria quem se aproximava. Talvez, pensou, porque o tailleur sob medida da outra era precisamente o que ela mesma gostaria de estar vestindo. "E me serviria bem direitinho também. Somos do mesmo tamanho. Como gostaria de arrancar isso do corpo dela", pensou Victoria, regressando a um estado primitivo de selvageria feminina.

A moça passou por eles. Um pequeno chapéu de veludo usado meio de lado sobre os cabelos claros escondia parte das feições, mas o sr. Hamilton Clipp virou-se para olhar com ar de surpresa depois que ela passou.

– Ora essa – disse para si mesmo. – Quem diria? Anna Scheele.

Acrescentou em tom explicativo:

– Perdoe-me, srta. Jones. Fiquei surpreso ao reconhecer uma jovem que vi ainda em Nova York não faz nem uma semana, é secretária em um de nossos grandes bancos internacionais...

Enquanto falava parou diante de uma porta no corredor. A chave estava pendurada na fechadura e, com uma leve batidinha, o sr. Hamilton Clipp abriu-a e se pôs de lado para que Victoria entrasse no quarto primeiro.

A sra. Hamilton Clipp estava sentada em uma cadeira de espaldar alto próxima da janela e levantou-se num salto quando eles entraram. Era uma mulher baixa e miúda, com olhar afiado e um ar frágil. Seu braço direito estava engessado.

O marido apresentou Victoria.

– Bem, foi muitíssimo lamentável – exclamou a sra. Clipp sem fôlego. – Estávamos aqui com um itinerário completo, aproveitando Londres com todos os nossos planos organizados e minha passagem comprada. Estou indo fazer uma visita à minha filha casada que mora no Iraque, srta. Jones. Não a vejo há quase dois anos. E então, que faço eu? Levo um tombo. Na verdade aconteceu na Abadia de Westminster... escorreguei sobre alguns degraus de pedra... e fiquei estatelada no chão. Levaram-me correndo ao hospital e botaram tudo no lugar, e, considerando de modo geral a situação, não é assim *tão* desconfortável... mas como vê, estou um tanto desamparada, e não sei como conseguiria viajar. E George está amarrado por causa de uns negócios e não pode simplesmente sair daqui por pelo menos mais umas três semanas. Sugeriu que levasse uma enfermeira comigo... mas no fim das contas, depois de chegar lá não vou precisar de uma enfermeira o tempo todo, Sadie pode cuidar do que for necessário... e isso significaria pagar também a viagem de volta dela, então pensei em telefonar para as agências e ver se conseguiria arranjar alguém que estivesse disposta a me acompanhar apenas pela passagem de ida.

– Não sou *exatamente* uma enfermeira – disse Victoria, conseguindo dar a entender que essa era *praticamente* a função dela. – Mas tenho bastante experiência com enfermagem.

Apresentou a primeira referência.

– Acompanhei Lady Cynthia Bradbury por mais de um ano. E, se precisar de alguma ajuda para correspondência ou como secretária, trabalhei como assistente do meu tio por alguns meses. Meu tio – disse Victoria cheia de modéstia – é o bispo de Llangow.

– Então seu tio é um bispo. Minha nossa, que interessante.

Os Clipp ficaram, pensou ela, decididamente impressionados. (E deveriam mesmo, depois de todo o trabalho que ela tivera!)

A sra. Hamilton Clipp entregou as cartas de referência para o marido.

– Parece mesmo maravilhoso – ela disse com louvor. – E bastante providencial. É a resposta às minhas preces.

Na verdade era o que Victoria também achava.

– Vai assumir alguma espécie de cargo por lá? Ou encontrar um parente? – indagou a sra. Hamilton Clipp.

No afã de forjar os testemunhos, Victoria havia esquecido por completo de que poderia precisar dar conta de seus motivos para viajar a Bagdá. Apanhada desprevenida, teve de improvisar no mesmo instante. Lembrou-se do parágrafo que lera no dia anterior.

– Vou encontrar o meu tio. Dr. Pauncefoot Jones – explicou.

– Ah, é? O arqueólogo?

– Esse mesmo.

Por um momento Victoria questionou se não estaria talvez se munindo com um número exagerado de tios conceituados.

– Tenho um interesse tremendo pelo trabalho dele, mas, é claro, não possuo nenhuma qualificação especial, então estava fora de questão que a expedição fosse pagar pela minha passagem. Não estão tão bem assim em termos de fundos. Mas, se conseguir chegar lá por minha própria conta, posso me juntar a eles e ajudar em alguma coisa.

– Deve ser um trabalho muito interessante – disse o sr. Hamilton Clipp –, e a Mesopotâmia é com certeza um campo excelente para a arqueologia.

– Receio – expressou Victoria, voltando-se para a sra. Clipp – que meu tio, o bispo, esteja na Escócia neste momento. Mas posso lhe dar o número da secretária dele. Ela está hospedada em Londres no momento. Pimlico 87693; é um dos ramais do Fulham Palace. Ela pode ser encontrada em qualquer horário das (os olhos de Victoria deslizaram até o relógio sobre a lareira) onze e meia em diante, se quiser telefonar e perguntar sobre mim.

– Ora, estou certa de que... – a sra. Clipp começou a falar, mas foi interrompida pelo marido.

– O tempo é muito curto, sabe. Este avião parte depois de amanhã. Agora, tem passaporte, srta. Jones?

– Tenho – Victoria ficou aliviada que, graças a uma viagem curta de férias à França no ano anterior, o passaporte dela estava em dia. – Trouxe comigo caso fosse necessário – acrescentou.

– Ora, isso é o que chamo de postura profissional – disse o sr. Clipp em tom de aprovação.

Se qualquer outra candidata estivesse concorrendo ao cargo, acabara de ser obviamente descartada. Victoria, com suas ótimas cartas de recomendação, seus tios e o passaporte em mãos havia alcançado com sucesso a linha de chegada.

– Vai precisar de todos os vistos exigidos – disse o sr. Clipp, pegando o passaporte dela. – Vou contatar o sr. Burgeon, da American Express, e ele vai providenciar tudo. Talvez fosse melhor telefonar de novo esta tarde, caso seja necessário assinar qualquer documento.

Victoria concordou em fazê-lo.

No que a porta do apartamento foi fechada atrás dela, ouviu a sra. Hamilton Clipp dizer para o sr. Hamilton:

– Que moça simpática e *íntegra*. Realmente tivemos sorte.

Victoria ao menos teve a dignidade de corar.

Retornou apressada para o apartamento e ficou grudada ao telefone, preparada para assumir os trejeitos graciosos e refinados de uma secretária de bispo, caso a sra. Clipp fosse buscar uma confirmação de sua capacidade. Porém era evidente que a sra. Clipp havia ficado tão impressionada com a retidão da personalidade de Victoria que não se incomodaria com aquelas burocracias. Afinal de contas, o contrato era apenas para alguns dias como acompanhante de viagem.

No devido tempo, os documentos foram preenchidos e assinados, os vistos necessários, obtidos, e Victoria foi solicitada a passar a última noite no Savoy, já de prontidão para ajudar a sra. Clipp a levantar-se às sete horas na manhã seguinte e partir para Airways House e o Aeroporto de Heathrow.

Capítulo 5

O barco que deixara a zona pantanosa dois dias antes remava suave ao longo do Shatt al Arab. A corrente era rápida, e o velho que impelia o barco precisava se esforçar muito pouco. Os movimentos dele eram gentis e rítmicos. Seus olhos estavam semicerrados. Bem baixinho, cantava docemente uma cantiga árabe tristonha e sem fim:

Asri bi lel ya yamali
Hadhi alek ya ibn Ali.

Desta mesma forma, em inúmeras outras ocasiões, Abdul Suleiman, dos Árabes dos Pântanos, descera o rio até Basrah. Havia outro homem no barco, uma figura comumente vista por aqueles dias usando uma mistura patética de roupas ocidentais com orientais. Sobre o longo manto de algodão listrado, vestia uma túnica cáqui de segunda mão, velha, manchada e rasgada. Um cachecol de tricô em um vermelho desbotado aparecia espremido sob o casaco esfarrapado. Na cabeça, voltava a demonstrar a dignidade da vestimenta árabe com uma inevitável *cafia* preta e branca presa por um *egal* de seda negra. Os olhos dele, desfocados e arregalados, contemplavam exaustos a curva do rio. Em seguida, também se pôs a murmurar na mesma nota e tom. Era uma figura como milhares de outras no cenário da Mesopotâmia. Não havia nada que indicasse que era inglês e levava consigo um segredo que homens influentes de quase todos os países estavam lutando para interceptar e destruir, junto com o seu portador.

Sua mente, enevoada, recapitulou os acontecimentos das últimas semanas. A emboscada nas montanhas. O frio gelado da neve chegando sobre o desfiladeiro. A caravana de camelos.

Os quatro dias em que seguiu penosamente a pé pela imensidão vazia do deserto na companhia de dois homens que levavam um "cinema" portátil. Os dias na tenda preta e a jornada com a tribo Aneizeh, cujos membros eram amigos antigos. Tudo muito difícil, crivado de perigos... escapando aqui e ali da barreira de agentes espalhados para procurar por ele e interceptá-lo.

"Henry Carmichael. Agente britânico. Idade em torno de trinta anos. Cabelos castanhos, olhos escuros, 1 metro e 75 centímetros. Fala árabe, curdo, persa, armênio, hindustâni, turco e vários dialetos das montanhas. Amigo das tribos selvagens. *Perigoso.*"

Carmichael nascera em Kashgar, onde o pai trabalhava como oficial do governo. Quando criança balbuciava uma língua que misturava trechos de vários dialetos e patoás; suas babás – e mais tarde seus tutores – haviam sido nativos de várias raças diferentes. Tinha amigos em quase todos os lugares selvagens do Oriente Médio.

Apenas nas cidades e povoados seus contatos ficavam devendo. Agora, aproximando-se de Basrah, sabia que chegara o momento crítico da missão. Mais cedo ou mais tarde, precisaria ressurgir na zona civilizada. Embora Bagdá fosse o seu destino final, julgara mais sábio não se aproximar por via direta. Em cada cidade do Iraque, uma rede de apoio lhe esperava, tudo fora decidido com todo o cuidado e organizado com muitos meses de antecedência. Fora necessário deixar a cargo de seu próprio discernimento o lugar que escolheria, por assim dizer, como pista de aterrissagem. Não se comunicara com os seus superiores, embora houvesse canais indiretos através dos quais poderia ter feito isso. Era mais seguro assim. O plano mais fácil – com o avião lhe esperando no ponto de encontro combinado – fracassara, como já suspeitava que pudesse acontecer. Aquele ponto de encontro caíra em mãos inimigas. Vazamentos. Como sempre, aquele fatídico e incompreensível vazamento de informações.

E foi assim que a sua apreensão com relação ao perigo aumentou. Ali em Basrah, com a perspectiva de segurança, sentiu uma certeza instintiva de que o perigo seria ainda maior do que os terríveis riscos que correra em sua jornada. E a ideia de sucumbir nas últimas braçadas era algo que mal conseguia suportar.

Impulsionando os remos ritmicamente, o velho árabe resmungou sem virar a cabeça.

– Está chegando o momento, meu filho. Que Alá lhe traga o sucesso.

– Não se demore muito na cidade, meu pai. Retorne ao pântano. Não quero que nenhum mal lhe aconteça.

– Isso é Alá quem decide. Está nas mãos dele.

– Insha'Allah – repetiu o outro.

Por um instante teve o intenso desejo de ser um homem de sangue oriental e não ocidental. Não ter de se preocupar com as chances de sucesso ou de fracasso, não ficar calculando os riscos sem parar, perguntando-se repetidamente se tivera capacidade de planejar com sabedoria e premeditação. Jogar toda a responsabilidade para o Todo-Poderoso, o Onisciente. Insha'Allah, que eu tenha sucesso!

Só em dizer as palavras para si mesmo já sentiu a calma e o fatalismo nacionais tomando conta de si e ficou agradecido por aquilo. Dentro de poucos minutos, deveria saltar do porto seguro do barco, caminhar pelas ruas da cidade e expor-se ao juízo dos olhares perspicazes. Seria bem-sucedido apenas caso conseguisse *sentir-se* árabe além de aparentar.

O barco entrou suavemente no canal que corria perpendicular ao rio. Ali estava amarrado todo o tipo de embarcação, outros barcos também chegavam à frente e logo atrás deles. Era uma cena adorável, quase veneziana; os barcos com suas proas altas ornamentadas e as cores suaves e desbotadas da pintura. Havia centenas deles, enfileirados uns ao lado dos outros.

O velho perguntou com a voz mansa:

– É chegado o momento. Fizeram preparativos para você?

– Sim, meus planos estão todos definidos. Chegou a hora de partir.

– Que Deus alivie o seu caminho e aumente os anos da sua vida.

Carmichael ergueu a barra do manto listrado e subiu pelos degraus escorregadios de pedra em direção ao cais logo acima.

Em todo o entorno havia as figuras usuais dos embarcadouros. Menininhos, vendedores de laranjas, de cócoras junto às bandejas de mercadoria. Fatias grudentas de bolos e guloseimas, tabuleiros com cordões para botas, pentes baratos e tiras de elástico. Transeuntes contemplativos pigarreavam com rouquidão de vez em quando, passeando ao longo do cais, clicando as contas de seus terços árabes entre os dedos. Do lado oposto da rua, onde havia lojas e bancos, jovens *effendis* ocupados caminhavam a passos rápidos vestindo ternos europeus de tom levemente arroxeado. Havia europeus também, ingleses e estrangeiros. E em lugar nenhum percebeu qualquer interesse ou curiosidade, pois era apenas um dentre os cinquenta ou mais árabes que haviam acabado de aportar de barco no cais.

Carmichael andava por ali muito discreto, os olhos absorvendo a cena com a medida certa de deleite infantil ao examinar o ambiente ao redor. De quando em vez, puxava o pigarro e cuspia, sem muita violência; apenas para não destoar do quadro. Por duas vezes, assou o nariz com os dedos.

E assim, o forasteiro chega à cidade, alcançando a ponta da cabeceira do canal; atravessou e dobrou a rua para entrar no *souk*.

Ali tudo era ruído e movimento. Homens tribais enérgicos passavam empurrando quem estava no caminho; jumentos carregados abriam frentes com seus tropeiros gritando numa balbúrdia cacofônica. *Balek – balek...* Crianças brigavam, soltavam gritinhos e corriam atrás dos europeus clamando esperançosos, *Baksheesh*, madame, *Baksheesh. Meskinmeskin...*

Ali os produtos do Ocidente e do Oriente estavam distribuídos igualmente, lado a lado, para venda. Panelas de alumínio, pires e xícaras, bules de chá, peças em cobre martelado, prataria da Amara, relógios baratos, canecas esmaltadas, bordados e tapetes com estampas alegres da Pérsia. Arcas do Kuwait chapeadas em bronze, casacos e calças de segunda mão e cardigãs infantis feitos em lã. Colchas de retalho feitas por artesãos locais, abajures de vidro pintado, pilhas de jarros e panelas de cerâmica. Toda a mercadoria barata da civilização era oferecida junto aos produtos nativos.

Tudo corria dentro da normalidade e como de costume. Depois de sua longa estada em lugares mais ermos, a algazarra e a confusão pareciam estranhas a Carmichael, mas tudo estava como deveria ser, não podia detectar uma nota sequer fora do tom, nenhum sinal de interesse por sua presença. Ainda assim, com o instinto de alguém que já por alguns anos sabia o que era viver sendo caçado, sentiu uma inquietação crescente, uma vaga sensação de ameaça. Não conseguia detectar nada de estranho. Ninguém olhara para ele. Ninguém, tinha quase certeza, o estava seguindo ou vigiando. Contudo, sentia aquela certeza indefinível de perigo.

Desembocou em uma passagem estreita e escura, mais uma vez à direita, então à esquerda. Ali, em meio a todas as bancas do mercado, deparou-se com a clareira de um *khan*, atravessou o portal e entrou no largo. Havia várias lojas em todo o entorno. Carmichael entrou em uma onde havia *ferwahs* pendurados – os casacos de pele de ovelha feitos no Norte. Ficou um tempo manuseando os casacos com hesitação. O proprietário da loja estava oferecendo café a um cliente, um homem alto e barbudo com ar refinado e um detalhe verde no seu tarbuche, indicando que era um hadji que completara a peregrinação a Meca.

Carmichael ficou lá parado dedilhando o *ferwah*.

– *Besh hadha*? – perguntou ele.

– Sete dinares.

– Muito caro.

O hadji disse:

– Vai mandar entregar os tapetes no meu *khan*?

– Sem falta – respondeu o mercador. – Parte amanhã?

– Ao romper do dia, para Kerbela.

– É a minha cidade, Kerbela – comentou Carmichael. – Agora faz quinze anos que não vejo a tumba dos Hussein.

– É uma cidade sagrada – disse o hadji.

O lojista disse por cima do ombro para Carmichael:

– Há outros *ferwahs* mais baratos na sala interna.

– Preciso é de um *ferwah* branco do Norte.

– Tenho um assim na sala mais ao fundo.

O mercador indicou a porta embutida na parede interna.

O ritual seguira de acordo com o padrão; uma conversa que poderia ser ouvida em qualquer dia, em qualquer *souk*, mas a sequência fora exata – as palavras-chave estavam todas lá: Kerbela, *ferwah* branco.

Porém, quando Carmichael cruzou para atravessar a sala e entrar no recinto interno, ergueu os olhos para o rosto do comerciante e viu no mesmo instante que aquele rosto não era o que esperava encontrar. Embora tivesse visto o homem apenas uma única vez antes, sua memória afiada não estava falhando. Havia uma semelhança, uma semelhança muito próxima, mas não era o mesmo homem.

Ele parou. Perguntou, com tom de leve surpresa:

– E onde, então, está Salah Hassan?

– Era meu irmão. Morreu faz três dias. Os negócios dele passaram para mim.

Sim, aquele era provavelmente um irmão. A semelhança era muito grande. E era possível que o irmão também fosse empregado pelo departamento. Sem dúvida as respostas haviam sido corretas. Todavia, foi com a percepção aumentada que Carmichael passou para a mal iluminada câmara interna. Ali também havia mercadorias empilhadas sobre estantes, bules de café, açúcar, artefatos de bronze e cobre, prata antiga da Pérsia, montanhas de bordados, *abas* dobrados, bandejas esmaltadas de Damasco e jogos de cafezinho.

Um *ferwah* branco estava dobrado com todo o cuidado sobre uma pequena mesa de centro. Carmichael foi até ali e apanhou o casaco. Embaixo, encontrou uma muda de roupas europeias, um terno usado, um pouco extravagante. A carteira contendo dinheiro e suas credenciais já estava no bolso da lapela. Um árabe desconhecido entrara na loja, mas o sr. Walter Williams da Messrs Cross e Co., agência de importação e remessas, emergiria e compareceria a vários compromissos já organizados para ele com antecedência. Havia, é claro, um verdadeiro sr. Walter Williams, tudo fora feito com o máximo cuidado, um homem com um passado comercial conhecido e respeitável. Tudo de acordo com o plano. Com um suspiro aliviado, Carmichael começou a desabotoar a jaqueta de exército desgastada. Estava tudo bem.

Se a arma escolhida houvesse sido um revólver, a missão de Carmichael teria fracassado naquele exato instante. Mas há vantagens no uso de uma faca, perceptivelmente mais silenciosa.

Na prateleira em frente estava um bule enorme de café, e havia sido polido recentemente a pedido de um turista americano que voltaria para buscá-lo. Aquela superfície reluzente e arredondada refletiu o brilho da lâmina; o cenário inteiro, distorcido, mas visível, estava refletido lá. O homem se esgueirando por entre os artigos pendurados atrás de Carmichael, a longa adaga curva que acabara de puxar de baixo de sua vestimenta. No instante seguinte, aquela adaga teria sido enterrada em suas costas.

Como um relâmpago, Carmichael girou o corpo. Lançou-se num mergulho raso e, agarrando-se às pernas do homem, derrubou-o. A adaga voou, atravessando a sala. Carmichael se desenredou com rapidez, saltou sobre o corpo do sujeito e passou correndo pela sala externa onde, de relance, pode ver a expressão malévola e de espanto do comerciante e a surpresa plácida no rosto do gordo hadji. Num instante estava na rua, atravessando o *khan*, de volta ao *souk* lotado, virando primeiro em uma direção, depois em outra, e de novo caminhando, sem demonstrar nenhum sinal de pressa em um país onde andar apressado pareceria incomum.

E caminhando assim, quase que sem rumo, parando aqui e ali para examinar um pedaço de pano e sentir alguma textura, seu cérebro estava trabalhando numa velocidade furiosa. O mecanismo fora desmontado! Mais uma vez estava sozinho em território hostil. E tinha uma desagradável consciência do significado do que acabara de ocorrer.

Não eram apenas os inimigos no seu encalço que ele precisava temer. Tampouco eram os inimigos guardando os pontos de entrada para a civilização. Havia inimigos a temer dentro do próprio sistema. Pois tinham conhecimento dos códigos, as senhas vieram prontas e corretas. O ataque fora calculado para o exato instante em que tivesse sido acalentado por uma ilusão de segurança. Talvez não fosse tão surpreendente que houvesse traição interna. Sempre deve ter sido o objetivo inimigo conseguir infiltrar um ou mais integrantes de seu regimento no sistema. Ou, talvez, comprar algum homem que precisavam. Comprar um homem era mais fácil do que se pensava; era possível comprar alguém com outras coisas além de dinheiro.

Bem, não importa como havia se armado, aquilo acontecera. Era um fugitivo, contando apenas com seus próprios recursos. Sem dinheiro, sem a ajuda de uma nova personalidade e com sua aparência agora conhecida. Quem sabe naquele exato momento estivesse sendo discretamente seguido.

Não virou para olhar para trás. De que serviria? Aqueles que o seguissem não seriam novatos nesse jogo.

Continuou seu passeio calmamente e sem rumo. Por trás do jeito desinteressado, estava analisando várias possibilidades. Por fim, deixou o *souk* para trás e atravessou a pontezinha sobre o canal. Seguiu andando até enxergar a grande placa com brasão sobre a entrada e os dizeres: Consulado Britânico.

Examinou toda a extensão visível da rua. Ninguém parecia estar prestando atenção nele. Pelo menos parecia que nada seria mais fácil do que entrar no Consulado Britânico. Pensou por um instante em uma ratoeira, uma ratoeira armada com um pedaço de queijo tentador. Aquilo também parecia a coisa mais fácil e simples para o rato.

Bem, precisava correr aquele risco. Não via nenhuma alternativa.

Entrou porta adentro.

Capítulo 6

Richard Baker estava sentado na sala de espera do Consulado Britânico esperando até que o cônsul estivesse disponível.

Desembarcara do *Indian Queen* naquela manhã e passara com sua bagagem pela alfândega. Ela consistia quase que inteiramente em livros. Pijamas e camisas estavam espalhados entre os volumes quase que como uma lembrança de última hora.

O *Indian Queen* chegara no horário previsto e Richard, que havia se permitido uma margem de dois dias em seu planejamento, já que os cargueiros pequenos como o *Indian Queen* frequentemente sofriam atrasos, agora tinha em mãos dois dias sobrando antes que precisasse seguir, via Bagdá, para seu destino final em Tell Aswad, local da antiga cidade de Murik.

Já havia planejado o que fazer durante aqueles dias a mais. Um monte que diziam conter relíquias antigas em um local próximo da orla marítima do Kuwait há muito já aguçara sua curiosidade. Aquela era uma oportunidade que caíra do céu para investigar o lugar.

Dirigiu até o Airport Hotel e indagou quanto aos métodos para se chegar ao Kuwait. Um avião sairia às dez horas da manhã seguinte, lhe informaram, e poderia retornar um dia depois. Portanto, tudo correria às mil maravilhas. Havia, claro, as formalidades inevitáveis, como visto de saída e visto de entrada para o Kuwait. Para resolver isso, teria de recorrer ao Consulado Britânico. O cônsul geral de Basrah, o sr. Clayton, ele conhecera alguns anos antes na Pérsia. Seria agradável, pensou ele, encontrá-lo mais uma vez.

O consulado possuía diversas entradas. Um portão principal para carros. Outro portão menor, que levava do jardim até a estrada que ficava ao longo do Shatt al Arab. A entrada social do consulado ficava na rua principal. Richard entrou, apresentou seu cartão para o empregado de plantão, foi informado de que o cônsul geral estava ocupado no momento mas logo estaria disponível, e foi encaminhado para uma pequena sala de espera, à esquerda da passagem em linha reta que conectava a entrada com o jardim.

Já havia várias pessoas aguardando na sala de espera. Richard mal olhou para elas. Em todo o caso, raramente se interessava por membros da espécie humana. Um fragmento de cerâmica antiga era sempre mais excitante para ele do que um ser humano qualquer nascido em algum lugar do século XX.

Deixou que os seus pensamentos se ocupassem prazenteiros com alguns aspectos das inscrições cuneiformes de Mari e os movimentos das tribos benjaminitas em 1750 a.C.

Seria difícil assinalar o que o acordou para a vívida sensação do tempo presente e de seus companheiros humanos. Primeiro captou uma inquietação, o sentimento de tensão. Embora não pudesse ter certeza, pensou que a percepção lhe chegara através das narinas. Nada que pudesse diagnosticar em termos concretos; mas lá estava, inconfundível, e o transportava de volta aos tempos da última guerra. A uma ocasião em particular, quando ele e mais dois saltaram de paraquedas de um avião e tiveram de esperar nas horas frias do amanhecer pelo momento de cumprirem seu dever. Um momento em que a moral estava baixa, quando todos os riscos da empreitada foram claramente percebidos, um momento de terror, de talvez não se encontrarem preparados, uma retração da carne. Aquele mesmo odor, um amargo quase imperceptível no ar.

O cheiro do *medo*...

Por alguns instantes, aquilo foi registrado apenas inconscientemente. Boa parte de sua mente ainda se esforçava, obstinada, para manter o foco no período a.C. Mas a fisgada do presente era forte demais.

Alguém naquela pequena saleta estava sentindo um medo mortal...

Olhou ao redor. Um árabe com uma túnica cáqui esfarrapada deslizava os dedos preguiçosamente sobre as contas de âmbar que tinha nas mãos. Um cidadão inglês robusto, com um bigode grisalho – do tipo caixeiro-viajante – anotava números em uma pequena caderneta e parecia absorto e importante.

Um homem magro de aparência cansada, com a pele escura, que estava reclinado para trás em posição de repouso, o rosto plácido e desinteressado. Um homem que parecia ser um funcionário iraquiano. Um persa de idade avançada usando mantos esvoaçantes e claros. Todos pareciam bastante despreocupados.

O clicar das contas de âmbar encontrou um ritmo. Aquilo lhe pareceu estranhamente familiar. Richard agitou-se para ficar mais atento. Estivera quase adormecendo. Curto... longo... longo... curto... aquilo era Morse – sem sombra de dúvida, uma mensagem em código Morse. Tinha familiaridade com Morse, parte de seu trabalho durante a guerra fora ligado à transmissão de mensagens. Sabia interpretar com facilidade. *CORUJA*. F-L-O-R-E-A-T-E-T-O-N-A. Que diabos! Sim, era isso mesmo. Estava sendo repetido. *Floreat Etona*. Transmitido por pulsos (ou, melhor dizendo, estalidos) por um árabe esfarrapado. Alô, o que seria isso? "CORUJA. Eton. CORUJA."

Era seu apelido da época de estudante em Eton – para onde fora mandado com um par de óculos exageradamente grandes e pesados.

Olhou para o árabe do outro lado da sala, reparando em cada detalhe de sua indumentária: o manto listrado, a velha túnica cáqui, o cachecol maltrapilho de tricô feito à mão e com vários pontos soltos. Uma figura tal qual se via às centenas no cais do porto. Seus olhos encontraram os dele num vazio, sem o menor sinal de reconhecimento. Porém as contas continuavam clicando.

Faquir aqui. Fique a postos. Problema.

Faquir? *Faquir*? É claro! Faquir Carmichael! Um garoto que nascera ou que vivera em alguma parte absurda do mundo... Turquestão, Afeganistão?

Richard pegou seu cachimbo. Deu uma boa examinada, olhando dentro do fornilho e depois dando batidinhas com ele no cinzeiro adjacente: *Mensagem recebida.*

Depois daquilo, as coisas aconteceram muito depressa. Mais tarde, Richard sofria para tentar relembrar a ordem dos acontecimentos.

O árabe com a jaqueta militar rasgada levantou-se e atravessou a sala em direção à porta. Tropeçou enquanto ia passando por Richard, estendeu a mão e agarrou-se nele para se equilibrar. Quando se endireitou, pediu desculpas e seguiu em direção à porta.

Foi tão surpreendente e aconteceu tão rápido que pareceu a Richard mais como uma cena de cinema do que da vida real. O caixeiro-viajante corpulento deixou cair a caderneta e deu um puxão para tirar algo do bolso do casaco. Devido a sua adiposidade e ao fato de o casaco ser apertado, levou um ou dois segundos para conseguir retirar o objeto, e foi naquela fração de tempo que Richard agiu. No que o homem ergueu o revólver, Richard derrubou-o da mão do sujeito. A arma disparou e uma bala se enterrou no chão.

O árabe passara pela soleira e voltara-se na direção do escritório do cônsul, porém parou de maneira repentina, deu meia-volta e disparou apressado na direção contrária, saindo pela mesma porta por onde havia entrado, rumo à avenida movimentada.

O *kavass*, segurança do consulado, correu para o local, e Richard continuava segurando o braço do homem corpulento. Quanto aos outros ocupantes da sala, o funcionário iraquiano estava dançando nervoso mexendo os pés, o homem magro e escuro tinha os olhos fixos na cena e o velhinho persa contemplava o vazio sem se perturbar.

Richard disse:

– Que diabos está fazendo, brandindo um revólver dessa maneira?

Houve apenas um instante de pausa, e então o homem corpulento respondeu num tom queixoso com sotaque cockney:

– Desculpe, meu velho. Foi só um acidente. Falta de jeito.

– Conversa. Você ia atirar naquele camarada árabe que acabou de sair correndo.

– Não, não, meu velho, não ia atirar nele. Só ia lhe dar um susto. Reconheci o sujeito de repente, é o mesmo homem que me logrou com umas antiguidades. Foi só por diversão.

Richard Baker era uma alma fastidiosa que detestava chamar a atenção por qualquer motivo que fosse. Seu instinto lhe dizia para aceitar a explicação que o homem dera. Afinal de contas, o que poderia provar? E será que o velho Faquir Carmichael ficaria agradecido se fizesse um estardalhaço em cima da questão? Presumiu que, se o antigo colega estivesse metido em algum esquema ultrassecreto de intriga internacional, não ficaria.

Richard relaxou a pressão no braço do outro. Pôde perceber que o camarada estava suando.

O *kavass* falava de um jeito nervoso. Era inaceitável, dizia ele, trazer armas de fogo para dentro do Consulado Britânico. Não era permitido. O cônsul ficaria furioso.

– Peço desculpas – disse o gordo. – Um acidentezinho à toa, só isso.

Enfiou um dinheiro na mão do oficial, que recusou, empurrando as notas de volta com força, indignado.

– Melhor eu sair daqui – disse o grandalhão. – Não vou esperar para falar com o cônsul – num rompante, forçou Richard a pegar um cartão. – É o meu cartão e estou hospedado no Airport Hotel se forem criar caso, mas na verdade foi puro acidente. Só uma brincadeira, se é que me entende.

Relutante, Richard observou o homem deixar a sala caminhando com uma arrogância incômoda e depois sair à rua.

Esperava ter feito a coisa certa, mas era difícil saber o que fazer quando a pessoa se encontrava tateando no escuro como ele.

– O sr. Clayton está disponível agora – disse o *kavass*.

Richard acompanhou o homem pelo corredor. O círculo de luz natural ao fundo foi aumentando. A sala do cônsul ficava à direita, bem no final da passagem.

O sr. Clayton estava sentado atrás da escrivaninha. Era um sujeito quieto, grisalho, com a expressão pensativa.

– Não sei se vai se lembrar de mim – falou Richard. – Nós nos conhecemos em Teerã há dois anos.

– É claro. O senhor estava com o dr. Pauncefoot Jones, não estava? Vai se encontrar com ele novamente este ano?

– Sim. Estou a caminho, mas tenho uns dias sobrando e gostaria muito de dar uma passada pelo Kuwait. Não há nenhuma dificuldade, suponho?

– Ah, não. Há um avião que parte amanhã de manhã. Leva apenas em torno de uma hora e meia. Vou telegrafar para Archie Gaunt, é o residente lá. Vai receber o senhor. E podemos lhe acomodar aqui esta noite.

Richard protestou discretamente.

– Ora... não quero incomodá-lo e a sua senhora. Posso ir para um hotel.

– O Airport Hotel está cheio. Ficaríamos felicíssimos em recebê-lo. Sei que minha esposa gostaria de encontrá-lo novamente. Neste momento... deixe-me ver... temos o Crosbie da Companhia de Petróleo e um rapazote do dr. Rathbone, que está aqui tratando de liberar umas caixas de livros na alfândega. Vamos até lá em cima para encontrar Rosa.

Levantou-se e acompanhou Richard, passando pela porta e chegando ao jardim banhado pelo sol. Um lance de escadas levava até a ala de acomodações do consulado.

Gerald Clayton empurrou uma porta trabalhada em ferro no topo da escada e levou o convidado por um corredor longo e com pouca iluminação, com o piso repleto de tapetes atraentes e belos exemplos de mobiliário em ambos os lados. Foi agradável encontrar aquela área escura e fresca depois de enfrentar o brilho ofuscante do sol lá fora.

Clayton chamou:

– Rosa, Rosa – e a sra. Clayton, de quem Richard se lembrava como tendo uma personalidade alegre e uma vitalidade exuberante, saiu de um quarto ao fundo.

– Lembra-se de Richard Baker, minha querida? Ele foi nos encontrar em Teerã com o dr. Pauncefoot Jones.

– É claro – respondeu a sra. Clayton, com um aperto de mão. – Fomos aos bazares juntos e o senhor comprou uns tapetes adoráveis.

Para a sra. Clayton era uma diversão, quando não estava ela própria comprando algo, encorajar os amigos e conhecidos a procurarem pechinchas nos *souks* locais. Tinha um conhecimento maravilhoso de preços e era excelente na arte de pechinchar.

– Uma das melhores compras que já fiz – comentou Richard. – E devo o fato inteiramente à sua consultoria.

– Baker quer voar para o Kuwait amanhã – comentou Gerald Clayton. – Disse que poderíamos acomodá-lo aqui esta noite.

– Mas se for algum incômodo – começou Richard.

– É claro que não é incômodo nenhum – garantiu a sra. Clayton. – Não vai poder ficar com o melhor dos quartos de hóspedes, porque o capitão Crosbie está usando, mas podemos lhe deixar bem acomodado. Não vai querer comprar uma bela arca do Kuwait, vai? Porque chegaram umas lindas ao *souk* agora mesmo. Gerald não me deixou comprar outra para pôr aqui, embora fosse ser muito útil para guardar os cobertores de reserva.

– Já tem três, minha querida – disse Clayton, com suavidade. – Agora, se me dá licença, Baker. Preciso retornar ao escritório. Parece ter havido alguma confusão na antessala. Alguém disparou um revólver, pelo que entendi.

– Um dos xeques daqui, suponho – disse a sra. Clayton. – São tão instáveis e têm adoração por armas de fogo.

– Pelo contrário – respondeu Richard. – Foi um cidadão inglês. Sua intenção parecia ser dar um tiro à queima-roupa num árabe.

Acrescentou com modéstia:

– Consegui empurrar o braço dele.

– Então participou de tudo – falou Clayton. – Não havia me apercebido disso. Ele pescou um cartão no bolso. – Robert Hall, da Achilles Works de Enfield, parece que esse é o nome dele. Não sei o que queria comigo. Não estava bêbado, estava?

– Disse que foi uma brincadeira – comentou Richard num tom seco –, e que o revólver disparou por acidente.

Clayton ergueu as sobrancelhas.

– Caixeiros-viajantes não costumam portar armas carregadas no bolso – disse.

Clayton, pensou Richard, não era nada bobo.

– Talvez eu devesse ter impedido que ele fosse embora.

– É difícil saber como proceder nessas circunstâncias. O homem em quem ele atirou não ficou ferido?

– Não.

– Provavelmente foi melhor deixar a coisa por isso mesmo, então.

– Fico me perguntando o que estaria por trás disso.

– Sim, sim... também me pergunto.

Clayton pareceu um pouco distraído.

– Bem, preciso voltar – disse e saiu apressado.

A sra. Clayton levou Richard até o estar íntimo, uma sala grande na área interna com almofadas e cortinas verdes, e pediu que escolhesse entre café ou cerveja. Escolheu cerveja, e ela veio deliciosamente gelada.

Perguntou por que estava indo ao Kuwait, e ele explicou. Ela perguntou por que ainda não havia se casado, e Richard respondeu que achava que não se casaria, ao que a sra. Clayton retorquiu animada: "Bobagem". Afirmou que arqueólogos se revelavam maridos esplêndidos e quis saber se haveria alguma jovem que se juntaria à equipe da escavação durante a temporada. Uma ou duas, respondeu Richard, além da sra. Pauncefoot Jones, é claro.

A sra. Clayton perguntou esperançosa se as moças que viriam eram simpáticas, e Richard disse que não sabia dizer, pois não as havia conhecido ainda. Elas eram muito inexperientes, disse.

Por algum motivo, aquilo fez a sra. Clayton rir.

Então um homem baixo e parrudo com jeito rude entrou e foi apresentado como capitão Crosbie. O sr. Baker, disse a sra. Clayton, era arqueólogo e escavara artefatos fascinantes de milhares de anos atrás. O capitão Crosbie disse que jamais conseguiria entender como os arqueólogos eram capazes de dizer com tanta especificidade a idade das coisas. Achou a vida inteira que deviam ser os maiores mentirosos do mundo, riu o capitão Crosbie. Richard olhou para ele com uma expressão cansada. Não, disse o capitão, mas como *era* que os arqueólogos sabiam dizer a idade de alguma coisa? Richard disse que aquilo levaria um bom tempo para explicar, e a sra. Clayton rapidamente o levou dali para ver o quarto.

– Ele é muito boa pessoa – disse a sra. Clayton –, mas nem tanto, sabe. Não tem a menor *noção* de cultura.

Richard achou seu quarto bastante confortável, e seu apreço pela sra. Clayton como anfitriã aumentou ainda mais.

Tateando o bolso do casaco, tirou um pedaço de papel sujo dobrado. Olhou para aquilo com surpresa, pois sabia muito bem que não estava lá no início da manhã.

Lembrou-se de como o árabe havia se agarrado a ele quando tropeçara. Um homem com dedos ágeis poderia ter deslizado aquilo para dentro do bolso sem que ele percebesse.

Abriu o papel. Estava sujo e parecia ter sido dobrado e desdobrado várias vezes.

Em seis linhas de uma caligrafia bastante ilegível, o major John Wilberforce recomendava um tal Ahmed Mohammed como trabalhador esforçado e competente, capaz de dirigir um caminhão e fazer pequenos consertos, e perfeitamente honesto... Era, de fato, o estilo usual de uma "missiva" ou carta de recomendação dada a alguém no Oriente. A data era de dezoito meses antes, o que, de novo, não é incomum, pois essas missivas eram guardadas com todo o cuidado por seus portadores.

Franzindo o cenho, Richard recapitulou os eventos da manhã com seu estilo preciso e ordenado.

Faquir Carmichael, agora ele estava bem seguro disso, temia por sua vida. Era um homem perseguido e correra para o consulado. Por quê? Em busca de segurança? Mas, em vez disso, o que encontrou foi uma ameaça ainda mais instantânea. O inimigo ou um representante do inimigo estivera esperando por ele. Aquele caixeiro-viajante deve ter recebido ordens bem expressas, para estar disposto a se arriscar atirando em Carmichael dentro do consulado e na presença de testemunhas. Deve ter sido muito urgente. E Carmichael fizera um apelo a seu antigo companheiro de colégio e conseguira passar esse documento de aparência inocente para o amigo. Deveria ser, portanto, muito importante e, se os inimigos de Carmichael chegarem a lhe alcançar e descobrirem que não mais possui aquele documento, sem dúvida vão somar dois e dois e procurar qualquer outra pessoa, ou pessoas, a quem imaginassem que Carmichael poderia ter repassado o papel.

Mas o que, então, Richard Baker deveria fazer com aquilo?

Poderia entregar para Clayton, como representante da Sua Majestade Britânica.

Ou poderia ficar de posse dele até chegar o momento em que o próprio Carmichael pedisse de volta.

Depois de refletir por alguns minutos, decidiu-se pela segunda opção.

Mas primeiro tomou certas precauções.

Rasgou a metade de uma folha de papel em branco de uma carta antiga e sentou-se para redigir uma carta de referência para um motorista de caminhão usando meio que os mesmos termos, porém alterando a ordem das palavras – se a mensagem fosse um código, isso resolveria aquela parte –, embora fosse possível, claro, que houvesse alguma mensagem escrita em algum tipo de tinta invisível.

Depois, borrou seu próprio bilhete com poeira da sola dos sapatos, esfregou-o nas mãos, dobrou e desdobrou, até dar-lhe uma aparência aceitável de antiguidade e sujeira.

Então, amarrotou o papel e enfiou no bolso. Ficou encarando o original por algum tempo, enquanto considerava e rejeitava várias possibilidades.

Por fim, com um leve sorriso, dobrou-o e desdobrou-o até obter um retângulo pequeno. Tirando da mala uma barra de massa de modelar (sem a qual jamais viajava), primeiro embrulhou o pequeno volume em uma tira de tecido impermeável que recortou do nécessaire, depois o envolveu com a massa de modelar. Feito isso, rolou e amassou até tornar a superfície lisa. Sobre esta, aplicou uma impressão em relevo, rolando um sinete cilíndrico que tinha consigo.

Estudou o resultado com austera satisfação.

Exibia um belo desenho cinzelado do Deus Sol Shamash armado com a espada da justiça.

– Vamos torcer para que seja um bom sinal – disse consigo.

À noite, quando foi examinar o bolso do casaco que usara pela manhã, o papel amarfanhado havia desaparecido.

Capítulo 7

Vida, pensou Victoria, finalmente a vida! Sentada em sua poltrona no terminal aéreo, viu chegar o momento mágico em que as palavras "Passageiros para o Cairo, Bagdá e Teerã, tomem seus lugares no ônibus, por favor" foram anunciadas.

Nomes mágicos, palavras mágicas. Isentas de glamour para a sra. Hamilton Clipp, que, pelo que Victoria pôde apreender, passara boa parte da vida saltando de barcos para aviões e de aviões para trens, com breves intervalos em hotéis caros entre um trecho de viagem e outro. No entanto, para Victoria, era uma mudança maravilhosa das frases tão repetitivas que sempre ouvia: "Anote, por favor, srta. Jones. Esta carta está cheia de erros. Vai precisar datilografar de novo, srta. Jones. A chaleira está fervendo, docinho, pode preparar o chá, sim. Sei onde pode conseguir fazer a permanente mais maravilhosa". Acontecimentos maçantes e triviais de todos os dias! E agora: Cairo, Bagdá, Teerã, todo o romantismo do glorioso Oriente (ainda por cima com Edward ao final)...

Victoria retornou à terra a tempo de ouvir a patroa, a quem já diagnosticara como uma tagarela incorrigível, concluir uma série de comentários dizendo:

– ...e nada *limpo* de verdade, se é que me entende. Sou sempre muito, muito cuidadosa com tudo o que como. A imundície das ruas e dos bazares é inacreditável. E aqueles trapos anti-higiênicos que as pessoas usam. E alguns dos banheiros... ora, nem daria para chamar aquilo de banheiro!

Victoria escutava diligentemente todos aqueles comentários deprimentes, mas seu próprio senso de glamour permanecia inalterado. Sujeira e germes não significavam nada para alguém tão jovem. Chegaram a Heathrow, e ela auxiliou a sra. Clipp a descer do ônibus. Já estava também cuidando dos passaportes, das passagens, dinheiro etc.

– Nossa – disse a senhora –, é mesmo um alívio tê-la comigo, srta. Jones. Não sei nem como faria se tivesse de viajar sozinha.

Uma viagem aérea, pensou Victoria, era bem semelhante a uma excursão animada da escola. Professoras atentas e gentis, porém firmes, estavam sempre a postos para lhe guiar a cada passo do caminho. As aeromoças em uniformes elegantes e com a autoridade das governantas que têm de lidar com crianças retardadas explicavam com toda a gentileza exatamente o que cada um deveria fazer. Victoria quase esperou que elas fossem introduzir suas observações com um "E agora, crianças".

Cavalheiros de aparência cansada, presos em suas escrivaninhas, estendiam mãos fatigadas para conferir os passaportes e faziam perguntas íntimas sobre joias e dinheiro. Tinham êxito em induzir uma sensação de culpa naqueles que eram interrogados. Victoria, sugestionável por natureza, sentiu uma vontade súbita de descrever seu único e mísero broche como sendo uma tiara de diamantes avaliada em dez mil libras, só para ver a expressão no rosto do rapaz entediado. A lembrança de Edward a impediu.

Passadas as várias etapas, sentaram-se para aguardar mais uma vez em uma sala grande que dava acesso direto ao aeródromo. Lá fora, o rugido de um avião aquecendo o motor completava o cenário de modo muito apropriado. A sra. Hamilton Clipp estava toda contente, ocupada em fazer comentários sobre os companheiros de viagem.

– Aquelas duas criancinhas não são uma fofura só? Mas que provação viajar sozinha com duas crianças. Britânicos, imagino que eles sejam. A mãe deles está usando um tailleur muito bem cortado. No entanto, parece um pouco cansada. Aquele homem é muito bonito... tem uma aparência latina, eu diria. Mas que xadrez gritante que aquele homem está vestindo... diria que é de péssimo gosto. Acho que está viajando a negócios. Aquele mais para lá, um holandês, estava logo na nossa frente durante a fila da imigração. Aquela família ali eu diria que ou é turca ou é persa. Não parece haver nenhum americano. Acho que eles viajam mais pela Pan American. Acho que aqueles três homens juntos conversando são ligados ao petróleo, não acha? Simplesmente adoro ficar observando as pessoas e deduzindo coisas sobre elas. Meu marido diz que tenho verdadeira tara pela natureza humana. A mim parece natural nos interessarmos pelas criaturas que nos rodeiam. Não acha que aquele casaco de vison ali deve chegar a custar uns três mil dólares?

A sra. Clipp suspirou. Tendo concluído o processo de avaliação de seus companheiros de viagem, tornou-se inquieta.

– Gostaria de saber por que estão nos fazendo esperar deste jeito. Já deram a partida no motor do avião quatro vezes. Continuamos todos aqui. Por que não dão andamento nas coisas? Com certeza não estão cumprindo o horário.

– Gostaria de uma xícara de café, sra. Clipp? Vi que há um bufê no fundo da sala.

– Ora, não, obrigada, srta. Jones. Já tomei café antes de sair, e meu estômago está muito indócil agora para que me arrisque a tomar mais. Mas o que estamos esperando? É isso é que desejo saber.

A pergunta dela pareceu ser respondida antes mesmo que as palavras terminassem de lhe escapar pelos lábios.

A porta que dava acesso ao corredor do departamento de alfândega e imigração se abriu com rapidez e um homem alto entrou causando o mesmo efeito de uma rajada de vento. Funcionários da companhia aérea rondavam o sujeito. Dois imensos sacos de lona lacrados foram trazidos por um oficial da companhia de aviação British Overseas Airways Corporation, ou BOAC.

A sra. Clipp sentou-se com entusiasmo.

– Esse certamente é algum figurão – assinalou.

"E ele tem *consciência* disso", pensou Victoria.

Havia um quê de sensacionalismo calculado cercando o viajante tardio. Vestia uma espécie de capa de viagem cinza-escura com um capuz avantajado nas costas. Na cabeça usava o que seria em essência um sombreiro largo, mas em tom cinza-claro. Tinha cabelos cacheados e grisalhos, bem compridos, e um belíssimo bigode também prateado, com as pontas enroscadas para cima. O efeito era o de um bandido charmoso dos palcos ou do cinema. Victoria, que não gostava de homens teatrais que faziam pose, olhou-o com desaprovação.

Reparou com desgosto que os oficiais da companhia estavam todos em volta dele.

– Sim, Sir Rupert.

– É claro, Sir Rupert.

– O avião vai partir imediatamente, Sir Rupert.

Rodopiando sua capa volumosa, Sir Rupert saiu pela porta que levava ao aeródromo. A porta bateu atrás dele com veemência.

– Sir Rupert – murmurou a sra. Clipp. – Quem seria ele, me pergunto?

Victoria meneou a cabeça, embora tivesse a vaga sensação de que o rosto e o aspecto geral não lhe fossem desconhecidos.

– Alguém importante do governo de vocês – sugeriu a sra. Clipp.

– Acho que não – respondeu Victoria.

Os poucos membros do governo que algum dia ela chegara a ver causavam a impressão de serem homens ansiosos em se desculpar por estarem vivos. Apenas nas tribunas é que davam vazão àquele ar pomposo e didático.

– Agora, então, por favor – disse a elegante aeromoça com ares de professora de jardim de infância. – Tomem seus assentos no avião. Por aqui. O mais rápido que puderem, por favor.

A atitude dela insinuava que um bando de crianças preguiçosas havia abusado da paciência dos mais velhos fazendo-os esperar.

Todo mundo se enfileirou na pista do aeródromo.

O grande avião os aguardava, o motor fremindo como um gigantesco leão ronronando satisfeito.

Victoria e uma das aeromoças ajudaram a sra. Clipp a bordo e a acomodaram em seu assento. Victoria sentou-se ao lado dela no corredor. Só depois de a sra. Clipp estar confortavelmente resguardada e Victoria ter apertado o cinto de segurança é que a garota teve a chance de observar que na frente delas estava o tal figurão.

As portas se fecharam. Poucos segundos depois, o avião começou a se mexer devagar no solo.

"Estamos mesmo partindo", pensou Victoria em êxtase. "Ai, não é assustador? Suponhamos que não consiga levantar voo... Realmente, não consigo entender como é que *consegue*!"

O avião demorou séculos taxiando ao longo do aeródromo, depois se virou lentamente e parou. O ruído do motor aumentou para um rugido feroz. Foram distribuídos goma de mascar, açúcar e bolas de algodão.

Mais e mais alto, mais e mais acirrado. Então, novamente a aeronave andou para a frente. Primeiro, tímida, depois mais veloz... e mais veloz... estavam investindo rente ao chão.

"Não vai subir nunca", pensou Victoria, "vamos todos morrer."

Mais rápido, mais macio, sem trepidação e sem sobressaltos, eles saíram do chão e deslizaram céu acima, dando uma volta, retornando por cima do estacionamento e da estrada principal, para cima, sempre mais alto... um trenzinho tolo apareceu soltando fumaça lá embaixo... casas de bonecas... carros de brinquedo pelas ruas... Voaram ainda mais alto e – de repente – a terra lá embaixo não interessava mais, deixara de ser humana ou viva... era apenas um mapa imenso e esticado, com suas linhas, círculos e pontos.

Dentro do avião, as pessoas soltaram os cintos de segurança, acenderam cigarros, abriram revistas. Victoria estava em um novo mundo... um mundo com apenas tantos metros de comprimento e bem poucos de largura, habitado por umas vinte ou trinta pessoas. Nada mais existia.

Espiou de novo pela janelinha. Abaixo dela havia nuvens, um calçamento de nuvens fofas. O avião estava no sol. Abaixo das nuvens, em algum lugar, estava o mundo que ela outrora conhecera.

Victoria se recompôs. A sra. Hamilton Clipp estava falando. Victoria removeu a bola de algodão dos ouvidos e se inclinou com toda atenção na direção dela.

No assento em frente, Sir Rupert se levantou, arremessou o chapéu de feltro cinza de abas largas no compartimento acima, puxou o capuz sobre a cabeça e relaxou na poltrona.

"Bobalhão pomposo", pensou Victoria, com uma implicância sem motivo.

A sra. Clipp estava instalada com uma revista aberta à sua frente. Em certos intervalos cutucava Victoria, quando, ao tentar virar a página com apenas uma mão, a revista escorregava.

Victoria olhou ao redor. Chegou a conclusão que uma viagem aérea era algo muito entediante. Abriu uma revista e deu de cara com um anúncio que dizia: "Quer melhorar sua eficiência como estenodatilógrafa?", sentiu um calafrio, fechou a revista, reclinou-se no assento e começou a pensar em Edward.

Aterrissaram no Aeródromo de Castel Bonito em meio a uma tempestade. Victoria no momento se sentia levemente enjoada e precisou reunir todas as forças para cumprir suas tarefas *vis-à-vis* à sua patroa. Os passageiros foram levados abaixo de chuva para a casa de repouso. O magnífico Sir Rupert, percebeu Victoria, foi recebido por um militar de uniforme com insígnias vermelhas e levado às pressas em um carro oficial para a residência de algum poderoso da Tripolitânia.

Receberam quartos privativos. Victoria ajudou a sra. Clipp com sua toalete e a deixou descansando de camisola sobre a cama até a hora da refeição da noite. Victoria se retirou para o quarto, deitou-se e fechou os olhos, grata por ser poupada da visão daquele piso que subia e afundava.

Acordou uma hora mais tarde com a saúde e o ânimo recuperados e foi assistir a sra. Clipp. Em seguida, uma aeromoça bem mais peremptória informou que os carros estavam esperando para transportá-los até o local da refeição noturna. Depois do jantar, a sra. Clipp começou a conversar com alguns companheiros de viagem. O homem que usava o casaco xadrez berrante pareceu ter gostado de Victoria e lhe relatou extensivamente todos os detalhes da fabricação dos lápis de grafite.

Mais tarde, foram transportados de volta aos aposentos e informados sucintamente que deveriam estar prontos para partir às cinco e meia da manhã seguinte.

– Não vimos muita coisa de Tripolitânia, vimos? – comentou Victoria bastante triste. – Viagens aéreas são sempre assim?

– Ah, sim, diria que são. É de um sadismo absoluto a maneira como nos acordam de manhã. Depois de fazerem isso, em geral nos deixam plantados no aeródromo por uma ou duas horas. Em Roma, lembro de terem nos chamado às três e meia. O café foi no restaurante às quatro da manhã. E no fim das contas ficamos esperando no aeroporto e fomos partir só às oito da manhã. Ainda assim, o melhor de tudo é que nos levam até nosso destino imediatamente, sem ficar perdendo tempo no caminho.

Victoria suspirou. Poderia ter tirado proveito de uma boa perda de tempo. Queria conhecer o mundo.

– E sabe do que mais, minha querida – continuou a sra. Clipp, toda animada –, sabe aquele homem interessante? O britânico? Esse que está causando aquela comoção toda. Descobri quem ele é. É Sir Rupert Crofton Lee, o grande viajante. Já ouviu falar dele, é claro.

Sim, agora Victoria se lembrava. Vira diversas fotos nos jornais há mais ou menos uns seis meses. Sir Rupert era uma ilustre autoridade a respeito do interior da China. Era uma das poucas pessoas que já haviam estado no Tibete e em Lhasa. Viajara pelas regiões desconhecidas do Curdistão e da Ásia Menor. Seus livros venderam muito bem, pois haviam sido escritos em linguagem mordaz e inteligente. Se Sir Rupert fazia claramente sua própria publicidade, era por um bom motivo. Não fazia nenhuma afirmação que não fosse justificada. A capa com o capuz e o chapéu de abas largas eram, agora Victoria lembrava, uma moda pessoal adotada por ele.

– Isso não é emocionante? – indagou a sra. Clipp com o entusiasmo de um caçador de leões, enquanto Victoria ajustava as cobertas sobre as suas formas recumbentes.

Victoria concordou que era muito emocionante, mas ponderou consigo que preferia os livros de Sir Rupert à sua personalidade. Considerava-o o que as crianças chamavam de "exibido"!

O dia começou bem na manhã seguinte. O céu havia clareado e o sol estava brilhando. Victoria ainda estava decepcionada por ter visto tão pouco de Tripolitânia. Ainda assim, estava previsto que o avião chegaria ao Cairo pela hora do almoço, e a partida para Bagdá não ocorreria antes da manhã do dia seguinte; portanto, ao menos teria tempo de conhecer um pouquinho do Egito durante a tarde.

Estavam sobrevoando o mar, mas as nuvens logo bloquearam a visão das águas azuis embaixo deles, e Victoria se acomodou no assento com um bocejo. À sua frente, Sir Rupert já estava dormindo. O capuz havia caído da cabeça, que pendia para frente, cabeceando a intervalos regulares. Victoria observou com um leve deleite malicioso que ele tinha um princípio de furúnculo na parte de trás do pescoço. O motivo de ela se comprazer com aquele fato era difícil de explicar... Quem sabe aquilo conferia ao grande homem um aspecto mais humano e vulnerável. Era como os outros mortais, afinal de contas... sujeito às pequenas moléstias carnais. Poderia se dizer que Sir Rupert mantivera aqueles modos olimpianos e não chegara sequer a registrar a presença de seus colegas de viagem.

"Fico imaginando... quem ele pensa que *é*?", refletiu Victoria. A resposta era óbvia. Era Sir Rupert Crofton Lee, uma celebridade, e ela era Victoria Jones, uma estenodatilógrafa medíocre e sem a menor importância.

Na chegada ao Cairo, Victoria e a sra. Hamilton Clipp almoçaram juntas. Esta última então anunciou que tiraria um cochilo até às seis da tarde e sugeriu que Victoria talvez fosse gostar de conhecer as pirâmides.

– Já mandei pedir um carro para você, srta. Jones, pois sei que, devido às normas do seu governo, não vai poder trocar nenhum dinheiro aqui.

Victoria, que de qualquer forma não tinha nenhum dinheiro para trocar, mas estava devidamente agradecida, expressou o sentimento com alguma efusão.

– Ora, isso não foi nada. Tem sido muito, muito gentil comigo. E tudo é mais fácil para quem viaja com dólares. A sra. Kitchin, aquela senhora com as duas crianças bonitinhas, também está ansiosa para fazer o passeio, então sugeri que fossem juntas... caso esteja de acordo?

Contanto que visse o mundo, Victoria estava de acordo com tudo.

– Está bem, então é melhor que saiam logo.

A tarde nas pirâmides foi devidamente aprazível. Victoria, embora com afeição razoável por crianças, poderia ter aproveitado melhor sem os rebentos da sra. Kitchin. As crianças sempre tendem a ser um pouco incômodas durante um passeio turístico. A mais nova ficou tão agitada que as duas mulheres encerraram a expedição mais cedo do que gostariam.

Victoria se jogou na cama com um bocejo. Desejava muito poder passar uma semana no Cairo... quem sabe subir o Nilo. "E de onde sairia o dinheiro, minha menina?", perguntou para si mesma, esmaecendo. Já era um milagre que estivesse sendo transportada para Bagdá sem ter de pagar nada.

E o que, indagou uma voz fria e interna, vai fazer da vida uma vez que tiver aterrissado em Bagdá com apenas poucas libras no bolso?

Victoria desconsiderou aquela pergunta. Edward deverá conseguir um emprego para ela. Ou, se isso falhar, ela mesma vai conseguir um. Por que se preocupar?

Seus olhos, ofuscados pela luminosidade do sol, fecharam--se suavemente.

Despertou com o que pensou ser uma batida na porta. Disse: "Entre", mas como não houve resposta, levantou-se da cama, foi até a porta e abriu.

Porém a batida não fora no quarto dela, mas na porta seguinte logo adiante no corredor. Outra das inevitáveis aeromoças, de cabelos escuros e toda elegante em seu uniforme, estava batendo na porta de Sir Rupert Crofton Lee. Ele abriu no exato momento que Victoria espiava o corredor.

– O que foi agora?

Soava irritado e sonolento.

– Sinto muito em perturbá-lo, Sir Rupert – balbuciou a aeromoça –, mas se importaria de me acompanhar ao escritório da BOAC? Fica apenas três portas adiante neste corredor. É só um pequeno detalhe sobre o voo para Bagdá amanhã.

– Ah, tudo bem.

Victoria se recolheu para o quarto. Estava menos sonolenta. Consultou o relógio. Eram apenas quatro e meia. Mais uma hora e meia até que a sra. Clipp fosse requisitar seus serviços. Decidiu sair e dar uma caminhada por Heliópolis. Caminhar, ao menos, não custava nada.

Passou pó de arroz no nariz e calçou os sapatos. Pareciam tão apertados. A visita às pirâmides abusara de seus pés.

Saiu do quarto e caminhou pelo corredor em direção ao saguão principal do hotel. Três portas mais adiante, passou pelo escritório da BOAC. Enquanto ia passando, a porta foi aberta, e Sir Rupert saiu. Caminhava rápido e a alcançou em poucos passos. Seguiu em frente com a capa balançando, e Victoria imaginou que estivesse irritado com alguma coisa.

A sra. Clipp estava com um humor um pouco petulante quando Victoria apresentou-se para o serviço às seis horas.

– Estou preocupada com o excesso de bagagem, srta. Jones. Entendi que estava pago para o trajeto completo, mas parece que só foi pago até o Cairo. Vamos seguir amanhã com a Iraqi Airways. Meu bilhete está certo até o destino final, mas não o excesso de bagagem. Quem sabe consegue descobrir se é isso mesmo? Porque talvez eu precise trocar mais um cheque de viagem.

Victoria concordou em pesquisar o assunto. Primeiro não conseguiu achar o escritório da BOAC e finalmente o localizou no final do corredor... do outro lado do saguão... e era um escritório bem grande. O outro, supôs, fora uma salinha menor usada apenas durante o horário da sesta. Os temores da sra. Clipp a respeito de seu excesso de bagagem se revelaram legítimos, o que deixou aquela senhora muito aborrecida.

CAPÍTULO 8

No quinto andar de um bloco comercial no centro financeiro de Londres ficam os escritórios da empresa Valhalla Gramophone. O homem sentado atrás da escrivaninha daquele escritório estava lendo um livro sobre economia. O telefone tocou, e ele atendeu. Anunciou em uma voz calma e imparcial:

– Valhalla Gramophone.

– Aqui é Sanders.

– Sanders do Rio? Que rio?

– Rio Tigre. Reportando-se a respeito de A.S. Nós a perdemos.

Houve um momento de silêncio. Então, a voz calma falou de novo, com um tom bem mais duro.

– Ouvi direito o que acabou de relatar?

– Perdemos Anna Scheele.

– Não diga nomes. Isso é um erro muito grave da sua parte. Como foi que aconteceu?

– Ela foi para aquela clínica de saúde. Já informei isso antes. A irmã estava passando por uma cirurgia.

– E daí?

– Correu tudo bem na operação. Esperávamos que A.S. fosse retornar ao Savoy. Havia mantido uma suíte reservada. Não retornou. A clínica permaneceu vigiada o tempo todo, e tínhamos certeza de que ela não havia deixado o lugar. Havíamos entendido que continuava lá dentro.

– E não está?

– Acabamos de descobrir. Ela saiu de lá *dentro de uma ambulância* no dia seguinte à cirurgia.

– Ela os enganou deliberadamente?

– É o que parece. Poderia jurar que não sabia que estava sendo seguida. Tomamos todas as precauções. Estávamos num total de três pessoas e...

– Suas desculpas pouco importam. Para onde foi que a ambulância a levou?

– Para o University College Hospital.

– O que descobriu com o hospital?

– Que uma paciente foi levada para lá acompanhada de uma enfermeira. A enfermeira devia ser Anna Scheele. Não fazem a menor ideia de onde ela foi depois de deixar a paciente lá.

– E a paciente?

– A paciente não sabe de nada. Estava sob efeito de morfina.

– Então Anna Scheele saiu caminhando do University College Hospital vestida de enfermeira e pode estar agora em qualquer lugar?

– Pois é. Se voltar ao Savoy...

O outro interrompeu.

– Não vai voltar para o Savoy.

– Será que deveríamos verificar com outros hotéis?

– Sim, mas duvido que consigam alguma coisa. É isso que ela espera que vocês façam.

– Que outras instruções o senhor tem?

– Verifique com os portos: Dover, Folkestone etc. Averigue com as companhias aéreas. Em especial, verifique todas as reservas de avião para Bagdá para os próximos quinze dias. A passagem não deve estar no nome dela. Investigue todos os passageiros que se enquadrem na faixa etária.

– A bagagem dela ainda está no Savoy. Talvez ela vá buscar.

– Não vai fazer nada desse tipo. *Você* talvez seja um idiota... ela não! A irmã sabe de alguma coisa?

– Estamos em contato com a enfermeira especial dela na clínica. Aparentemente a irmã acha que A.S. está em Paris para tratar dos negócios do Morganthal, hospedada no Ritz Hotel. Ela acredita que a A.S. está voando de volta para os Estados Unidos no dia 23.

– Em outras palavras, A.S. não contou nada para ela. Não faria isso. Confira aquela lista de passagens aéreas. É nossa única esperança. Ela precisa chegar a Bagdá... e de avião seria o único modo de chegar a tempo e, Sanders...

– Pois não?

– *Chega de falhas.* É a sua última chance.

Capítulo 9

O jovem sr. Shrivenham da Embaixada Britânica apoiava-se em um e outro pé e olhava para cima enquanto o avião zunia sobre o aeródromo de Bagdá. Uma considerável tempestade de poeira estava em andamento. Palmeiras, casas e seres humanos estavam encobertos por um nevoeiro denso e marrom. Havia começado sem aviso.

Lionel Shrivenham observou com tom de profunda angústia:

– Aposto dez para um que não conseguem descer aqui.

– E vão fazer o quê? – perguntou o amigo Harold.

– Seguir para Basrah, imagino. Lá está limpo, ouvi dizer.

– Está recebendo alguma espécie de figurão, não é?

Shrivenham lamentou-se novamente.

– Que azar o meu. O novo embaixador sofreu um atraso para chegar aqui. Lansdowne, o conselheiro, está na Inglaterra. Rice, o conselheiro oriental, está de cama por causa de uma virose gástrica, com uma febre altíssima e perigosa. Best está em Teerã, e cá estou eu, sozinho para dar conta de tudo. Uma função sem fim em torno desse sujeito. Não sei por quê. Até a turma que é toda confidencial está em alas. É um desses que viajam o mundo inteiro, sempre montado num camelo em algum lugar inacessível. Não entendo por que é tão importante, mas ao que tudo indica é sem dúvida alguém especial, e cabe a mim satisfazer até o menor desejo dele. Se acabar aterrissando em Basrah, provavelmente vai ficar enlouquecido. Não sei que providências seria melhor tomar. Um trem esta noite? Ou conseguir que a RAF o traga de avião para cá amanhã?

O sr. Shrivenham suspirou novamente, enquanto o seu senso de prejuízo e responsabilidade se aprofundava. Desde a sua chegada há três meses em Bagdá, havia sofrido de um azar permanente. Bastava um imprevisto a mais para arruinar o que poderia ter sido uma carreira brilhante.

O avião deu mais uma volta lá em cima.

– É evidente que o piloto acha que não consegue – disse Shrivenham, então acrescentou com excitação: – Opa... creio que está descendo.

Poucos momentos depois, o avião já havia taxiado tranquilamente para sua posição, e Shrivenham estava a postos para saudar o convidado VIP.

Seu olhar nada profissional registrou a presença de uma "garota muito bonita" antes de arremessar-se à frente para cumprimentar a figura com ares de bucaneiro em uma capa esfuziante.

"Uma roupa bem fantasiosa", ele pensou consigo reprovando o figurão, enquanto dizia em voz alta:

– Sir Rupert Crofton Lee? Meu nome é Shrivenham, sou da embaixada.

Sir Rupert, pensou ele, tinha modos um pouco grosseiros; o que talvez fosse compreensível depois do desgaste de sobrevoar a cidade em círculos sem saber se uma aterrissagem seria possível ou não.

– Que dia mais asqueroso – prosseguiu Shrivenham. – Tivemos muitas destas tempestades este ano. Ah, já pegou as malas. Então, se puder me acompanhar, senhor, está tudo preparado...

Ao deixarem o aeródromo de carro, Shrivenham disse:

– Cheguei a pensar que seriam levados para algum outro aeroporto. Não parecia que o piloto seria capaz de aterrissar. Esta tempestade de poeira levantou muito de repente.

Sir Rupert inflou as bochechas com ar importante enquanto comentava:

– Isso teria sido desastroso... muito desastroso. Se meu itinerário ficasse a perigo, meu rapaz, posso lhe garantir que as consequências teriam sido graves e de um alcance extremo.

"Quanta soberba", pensou Shrivenham, desrespeitoso. "Esses VIPs acham que seus assuntos insignificantes fazem o mundo girar."

Em voz alta, concordou com todo o respeito:

– Imagino que sim, senhor.

– Faz alguma ideia de quando o embaixador vai chegar a Bagdá?

– Ainda não há nenhuma definição.

– Seria uma pena se nos desencontrássemos. Não o vejo... deixe-me pensar, sim, desde a Índia em 1938.

Shrivenham preservou um silêncio respeitoso.

– Vejamos, Rice está aqui, não está?

– Está, senhor, é o conselheiro oriental.

– Camarada competente. Sabe muito. Será um prazer encontrá-lo novamente.

Shrivenham tossiu.

– Na verdade, Rice está de licença de saúde. Foi internado no hospital para observação. Um tipo violento de gastroenterite. Algo um pouco pior do que o habitual mal-estar de Bagdá, aparentemente.

– O que foi? – Sir Rupert virou a cabeça num gesto brusco. – Uma gastroenterite forte... ora. Deu de repente?

– Anteontem, senhor.

Sir Rupert franzia o cenho. Os modos grandiloquentes e afetados haviam desaparecido. Era um homem bem mais simples... e de certo modo, um homem preocupado.

– Agora me pergunto – disse. – Sim, me pergunto...

Shrivenham olhou para ele, indagando educadamente.

– Fico pensando – disse Sir Rupert – se não seria um caso de verde de Scheele...

Desconcertado, Shrivenham permaneceu quieto.

Estavam se aproximando da ponte Feisal, e o carro saiu para a esquerda em direção à Embaixada Britânica.

Subitamente, Sir Rupert inclinou-se para frente.

– Pare apenas por um instante, pode ser? – disparou, ríspido. – Isso, no lado direito. Onde estão todas aquelas panelas.

O carro deslizou para o acostamento da direita e parou. Era uma loja pequena de artefatos nativos, amontoada até em cima com panelas rústicas de argila branca e jarros d'água.

Um europeu baixo e parrudo que estivera parado conversando com o proprietário saiu dali e foi em direção à ponte no que o carro se aproximou. Shrivenham achou que fosse o Crosbie da I e P, a quem havia encontrado uma ou duas vezes.

Sir Rupert saltou do carro e foi a passos largos até a pequena banca. Pegando uma das panelas, começou uma rápida conversa em árabe com o proprietário. O fluxo do diálogo era rápido demais para Shrivenham, cujo árabe era ainda lento, esforçado e claramente limitado em termos de vocabulário.

O proprietário estava sorridente, suas mãos se abriam em um gesto largo, gesticulava e explicava em detalhes. Sir Rupert manuseou diferentes vasilhames, aparentemente fazendo perguntas sobre eles. Por fim, selecionou uma jarra de bico estreito, atirou algumas moedas para o homem e voltou para o carro.

– Uma técnica interessante – comentou Sir Rupert. – Fabricam da mesma maneira há milhares de anos, têm o mesmo formato das jarras de um dos distritos montanhosos da Armênia.

Seu dedo escorregava pela pequena abertura, dando volta atrás de volta.

– É um negócio bem rústico – disse Shrivenham, nada impressionado.

– Ah, não têm valor artístico! Mas é interessante em termos históricos. Está vendo estas indicações de uma alça? Muitos indícios históricos são obtidos pela observação das coisas simples do dia a dia. Tenho uma coleção delas.

O carro entrou pelos portões da Embaixada Britânica.

Sir Rupert pediu para ser levado direto para o quarto. Shrivenham se divertiu ao reparar que, tendo terminado sua palestra sobre o pote de cerâmica, Sir Rupert despreocupadamente o esquecera no carro. Shrivenham fez questão de levar o objeto para cima e dispô-lo de forma meticulosa sobre a mesa de cabeceira de Sir Rupert.

– Seu jarro, senhor.

– Hein? Ah, obrigado, meu garoto.

Sir Rupert parecia distraído. Shrivenham o deixou a sós depois de repetir que o almoço ficaria pronto em breve e aguardavam seu pedido de bebidas.

Quando o rapaz saiu do quarto, Sir Rupert foi até a janela e abriu a pequena tira de papel que fora escondida na boca do jarro. Alisou o bilhete. Havia duas linhas de escrita. Leu e releu com cuidado, depois riscou um fósforo e pôs fogo.

Então, chamou um criado.

– Pois não? Desfaço as malas para o senhor?

– Ainda não. Quero falar com o sr. Shrivenham... aqui em cima.

Shrivenham chegou com uma expressão levemente apreensiva.

– Há alguma coisa que possa fazer pelo senhor? Há algo errado?

– Sr. Shrivenham, ocorreu uma mudança drástica nos meus planos. Posso contar com sua discrição, é claro?

– Ah, sem dúvida alguma, senhor.

– Faz algum tempo que não venho a Bagdá, na verdade não venho aqui desde a guerra. Os hotéis ficam quase todos na outra margem, não ficam?

– Isso mesmo. Na Rashid Street.

– Que dá fundos para o Tigre?

– Sim. O Babylonian Palace é o maior deles. Seria mais ou menos o hotel oficial.

– O que sabe sobre um hotel chamado Tio?

– Ah, muita gente vai lá. A comida é bastante boa e é gerenciado por um personagem fantástico chamado Marcus Tio. Ele é quase uma instituição em Bagdá.

– Quero que reserve um quarto para mim lá, sr. Shrivenham.

– Está dizendo... não vai ficar hospedado na embaixada?

Shrivenham pareceu nervoso e apreensivo.

– Mas... mas... está tudo organizado, senhor.

– O que foi organizado pode se desorganizar – vociferou Sir Rupert.

– Claro, claro, senhor. Não tive a intenção de...

Shrivenham não completou a frase. Teve a sensação de que no futuro alguém iria culpá-lo por aquilo.

– Tenho certas negociações um tanto delicadas para fazer. Descobri que não poderão ser conduzidas daqui da embaixada. Quero que me reserve um quarto esta noite no Tio Hotel e desejo deixar a embaixada de maneira relativamente discreta. Melhor dizendo, não quero chegar ao Tio em um carro da embaixada. Também vou precisar de um lugar marcado no avião que vai ao Cairo daqui dois dias.

Shrivenham pareceu ainda mais desalentado.

– Mas entendi que o senhor ficaria por cinco dias...

– Não é mais o caso. É imperativo que eu chegue ao Cairo assim que a minha negociação aqui for concluída. Não seria seguro permanecer por mais tempo.

– Seguro?

Um sorriso súbito transformou o rosto de Sir Rupert. A atitude que Shrivenham estivera equiparando à de um sargento prussiano foi deixada de lado. O homem de repente deixou transparecer todo o seu charme.

– Segurança não figura em geral entre as minhas preocupações, concordo – explicou. – Mas, neste caso, não é apenas a minha própria segurança que preciso levar em consideração; minha segurança inclui a segurança de muitas outras pessoas também. Logo, tome essas providências para mim. Se a passagem aérea for difícil, peça prioridade. Até a hora de sair daqui à noite, ficarei no meu quarto.

E acrescentou quando, surpreso, o queixo de Shrivenham caiu:

– Para fins oficiais, estou doente. Um resquício de malária.

O outro assentiu.

– Portanto, não vou precisar de comida.

– Mas certamente poderíamos mandar aqui para cima...

– Jejuns de 24 horas não são nada para mim. Já passei fome por mais tempo que isso em algumas de minhas expedições. Faça apenas o que lhe peço.

No andar de baixo, Shrivenham foi saudado pelos colegas e resmungou ao responder às várias perguntas.

– Coisas de capa e espada – dizia. – Não consigo entender sua eminência o grandiloquente Sir Rupert Crofton Lee. Se é genuíno, ou é um papel que ele faz. A capa rodopiando e o chapéu de bandido e todo o resto. Um camarada que leu um dos livros dele me falou que, embora faça um pouco o tipo que fica se vangloriando, ele fez *mesmo* todas aquelas coisas e foi a todos aqueles lugares... mas não sei... Gostaria que Thomas Rice estivesse de pé e bem disposto para ajudar. O que me faz lembrar, o que é verde de Scheele?

– Verde de Scheele? – repetiu o amigo, franzindo a testa. – Tem algo a ver com papel de parede, não é? Venenoso. É uma forma de arsênico, acho.

– Eu, hein! – exclamou Shrivenham, com o olhar parado. – Pensei que era uma doença. Algo como uma disenteria tipo amebíase.

– Ah, não, é algo mais na linha de produtos químicos. O que as esposas usam para dar cabo dos maridos, ou vice-versa.

Shrivenham reincidiu em seu silêncio estarrecido. Certos fatos desagradáveis estavam começando a ficar claros para ele. Crofton Lee havia sugerido de fato que Thomas Rice, o conselheiro oriental da embaixada, estava sofrendo não de gastroenterite, mas de envenenamento por arsênico. Acrescentando-se que Sir

Rupert chegara a insinuar que sua própria vida estivesse em perigo e decidira não ingerir qualquer comida ou bebida preparada nas cozinhas da Embaixada Britânica, o conjunto de informações abalou o cerne da decorosa alma britânica de Shrivenham. Não sabia o que pensar de tudo aquilo.

Capítulo 10

I

Victoria, inspirando e engasgando-se com a poeira quente e amarela, ficou com uma impressão desfavorável de Bagdá. Do aeroporto até o Tio Hotel, seus ouvidos foram assaltados pelo barulho contínuo e incessante. Buzinas de carros retumbando com persistência enlouquecedora, vozes gritando, apitos assoviando, depois mais clamores ensurdecedores e sem sentido de buzinas de automóvel. Somada aos altos e incessantes ruídos das ruas, havia uma corrente fina e contínua de som, que era a voz da sra. Clipp falando sem parar.

Victoria chegou ao Tio Hotel em condição de torpor.

Uma pequena passagem levava da fanfarra da Rashid Street em direção ao Tigre. Subiram um curto lance de escadas e lá, na entrada do hotel, foram recebidas por um jovem corpulento com um sorriso imenso que, ao menos metaforicamente, as recebeu de coração aberto. Aquele, Victoria concluiu, era o Marcus, ou mais exatamente, o sr. Tio, o dono do Tio Hotel.

As palavras de boas-vindas dele foram interrompidas por ordens gritadas aos vários subalternos com relação ao destino da bagagem delas.

– E ei-la aqui de novo, sra. Clipp; mas e o seu braço... por que está enrolado com essa coisa esquisita?... (Seus tontos, não carreguem aquela pela alça! Imbecis! Não arrastem o casaco no chão!)... Mas minha querida, que dia este para sua chegada... pensei que aquele avião nunca conseguiria aterrissar. Ficou dando voltas e mais voltas. Marcus, eu disse para mim mesmo... não é você que vai se arriscar a voar num avião... toda essa pressa, e para quê? ... E trouxe uma mocinha com a senhora; sempre é bom receber uma nova jovem aqui em Bagdá; porque o sr. Harrison não veio lhe receber... esperava que ele viesse ontem... mas, minha querida, precisa beber alguma coisa já.

Mais tarde, um tanto atordoada, com a cabeça caindo um pouco sob o efeito de um uísque duplo que lhe fora empurrado por Marcus com autoridade, Victoria estava parada em um quarto de pé-direito alto, todo branco, com uma enorme cama com detalhes em metal, uma penteadeira muito sofisticada com o mais moderno design francês, um guarda-roupa vitoriano e duas poltronas coloridas estofadas. Sua modesta bagagem repousava a seus pés, e um homem muito velho com o rosto macilento e suíças brancas acabava de sorrir e assentir para ela ao colocar as toalhas no banheiro e perguntar se gostaria que lhe esquentassem a água para um banho.

– Quanto tempo levaria?

– Vinte, trinta minutos. Vou lá e faço agora.

Com um sorriso paternal, ele se retirou. Victoria sentou-se na cama e passou a mão para experimentar a textura dos cabelos. Sentiu-os entupidos de areia e o rosto estava dolorido e empoeirado. Olhou para seu reflexo no vidro. A poeira havia transformado seu cabelo do preto para um castanho avermelhado. Puxou para o lado uma ponta da cortina e vislumbrou uma sacada larga que dava para o rio. Mas não havia nada para se ver no Tigre, a não ser uma névoa grossa e amarela. Uma presa fácil para a depressão profunda, Victoria disse para si mesma:

– Que lugar detestável.

Então se levantou, cruzou para o outro lado do patamar da escada e bateu na porta da sra. Clipp. As circunstâncias exigiam que oferecesse cuidados intensivos e prolongados antes que pudesse atender a sua própria limpeza e reabilitação.

II

Depois de tomar um banho, almoçar e tirar um cochilo prolongado, Victoria saiu do quarto, foi até a varanda e contemplou o Tigre com ar de aprovação. A tempestade de poeira havia se acalmado. Em vez da névoa amarela, uma luz pálida e clara estava surgindo. Do outro lado do rio, via-se a silhueta delicada das palmeiras e casas dispostas de forma irregular.

O som de vozes no jardim logo abaixo chegou aos ouvidos de Victoria.

A sra. Hamilton Clipp, aquela alma simpática e tagarela infatigável, havia feito amizade com uma inglesa; uma daquelas britânicas castigadas pelo clima e com idade indeterminada, do tipo que sempre se encontra em qualquer cidade estrangeira.

– ...e o que eu faria sem ela, de fato não sei – dizia a sra. Clipp. – Não imagina o quanto é amável. E muito bem relacionada. É sobrinha do bispo de Llangow.

– Bispo de quê?

– Ora, de Llangow, acho que era isso.

– Um disparate, não existe tal pessoa – disse a outra.

Victoria franziu a testa. Reconheceu na outra o tipo de mulher da elite inglesa que não se deixaria enganar com a menção de bispos espúrios.

– Ora, então, quem sabe eu tenha entendido o nome errado – desconversou a sra. Clipp com dúvidas. – Mas... – continuou ela – é certamente uma moça muito encantadora e competente.

A outra disse: “Há!”, com ar descompromissado.

Victoria resolveu passar o mais longe possível daquela senhora. Algo lhe dizia que inventar histórias para satisfazer o interesse daquele tipo de mulher não seria nada fácil.

Victoria voltou ao quarto, sentou-se na cama e se entregou a especulações sobre sua presente condição.

Estava hospedada no Tio Hotel que, tinha quase certeza, não era nada barato. Trazia consigo quatro libras e dezessete xelins. Comera um almoço reforçado pelo qual ainda não havia pagado e o qual a sra. Clipp não tinha a menor obrigação de pagar. Tudo que a sra. Clipp lhe havia prometido eram as despesas de viagem até Bagdá. O trato estava concluído. Victoria chegara a Bagdá. A sra. Hamilton Clipp recebera os cuidados habilidosos de uma sobrinha de bispo, ex-enfermeira de hospital e secretária competente. Tudo aquilo terminara, para a satisfação mútua de ambas as partes. A sra. Hamilton Clipp partiria no trem noturno para Kirkuk... e era isso. Victoria entreteve esperançosa a possibilidade de que a sra. Clipp fosse insistir em oferecer um presente de despedida em forma de dinheiro vivo, mas, embora relutante, abandonou a ideia como sendo improvável. A sra. Clipp não tinha a menor noção de que Victoria estava passando por tamanho aperto financeiro.

Então o que deveria fazer? A resposta veio imediatamente. Encontrar Edward, claro.

Com uma sensação de contrariedade, deu-se conta de que não tinha conhecimento do sobrenome de Edward. Edward – Bagdá. Muito parecido, refletiu ela, com a história da empregada sarracena que chega à Inglaterra sabendo apenas o nome de seu amante, "Gilbert", e "Inglaterra". Uma história romântica, mas com certeza inconveniente. Era verdade que nos tempos das cruzadas ninguém na Inglaterra, lembrou ela, tinha qualquer sobrenome. Por outro lado, a Inglaterra era bem maior que Bagdá. Ainda assim, a Inglaterra era bem pouco povoada naquela época.

Victoria teve de arrancar os pensamentos à força daquelas especulações interessantes e retornou aos fatos nus e crus. Precisava encontrar Edward imediatamente e Edward precisava lhe conseguir um emprego, também imediatamente.

Não sabia o sobrenome de Edward, mas ele havia viajado para Bagdá como secretário de um tal dr. Rathbone, e era presumível que o dr. Rathbone fosse um homem de importância.

Victoria empoou o nariz, ajeitou o cabelo e começou a descer as escadas em busca de informações.

O sorridente Marcus, passando pelo corredor de seu estabelecimento, acenou para ela com alegria.

– Ah, é a srta. Jones! Vai me acompanhar em um drinque, não vai, minha querida? Gosto muito das senhoras inglesas. Todas as senhoras inglesas de Bagdá são minhas amigas. Todas ficam muito felizes no meu hotel. Venha, vamos até o bar.

Victoria, que não era nada avessa à hospitalidade gratuita, consentiu com alegria.

III

Sentada em um banco e bebendo gim, começou sua busca por informações.

– Conhece um tal dr. Rathbone que acabou de chegar a Bagdá? – ela perguntou.

– Conheço todo mundo em Bagdá – respondeu Marcus Tio, exultante. – E todo mundo conhece o Marcus. Isso é verdade, o que estou lhe contando. Ah! Tenho muitos amigos.

– Estou certa que sim – disse Victoria. – Conhece o dr. Rathbone?

– Na semana passada recebi o marechal da Aeronáutica que comanda todo o Oriente Médio e estava de passagem. Ele me disse: "Marcus, seu pilantra, não lhe vejo desde 1946. Não emagreceu nenhum grama". Ah, ele é um homem muito bom. Gosto muito dele.

– E o sr. Rathbone? É um homem de bem?

– Gosto, sabe, de pessoas que sabem se divertir. Não gosto de gente azeda. Gosto de pessoas alegres, jovens e encantadoras... como você. Ele me diz, aquele marechal: "Marcus, você gosta demais das mulheres". Mas eu respondi: "Não é verdade, meu problema é que gosto demais do Marcus...".

Marcus rolou de tanto rir, parando só para chamar:

– Jesus... Jesus!

Victoria ficou espantada, mas aparentemente o nome de batismo do atendente do bar era Jesus. Victoria de novo concluiu que o Oriente era um lugar estranho.

– Mais um gim com laranja e outro uísque – Marcus intimou.

– Não acho que eu...

– Sim, sim, vai sim... são bem, bem fraquinhos.

– Sobre o dr. Rathbone – insistiu Victoria.

– Aquela sra. Hamilton Clipp com quem chegou aqui, que nome estranho esse, ela é americana, não é? Também gosto dos americanos, mas gosto mais dos ingleses. As pessoas americanas sempre parecem muito preocupadas. Mas às vezes, sim, são bem-humoradas. O sr. Summers... conhece ele?... bebe tanto quando vem para Bagdá, que passa três dias dormindo e não acorda. É demais aquilo. Não faz bem.

– Por favor, me ajude – pediu Victoria.

Marcus pareceu surpreso.

– Mas claro que vou lhe ajudar. Sempre ajudo meus amigos. Conte para mim o que precisa... e em seguida seu problema vai ser resolvido. Bife especial... ou peru bem cozido com arroz, passas e ervas... ou franguinhos novos bem pequenos.

– Não quero nenhum franguinho novo – disse Victoria. – Ao menos não agora – acrescentou com prudência. – Quero encontrar esse dr. Rathbone. Dr. *Rathbone*. Acaba de chegar a Bagdá. Com um... com um... secretário.

– Não conheço – respondeu Marcus. – Não está hospedado no Tio.

A implicação era clara de que qualquer um que não se hospedasse no Tio não existia para Marcus.

– Mas existem outros hotéis – persistiu Victoria –, ou quem sabe ele tenha uma casa?

– Ah, sim, existem outros hotéis. Babylonian Palace, Sennacherib, Zobeide Hotel. São bons hotéis, sim, mas não são como o Tio.

– Tenho certeza que não – Victoria lhe assegurou. – Mas não sabe se o dr. Rathbone está ficando em algum deles? É algum tipo de sociedade que ele gerencia... algo a ver com a cultura... e livros.

Marcus ficou sério ao ouvir a palavra cultura.

– É disso que precisamos – disse. – Deve haver muita cultura. Arte e música são muito bons, muito bons mesmo. Eu mesmo gosto de sonatas de violino, contanto que não sejam muito longas.

Enquanto concordava completamente com ele, em especial na parte final do discurso, Victoria percebeu que não estava avançando nem um pouco em relação ao seu objetivo. Conversar com Marcus, pensou, era muito divertido, e Marcus era uma pessoa encantadora com seu entusiasmo infantil pela vida, mas conversar com ele a remetia aos esforços de Alice nos vários lugares do País das Maravilhas, tentando encontrar um caminho que levasse à colina. Todos os assuntos sempre levavam de volta ao ponto de partida: Marcus!

Ela recusou outro drinque e pôs-se de pé com tristeza. Sentia-se levemente embriagada. Os coquetéis não eram nada fraquinhos. Saiu do bar para o terraço, e estava junto ao parapeito contemplando a outra margem do rio quando alguém atrás dela falou.

– Com licença, mas seria melhor entrar e vestir um casaco. Diria que pode parecer verão para quem acabou de chegar da Inglaterra, mas fica muito frio depois que o sol se põe.

Era a inglesa que estivera conversando com a sra. Clipp mais cedo. Tinha a voz grossa de quem tem o hábito de treinar e chamar cachorros. Usava um casaco de peles, tinha uma manta sobre os joelhos e bebericava um uísque com soda.

– Ah, muito obrigada – disse Victoria, que estava prestes a escapar dali com pressa, quando suas intenções foram derrotadas.

– Devo me apresentar. Sou a sra. Cardew Trench – a implicação era bem clara: da *família* dos Cardew Trench. – Creio que tenha chegado com a... como é mesmo o nome dela... sra. Hamilton Clipp.

– Sim – respondeu Victoria –, cheguei.

– Ela me disse que era sobrinha do bispo de Llangow.

Victoria recobrou o fôlego.

– Foi mesmo? – indagou, deixando transparecer ter achado uma pitada de graça.

– Entendeu mal, suponho?

Victoria sorriu.

– Os americanos tendem a entender errado alguns dos nossos nomes. Soa um pouco parecido com Llangow. Meu tio – emendou Victoria, improvisando – é o bispo de Languao?

– Languao?

– Isso... no Arquipélago do Pacífico. É um bispo colonial, é claro.

– Oh, um bispo colonial – comentou a sra. Cardew Trench, seu tom de voz baixando pelo menos três semitons.

Como Victoria antecipara, a sra. Cardew Trench era de uma ignorância magnífica com relação a bispos coloniais.

– Está explicado – acrescentou ela.

Victoria pensou orgulhosa que estava tudo muito bem explicado para uma desculpa esfarrapada inventada de última hora!

– E o que é que *você* está fazendo nessas partes? – perguntou a sra. Cardew Trench com aquela simpatia inexorável que disfarça uma tendência natural à curiosidade.

"Procurando por um rapaz com quem conversei por alguns breves momentos numa praça pública em Londres" dificilmente seria uma resposta que Victoria poderia oferecer. Explicou então, lembrando-se do parágrafo que lera no jornal e sua declaração para a sra. Clipp:

– Estou aqui para encontrar meu tio, o dr. Pauncefoot Jones.

–Ah, agora *sei* quem você é – a sra. Cardew Trench ficou evidentemente satisfeita em conseguir "rotular" Victoria. – É um homenzinho encantador, embora bastante distraído... ainda assim suponho que seja de se esperar. Ouvi uma palestra dele em Londres no ano passado, uma apresentação excelente, no entanto não consegui entender uma só palavra sobre o assunto. Sim, ele passou por Bagdá faz uns quinze dias. Acho que mencionou que algumas moças viriam mais adiante durante a temporada.

Já com seu status estabelecido, Victoria apressou-se em lascar a pergunta:

– Saberia dizer se o dr. Rathbone está por aqui? – perguntou.

– Acabou de chegar – respondeu a sra. Cardew Trench. – Creio que lhe pediram para fazer uma preleção no Instituto na próxima quinta-feira. Sobre "Relações mundiais e fraternidade", ou algo do gênero. Tudo bobagem se quer saber minha opinião. Quanto mais tentamos unir as pessoas, mais desconfiadas elas ficam umas das outras. Toda essa música, poesia e traduções de Shakespeare ou Wordsworth para o árabe, o chinês e o hindustâni. "Uma prímula à margem do rio" etc., que sentido faz isso para pessoas que nunca viram uma prímula?

– Onde está hospedado, a senhora sabe?

– No Babylonian Palace Hotel, acredito. Mas seu quartel-general é perto do museu. O Ramo de Oliveira... que nome ridículo. Cheio de mocinhas de calças e óculos e com o pescoço encardido.

– Conheci ligeiramente o secretário dele – disse Victoria.

– Ah, sim, como é mesmo o nome dele, Edward Qualquercoisa... um bom rapaz... bom demais para aquele negócio de cabeludos... saiu-se bem durante a guerra, ouvi dizer. Mesmo assim, trabalho é trabalho, suponho. Um menino bem bonito... Imagino que aquelas mocinhas dedicadas façam um alvoroço por causa dele.

Uma pontada devastadora de ciúmes atravessou Victoria.

– O Ramo de Oliveira – ela repetiu. – Onde disse mesmo que ficava?

– Passando da entrada para a segunda ponte. Numa das ruas que cortam a Rashid Street... num lugar bem escondido. Não fica longe do Bazar do Cobre.

– E como está a sra. Pauncefoot Jones? – continuou a sra. Cardew Trench. – Virá logo para cá? Ouvi dizer que a saúde dela não anda boa?

No entanto, estando de posse da informação que desejava, Victoria não correria mais nenhum risco inventando coisas. Consultou o relógio de pulso e exclamou:

– Ai, minha nossa... prometi acordar a sra. Clipp às seis e meia para ajudar a prepará-la para a viagem. Preciso correr.

A desculpa era verdadeira, embora Victoria tenha substituído sete horas por seis e meia. Subiu com pressa e muito animada para o andar de cima. No dia seguinte entraria em contato com Edward no Ramo de Oliveira. Mocinhas dedicadas com o pescoço encardido, pois sim! Parecia a coisa *menos* atraente do mundo... Entretanto, Victoria refletiu apreensiva que os homens eram menos críticos de pescoços sujos do que as inglesas higiênicas de meia-idade... especialmente se as donas dos tais pescoços estivessem olhando para esse indivíduo do sexo masculino pasmadas de admiração e adoração.

A noite passou com relativa rapidez. Victoria fez a refeição cedo na sala de jantar ao lado da sra. Hamilton Clipp, esta última falando desenfreadamente sobre todos os assuntos debaixo do sol. Encorajou Victoria a aparecer para uma visita mais adiante... e Victoria anotou o endereço com cuidado, porque afinal de contas nunca se sabe... Acompanhou a sra. Clipp até a estação Bagdá Norte, acomodou-a com segurança em seu compartimento e foi apresentada a uma conhecida também viajando para Kirkuk que assistiria a sra. Clipp com sua toalete na manhã seguinte.

O motor proferiu guinchos melancólicos tal qual uma alma aflita, e a sra. Clipp empurrou um gordo envelope nas mãos de Victoria, dizendo:

– É só uma lembrancinha, srta. Jones, de nossa agradável companhia, a qual espero que aceite com meus *mais* sinceros agradecimentos.

Victoria disse com a voz exultante:

– Mas é de fato *muita* gentileza sua, sra. Clipp – o motor deu seu quarto e último gemido supremo e estridente de angústia, e o trem partiu devagar da plataforma.

Victoria tomou um táxi da estação de volta ao hotel, já que não fazia a mínima ideia de como voltar de qualquer outra forma, e não parecia haver ninguém por ali a quem pudesse perguntar.

No seu retornou ao Tio, subiu correndo para o quarto e, ansiosa, abriu o envelope. Dentro, havia alguns pares de meias de náilon.

Victoria, em qualquer outra circunstância, teria ficado lisonjeada; meias de náilon estavam geralmente fora do alcance de sua carteira. No momento, entretanto, dinheiro era o que tinha esperanças de receber. A sra. Clipp, no entanto, fora extremamente delicada em deixar para ela uma nota de cinco dinares. Victoria desejava de coração que ela não tivesse sido assim tão delicada.

Contudo, no dia seguinte, encontraria Edward. Victoria tirou a roupa, entrou na cama e em cinco minutos dormia um sono pesado, sonhando que esperava por Edward em um aeródromo, mas ele era impedido de se unir a ela por uma moça de óculos, que o agarrava com firmeza pelo pescoço enquanto o avião começava a se mover lentamente...

Capítulo 11

Victoria acordou, e a manhã era de um sol intenso. Já vestida, foi até a ampla varanda junto à sua janela. Sentado em uma cadeira um pouco mais distante e de costas, estava um homem com cabelos grisalhos e crespos, que desciam sobre a nuca musculosa de um bronzeado rubro. Quando o homem virou de perfil, Victoria reconheceu, com a clara sensação de surpresa, Sir Rupert Crofton Lee. A *razão* de ter ficado tão surpresa, não saberia dizer. Talvez por ter presumido que um VIP assim como Sir Rupert teria ficado hospedado na embaixada e não em um hotel. Não obstante, lá estava ele, fitando o Tigre com uma espécie de intensa concentração. Chegou até a observar que ele tinha um binóculo pendurado na lateral da cadeira. Era possível, pensou ela, que se interessasse por passarinhos.

Um rapaz que Victoria certa época achava atraente era um entusiasta de pássaros, e ela o acompanhara em várias caminhadas de fim de semana e acabava tendo de ficar imóvel, paralisada em bosques úmidos e ventos cortantes, durante o que pareciam horas a fio, até finalmente ouvir o tom de voz em êxtase lhe mandando apontar as lentes do binóculo para algum passarinho insosso, empoleirado em algum galho distante e cuja aparência, ao menos no que Victoria podia avaliar, ficava muito aquém dos encantos de um sabiá comum ou um pintassilgo.

Victoria fez o trajeto até o térreo, encontrando com Marcus Tio no terraço entre os dois prédios do hotel.

– Eu vi que Sir Rupert Crofton Lee está hospedado com vocês – ela disse.

– Ah, sim – concordou Marcus, abrindo o sorriso –, é um bom homem, muito bom.

– O senhor o conhece bem?

– Não, esta é a primeira vez que o vejo. O sr. Shrivenham da Embaixada Britânica o trouxe para cá na noite passada. O sr. Shrivenham também é um homem muito bom. *Ele* eu conheço *muito* bem.

Seguindo para o café da manhã, Victoria se perguntava se haveria alguém a quem Marcus não consideraria uma pessoa muito boa. Parecia praticar uma caridade extensiva.

Depois do café, Victoria saiu à procura do Ramo de Oliveira.

Como crescera em Londres, não fazia ideia das dificuldades inerentes à procura de qualquer endereço específico em uma cidade como Bagdá até começar sua busca.

Ao encontrar Marcus de novo na saída, perguntou se poderia explicar a ela onde ficava o museu.

– É um museu muito bom – disse ele, sorridente. – É mesmo. Cheio de coisas interessantes e muito, muito velhas. Não que eu já tenha estado lá. Mas tenho amigos, amigos arqueólogos que ficam aqui sempre quando passam por Bagdá. O sr. Baker... sr. Richard Baker, conhece? E o professor Kalzman? E o dr. Pauncefoot Jones, e o sr. e a sra. McIntyre, todos ficam no Tio. São meus amigos. E me contam sobre o que tem no museu. Muito, muito interessante.

– Onde fica e como faço para chegar lá?

– Siga reto pela Rashid Street... um bom tempo... passe a curva que leva para a ponte Feisal e depois a Bank Street, conhece a Bank Street?

– Não conheço nada – respondeu Victoria.

– E então há mais outra rua, também descendo para uma ponte, e o museu fica naquela, à direita. Pergunte pelo sr. Betoun Evans, ele é o conselheiro inglês lá... um homem muito bom. E a esposa dele também é muito boa pessoa, ela veio para cá como sargento de transportes durante a guerra. Ah, ela é muito boa pessoa.

– Não quero ir ao museu – explicou. – Estou procurando um lugar... uma sociedade... uma espécie de clube chamado Ramo de Oliveira.

– Se está procurando azeitonas – disse Marcus –, lhe consigo belas azeitonas; de muito boa qualidade. São reservadas especialmente para mim, para o Tio Hotel. Está vendo só, vou mandar umas para a sua mesa esta noite.

– É muita gentileza sua – disse Victoria e fugiu em direção à Rashid Street.

– Para a esquerda – Marcus gritou logo atrás dela –, não para a direita. Mas é um caminho muito longo até o museu. Seria melhor tomar um táxi.

– Um táxi saberia dizer onde fica o Ramo de Oliveira?

– Não, eles não sabem onde fica *nada*! Diga ao motorista esquerda, direita, pare, siga... sempre orientando para que lado ir.

– Nesse caso, é melhor que eu vá caminhando – respondeu Victoria.

Chegou à Rashid Street e dobrou à esquerda.

Bagdá era completamente diferente da imagem que fizera do lugar. Uma via pública principal lotada com um tropel de pessoas, carros apitando violentamente, gente gritando, produtos europeus à venda nas vitrines das lojas, cusparadas vigorosas em todo o lugar, sem contar com o prodigioso pigarrear que as precedia. Nem sombra das figuras misteriosas do Oriente; a maioria das pessoas vestia roupas ocidentais gastas ou rasgadas, túnicas antigas do exército e da aeronáutica; as eventuais figuras que se misturavam à multidão usando robes pretos e véus passavam quase despercebidas dentre o estilo de roupa híbrido europeu. Mendigos lamuriosos se aproximavam dela; mulheres com bebês imundos nos braços. A calçada sob seus pés era irregular com eventuais buracos.

Seguiu seu caminho sentindo-se de repente estranha, perdida e distante de casa. Ali não havia o glamour da viagem, apenas confusão.

Chegou enfim à ponte Feisal, passou e seguiu adiante. Mesmo sem querer, ficou intrigada com a mistura curiosa de itens nas vitrines das lojas. Ali havia sapatos e casaquinhos de bebê, pasta de dente, cosméticos, lanternas elétricas, xícaras e pires de porcelana – lado a lado no mostruário. Aos poucos, um certo fascínio se apoderou dela, o fascínio pelo sortimento de mercadorias oriundas de todas as partes do mundo para atender aos desejos excêntricos e variados de uma população heterogênea.

Encontrou o museu, mas não o Ramo de Oliveira. Para alguém acostumada a se movimentar em uma cidade como Londres, lhe pareceu inacreditável não haver ninguém a quem pudesse *perguntar*. Não falava árabe. Aqueles comerciantes que falavam com ela em inglês enquanto passava, empurrando seus artigos variados, ficavam sem expressão nenhuma quando ela pedia indicação de como chegar ao Ramo de Oliveira.

Se ao menos pudesse "perguntar a um policial", mas, ao observar os policiais balançando os braços e tocando seus apitos, compreendeu que não encontraria ali sua solução.

Entrou em uma livraria com títulos em inglês na vitrine, mas a menção de Ramo de Oliveira obteve como resposta apenas um cortês dar de ombros e um balanço negativo com a cabeça. Lamentavelmente, ninguém fazia a menor ideia.

E então, enquanto descia a rua, começou a ouvir o som de marteladas e uns tinidos prodigiosos; espiando por uma viela longa e escura, lembrou-se de que a sra. Cardew Trench havia dito que o Ramo de Oliveira ficava perto do Bazar de Cobre. Eis que pelo menos chegara ao Bazar de Cobre.

Victoria mergulhou nele e, por três quartos de hora, esqueceu completamente do Ramo de Oliveira. O Bazar de Cobre deixou-a fascinada. Os maçaricos, o metal derretendo e as demonstrações das habilidades dos artesãos foram uma revelação para a inglesinha urbana acostumada a ver apenas produtos bem-acabados colocados à venda. Passeou a ermo pelo *souk*, saiu do Bazar do Cobre, chegou às mantas listradas e brilhantes para cavalos e aos acolchoados bordados de algodão. Ali, as mercadorias europeias eram imbuídas de um ar totalmente distinto; sob a escuridão e o frescor das arcadas, ganhavam o aspecto exótico de algo que vinha do outro lado do oceano, algo raro e estranho. Fardos de tecidos de algodão estampado, baratos e em cores alegres eram uma festa para os olhos.

De vez em quando, com os gritos de *Balek, Balek*, passava por ela um jumento ou mula de carga aos empurrões, ou homens levando grandes carregamentos equilibrados nas costas. Menininhos se aproximavam apressados com seus tabuleiros pendurados no pescoço.

– Veja, senhora, elástico, *bom* elástico, elástico inglês. Pente, pente inglês?

Os produtos eram empurrados para cima dela, quase na altura do nariz, com súplicas veementes implorando que comprasse. Victoria caminhava como se estivesse sonhando. Estava de fato conhecendo o mundo. A cada esquina daquele vasto mundo de arcadas e vielas, se deparava com algo totalmente inesperado: uma passagem só de alfaiates sentados costurando, com belos retratos de modelos de alfaiataria europeus; uma fileira de relógios e bijuteria barata. Rolos de veludo e brocados com trabalhos riquíssimos em metal; depois mais uma esquina aleatória, e já se encontrava caminhando por um corredor de roupas ocidentais de segunda mão, baratas e de má qualidade, umas jardineirazinhas esquisitas e desbotadas e coletes compridos e desajeitados.

Então, vez ou outra via de relance os grandes pátios, tranquilos e abertos para o céu.

Chegou a um vasto panorama de calças masculinas, com mercadores distintos que usavam turbantes e ficavam sentados de pernas cruzadas no meio de seus pequenos recessos quadrados.

– *Balek!*

Um jumento bem carregado que chegava por trás fez com que Victoria saísse para o lado e entrasse em uma passagem estreita, a céu aberto, que fazia um zigue-zague passando por casas altas. Caminhando por ali chegou, muito por acaso, ao objetivo de sua busca. Por uma abertura, espiou um pequeno largo que, do outro lado, exibia uma porta aberta com os dizeres O RAMO DE OLIVEIRA sobre uma placa enorme, acrescidos de um passarinho absurdo de gesso segurando um galhinho irreconhecível no bico.

Contentíssima, Victoria atravessou o pátio apressada e entrou pela porta. Ela se viu em uma saleta mal iluminada com mesas cobertas de livros e periódicos, com mais livros dispostos ao redor nas estantes. Lembrava um pouco uma livraria, exceto que havia pequenos grupos de cadeiras agrupados aqui e ali.

Daquela escuridão, saiu uma moça, que se aproximou dela e disse em um inglês muito cuidadoso:

– Em que posso lhe ajudar, sim, pois não?

Victoria olhou para ela. Usava calças de veludo cotelê e uma camisa de flanela laranja e tinha os cabelos pretos e úmidos num corte curto e sem graça. Tinha um rosto levantino melancólico, com enormes olhos tristes e escuros e um nariz pesado.

– Este é... seria este... é... o dr. Rathbone está?

Era enlouquecedor ainda não saber o sobrenome de Edward! Até a sra. Cardew Trench o chamara de Edward Qualquercoisa.

– Sim. Dr. Rathbone. O Ramo de Oliveira. Deseja se juntar a nós? Sim? Seria muito bom.

– Bem, quem sabe. Eu... poderia falar com o dr. Rathbone, por favor?

A moça sorriu de um jeito cansado.

– Não incomodamos. Tenho um formulário. Explico tudo para você. Depois assina o nome. São dois dinares, por favor.

– Ainda não tenho certeza se quero me associar – disse Victoria, alarmada com a menção dos dois dinares. – Gostaria de falar com o dr. Rathbone, ou o secretário dele. O secretário dele também serve.

– Eu explico. Explico tudo para você. Todos somos amigos aqui, amigos juntos, amigos para o futuro... lendo ótimos livros educativos, recitando poemas, uns para os outros.

– O secretário do dr. Rathbone – disse Victoria em alto e bom tom. – Ele me pediu especificamente que perguntasse por ele.

Um mau humor recalcitrante tomou conta da fisionomia da moça.

– Hoje não – insistiu. – Eu explico...

– Por que hoje não? Ele não está aqui? O dr. Rathbone não está aqui?

– Sim, dr. Rathbone está aqui. Está lá em cima. Não perturbamos.

Uma espécie de intolerância anglo-saxônica contra estrangeiros se apoderou de Victoria. Lamentavelmente, em vez de o Ramo de Oliveira estreitar laços internacionais de amizade, parecia estar tendo o efeito oposto no que dizia respeito a ela.

– Acabei de chegar da Inglaterra – declarou, e sua entonação era quase a mesma usada pela própria sra. Cardew Trench – e tenho uma mensagem muito importante para o sr. Rathbone, a qual preciso entregar pessoalmente. Por favor, me leve até ele *rápido*! Sinto muito perturbá-lo, mas preciso vê-lo. – *Imediatamente!* – acrescentou, para encerrar a discussão.

Diante de um bretão autoritário decidido a conseguir o que deseja, os obstáculos quase sempre se desfazem. A mulher alterou sua atitude e mostrou o caminho pelo fundo da sala, subindo um lance de escadas e seguindo por uma galeria que dava para o pátio interno. Ali, parou diante de uma porta e bateu. Uma voz masculina disse: “Entre”.

A guia de Victoria abriu a porta e fez um gesto convidando a visitante a entrar.

– É uma senhora da Inglaterra para o senhor.

Victoria entrou na sala.

De trás de uma grande escrivaninha coberta de papéis, um homem levantou-se para cumprimentá-la.

Era um homem de idade com aparência imponente, tinha uns sessenta anos, uma testa alta e abobadada e os cabelos brancos. A benevolência, a gentileza e o charme eram as qualidades mais evidentes de sua personalidade. Um produtor de espetáculos daria para ele, sem hesitar, o papel de um grande filantropo.

Cumprimentou Victoria com um sorriso caloroso e a mão estendida.

– Então acaba de chegar da Inglaterra – disse. – É sua primeira visita ao Oriente, não?

– É.

– Gostaria de saber o que está achando de tudo... Em algum momento vai ter de me contar. Agora, deixe-me ver, já nos conhecemos de algum lugar, ou não? Sou tão míope, e não me disse seu nome.

– Não me conhece – disse Victoria –, mas sou amiga de Edward.

– Amiga de Edward – repetiu o dr. Rathbone. – Ora, isso é esplêndido. Edward sabe que está em Bagdá?

– Ainda não – respondeu Victoria.

– Bem, então ele terá uma agradável surpresa quando retornar.

– Retornar? – indagou Victoria com a voz falhando.

– Sim, Edward está em Basrah neste momento. Tive de enviá-lo para tratar de uns caixotes de livros que chegaram para nós. Têm ocorrido uns atrasos demasiado frustrantes na alfândega... simplesmente parece que não conseguimos fazer o desembaraço. O toque pessoal é o que falta, e Edward é muito bom nesse tipo de coisa. Sabe bem quando ativar seu charme e quando é preciso intimidar e não vai descansar até conseguir liberar a mercadoria. Aquele é pertinaz. Uma qualidade admirável em um jovem. Tenho muita estima por Edward.

Seus olhos brilharam

– Mas, suponho que não precise fazer elogios rasgados a Edward para a senhorita, minha jovem?

– Quando é... quando é que Edward vai voltar de Basrah? – perguntou ela, desanimada.

– Bem... isso não sei dizer, não vai voltar até ter concluído o trabalho... e não há como apressar muito as coisas neste país. Diga onde está hospedada e vou me certificar de que ele entre em contato assim que retornar.

– Estava pensando – Victoria falava com um tom desesperado, consciente de seus apuros financeiros. – Estava pensando se... se eu poderia fazer algum trabalho aqui?

– Isso vou apreciar muito – disse o dr. Rathbone, afetuoso. – Sim, é claro que pode. Precisamos de todos os trabalhadores, toda a ajuda que pudermos conseguir. Especialmente de garotas inglesas. Nosso trabalho está indo esplendidamente bem... esplendidamente mesmo... porém ainda há muito a ser feito. Ainda assim, estão todos entusiasmados. Temos já trinta ajudantes voluntários, *trinta*, todos afiadíssimos! Se sua intenção for sincera, pode ser *muitíssimo* valiosa para nós.

A palavra *voluntário* não caiu nada bem aos ouvidos de Victoria.

– Realmente preferia uma posição remunerada – disse.

– Oh, minha nossa! – dr. Rathbone ficou surpreso. – Isso é bem mais difícil. Nosso quadro de funcionários é bem pequeno e, para o momento, com toda a ajuda voluntária, está bastante adequado.

– Não tenho condições de não arranjar um emprego – explicou Victoria. – Sou uma estenodatilógrafa competente – acrescentou sem pestanejar.

– Tenho certeza de que é competente, minha cara jovem, a senhorita irradia competência, se me permite dizê-lo. Mas conosco é uma questão de libras. Mas, mesmo que consiga emprego em outro lugar, espero que possa nos ajudar em seu tempo livre. A maioria de nossos funcionários tem outro emprego regular. Estou certo de que vai achar muito inspirador nos auxiliar aqui. Precisa haver um fim para toda a selvageria no mundo, para as guerras, a falta de entendimento, as desconfianças. Um ponto de encontro, é disso que todos precisamos. O drama, a arte a poesia... as grandes expressões do espírito... sem lugar para as picuinhas da inveja ou do ódio.

– N-não – Victoria atreveu-se hesitante, lembrando de seus amigos que eram atrizes ou artistas e cujas vidas pareciam atormentadas pela inveja mais trivial e por aversões de uma virulência peculiar.

– Já mandei traduzir *Sonho de uma noite de verão* para quarenta idiomas diferentes – declarou o dr. Rathbone. – Quarenta grupos diferentes de jovens, todos sendo expostos ao mesmo exemplo maravilhoso de literatura. *Jovens*, eis o segredo. Não vejo utilidade nenhuma para quem não é jovem. Uma vez que a mente e o espírito estejam com os músculos enrijecidos é tarde demais. Não, é o jovem que precisa se reunir. Veja aquela garota lá de baixo, Catherine, a mesma que lhe acompanhou até aqui. Ela é síria, de Damasco. Vocês duas têm provavelmente a mesma idade. Normalmente jamais se encontrariam, não teriam nada em comum. Mas no Ramo de Oliveira, você, ela e muitas outras, russas, judias, iraquianas, turcas, armênias, egípcias, persas, todas se encontram, apreciam umas às outras, leem os mesmos livros e conversam sobre filmes e música (temos palestrantes excelentes que vêm aqui); todas vocês descobrindo e se emocionando ao encontrar pontos de vista diferentes... ora... é assim que o mundo deve ser.

Victoria não conseguia deixar de pensar que o dr. Rathbone era levemente exagerado em seu otimismo ao presumir que todos aqueles elementos divergentes que fossem se encontrar gostariam necessariamente uns dos outros. Ela e Catherine, por exemplo, não gostaram nem um pouco uma da outra. E Victoria tinha fortes suspeitas de que quanto mais elas se conhecessem, mais a antipatia iria aumentar.

– Edward é esplêndido – disse o dr. Rathbone. – Ele se dá bem com todo mundo. Talvez melhor com as meninas do que com os rapazes. Os estudantes homens por aqui tendem a ser muito difíceis no primeiro momento... desconfiados... quase hostis. Mas as garotas adoram Edward, fariam qualquer coisa por ele. Ele e Catherine se dão particularmente bem.

– Verdade – concordou Victoria, com frieza. Sua repulsa por Catherine crescendo em intensidade.

– Bem – disse o dr. Rathbone, sorrindo –, venha nos ajudar quando puder.

Era uma despedida. Apertou a mão dela calorosamente. Victoria saiu da sala e desceu as escadas. Catherine estava parada junto à porta conversando com uma moça que acabara de entrar com uma pequena mala de mão. Era uma garota bonita e morena, e, por um instante, Victoria pensou já tê-la visto antes em algum lugar. Mas a jovem olhou para ela sem qualquer sinal de reconhecimento. As duas estavam falando animadamente em alguma língua que Victoria desconhecia. Pararam quando ela apareceu e permaneceram em silêncio, encarando-a. Teve de passar por elas para chegar à porta e forçou-se a dizer um "Adeus" educado para Catherine ao sair.

Encontrou seu caminho de volta à Rashid Street saindo pela viela sinuosa e fez o trajeto de volta ao hotel, os olhos indiferentes à balbúrdia à sua volta. Procurou evitar ficar remoendo sua condição (sem um tostão em Bagdá), fixando os pensamentos no dr. Rathbone e na proposta geral desse Ramo de Oliveira. Edward chegou a dizer em Londres que havia algo "suspeito" nesse trabalho. O que seria suspeito? O dr. Rathbone? Ou o próprio Ramo de Oliveira?

Victoria mal podia acreditar que havia qualquer coisa suspeita em relação ao dr. Rathbone. Pareceu-lhe um daqueles entusiastas equivocados que insistem em enxergar o mundo através de suas próprias lentes idealistas, sem se preocupar com a realidade.

O que Edward *quis* dizer com o comentário de que algo cheirava mal? Fora muito vago. Talvez nem ele mesmo soubesse.

Será que o dr. Rathbone poderia ser uma fraude colossal?

Victoria, recém-exposta ao jeito charmoso e envolvente do velho, meneou a cabeça. A atitude dele com certeza se transformara, mesmo que muito sutilmente, com a ideia de lhe pagar um salário. Deixou claro que preferia que as pessoas trabalhassem de graça.

Mas isso, pensou Victoria, era um indicativo de bom senso. O sr. Greenholtz, por exemplo, teria achado a mesma coisa.

Capítulo 12

I

Victoria chegou de volta ao Tio com os pés doloridos e foi saudada com entusiasmo por Marcus, que se encontrava sentado no gramado do terraço de frente para rio, conversando com um homem de meia-idade magro e um tanto maltrapilho.

– Venha tomar um drinque conosco, srta. Jones. Um martíni... *sidecar*? Este é o sr. Dakin. Srta. Jones, da Inglaterra. Então, minha querida, o que vai tomar?

Victoria disse que aceitaria um *sidecar* "e um pouco daquelas nozes deliciosas", sugeriu esperançosa, lembrando-se que nozes eram nutritivas.

– Gosta de nozes. Jesus!

Ele fez o pedido num árabe apressado. O sr. Dakin disse, com a voz triste, que tomaria uma limonada.

– Ah – gritou Marcus –, mas isso é ridículo. Ah, aqui está a sra. Cardew Trench. Conhece o sr. Dakin? O que vai tomar?

– Gim com limão – disse a sra. Cardew Trench, assentindo para Dakin sem prestar muita atenção. – Parece estar passando calor – acrescentou para Victoria.

– Estive caminhando por aí, visitando os pontos turísticos.

Quando as bebidas chegaram, Victoria comeu um prato grande de pistache e também algumas batatinhas fritas.

Em seguida, um homem baixo e atarracado veio subindo os degraus, e o hospitaleiro Marcus acenou para ele. Foi apresentado a Victoria como sendo o capitão Crosbie, que esbugalhou os olhos ligeiramente protuberantes para ela, o que levou Victoria a deduzir que era vulnerável ao charme feminino.

– Acaba de chegar? – perguntou.

– Ontem.

– Achei mesmo que não a havia visto antes por aqui.

– É muito simpática e bonita, não é mesmo? – perguntou Marcus, alegre. – Ah, sim, muito bom receber a srta. Victoria. Vou dar uma festa para ela, uma festa muito boa.

– Com franguinhos? – perguntou ela esperançosa.

– Sim, sim... e foie gras, foie gras de Estrasburgo e quem sabe caviar... e então vamos servir um prato com peixe... muito bom... peixe do Tigre, mas tudo com molho e cogumelos. E então depois vai ter peru recheado do jeito que fazemos na minha casa... com arroz e passas e temperos... e tudo preparado *tão bem*! Ah, vai ser muito bom... mas vai precisar comer muito, não só uma colherinha. Ou se preferir, pode comer um bife, um bife bem grande e *tenro*... vou cuidar disso. Vamos fazer um jantar bem longo, daqueles que duram horas. E vai ser muito bom. Eu mesmo não como, só bebo.

– Isso seria encantador – disse Victoria com a voz fraca. A descrição daquele banquete a deixou quase tonta de fome. Ficou se perguntando se Marcus realmente queria dar a festa e, se fosse o caso, quando aquilo iria acontecer.

– Achei que tivesse ido para Basrah – disse a sra. Cardew Trench para Crosbie.

– Voltei ontem – respondeu Crosbie.

Olhou para a varanda acima.

– Quem é o bandido? – perguntou. – O camarada com a roupa fantasiosa e o chapelão.

– Aquele, meu caro, é Sir Rupert Crofton Lee – disse Marcus. – O sr. Shrivenham o trouxe da embaixada para cá ontem à noite. É um homem muito gentil, um viajante muito distinto. Anda de camelo pelo Saara e escala montanhas. É muito desconfortável e perigoso esse tipo de vida. Eu mesmo não gostaria de viver assim.

– Ah, então se trata desse camarada? – disse Crosbie. – Li o livro dele.

– Vim no mesmo avião que ele – comentou Victoria.

Os dois homens olharam para ela com interesse, ou ao menos assim lhe pareceu.

– É terrivelmente convencido e cheio de si – ela menosprezou.

– Conheci a tia dele em Simla – disse a sra. Cardew Trench. – A família inteira é assim. Tão inteligentes quanto todo mundo diz, mas não conseguem deixar de se exibir por causa disso.

– Está lá sentado a manhã inteira sem fazer nada – falou Victoria com sutil desaprovação.

– Está com problemas de estômago – explicou Marcus. – Hoje não vai poder comer nada. Uma tristeza.

– Não consigo entender – disse a sra. Cardew Trench – como é que você tem esse tamanho todo, Marcus, sem comer nada.

– É a bebida – disse Marcus. Suspirou profundamente. – Bebo muito além da conta. Hoje à noite, minha irmã e o marido vão chegar. Vou beber e beber até quase de manhã.

Ele suspirou mais uma vez e então soltou o seu urro de sempre.

– Jesus! Jesus! Traga mais uma rodada.

– Não para mim – apressou-se Victoria, e o sr. Dakin também recusou, terminando a limonada e saindo de fininho, enquanto Crosbie subia para o quarto.

A sra. Cardew Trench balançou o copo de Dakin com a unha.

– Limonada como sempre? – indagou. – Mau sinal, isso.

Victoria perguntou por que isso seria um mau sinal.

– Quando um homem bebe apenas se estiver sozinho.

– Sim, minha querida – concordou Marcus. – É isso mesmo.

– Ele bebe mesmo, então? – perguntou Victoria.

– É por isso que nunca subiu na vida – explicou a sra. Cardew Trench. – No máximo consegue segurar o emprego e só.

– Mas é um homem muito bom – declarou o caridoso Marcus.

– Pff – chiou a sra. Cardew Trench. – É escorregadio como um peixe. Fica se arrastando e perdendo tempo por aí... não tem energia nenhuma, nenhuma fome de vida. Apenas mais um inglês que veio se acabar no Oriente.

Agradecendo a Marcus pelo drinque e novamente recusando o segundo, Victoria subiu para o quarto, retirou os sapatos e deitou-se na cama para refletir com seriedade. As três libras e qualquer coisa que restavam de seu capital já estavam destinadas, imaginou, a Marcus para pagar pela estadia e alimentação. Contando com o temperamento generoso dele, e se conseguisse subsistir basicamente com bebidas alcoólicas acompanhadas de nozes, azeitonas e batatinhas fritas, poderia resolver a questão puramente alimentar para os próximos dias. Quanto tempo teria até que Marcus lhe apresentasse a conta e por quanto tempo permitiria que ela adiasse o pagamento? Não fazia ideia. Imaginava que ele não fosse descuidado com os negócios. Ela deveria, claro, encontrar algum lugar mais barato para morar. Mas como descobriria para onde ir? Deveria encontrar um emprego, rápido. Mas onde as pessoas poderiam se candidatar? E que tipo de emprego procuraria? A quem poderia perguntar sobre isso? Como era terrivelmente incapacitante ser jogado quase sem dinheiro em uma cidade estrangeira onde não se sabia os macetes. Com um conhecimento melhor do terreno, Victoria sentia-se confiante (como sempre) de que saberia se virar. Quando Edward retornaria de Basrah? Talvez (horror dos horrores) tivesse se esquecido dela. Por que raios ela havia descambado para Bagdá desta maneira tão estúpida? No fim das contas, quem era e o que representava Edward? Apenas mais um rapazinho com sorriso cativante e um jeito atraente de falar as coisas. E qual... qual... *qual* era o sobrenome dele? Se tivesse essa informação, poderia mandar um telegrama... não, não daria certo, ela sequer sabia onde ele estava hospedado. Não sabia de nada... esse era o problema... aquilo era o que estava restringindo os seus movimentos.

E não havia ninguém a quem poderia recorrer para pedir conselhos. Não para Marcus, que era gentil, mas nunca ouvia ninguém. Não para a sra. Cardew Trench (que desde o princípio já tivera suas desconfianças). Não para a sra. Hamilton Clipp, que evadira para Kirkuk. Não para o dr. Rathbone.

Precisava arranjar dinheiro... ou um emprego... *qualquer* emprego. Cuidando de crianças, colando selos em um escritório, atendendo em um restaurante... Caso contrário, a mandariam para o consulado, seria repatriada à Inglaterra e nunca veria Edward de novo...

Naquele ponto, consumida pelas emoções, Victoria adormeceu.

II

Acordou algumas horas mais tarde e, tendo decidido que não valia a pena se sujar por pouco, desceu até o restaurante e consumiu, com determinação, a sequência inteira de pratos do menu – que era bem generoso. Depois de terminar, sentia-se quase uma jiboia, mas definitivamente muito mais animada.

"De nada adianta ficar me preocupando", pensou Victoria. "Vou deixar tudo para amanhã. Pode aparecer alguma coisa, pode ser que eu consiga pensar em alguma coisa, ou Edward pode acabar voltando."

Antes de dormir, foi dar um passeio no terraço junto ao rio. Como, para a sensibilidade dos habitantes de Bagdá, a temperatura era a de um inverno ártico, não havia ninguém lá fora, exceto um dos garçons, que estava debruçado sobre o parapeito olhando a água lá embaixo, mas ele deu um salto quando Victoria apareceu e foi embora constrangido, apressando-se a voltar para o hotel pela porta de serviço.

Victoria, para quem aquela parecia uma noite corriqueira de verão com um vento um pouco mais gelado, estava encantada pelo Tigre visto assim, sob a luz da lua, com a margem mais distante parecendo misteriosa e oriental com sua orla de palmeiras.

– Bem, de qualquer forma, cheguei até aqui – disse Victoria, tratando de se animar –, e vou conseguir me virar de algum jeito. Há de aparecer alguma coisa.

Com esse pronunciamento otimista ela foi se recolher, e o garçom voltou para o terraço com total discrição e retomou a tarefa de amarrar uma corda cheia de nós de forma que pendesse até a borda do rio.

Em seguida, outra figura surgiu das sombras e se juntou a ele. O sr. Dakin disse em voz baixa:

– Tudo em ordem?

– Sim, senhor, nada suspeito para relatar.

Tendo cumprido sua tarefa a contento, o sr. Dakin retirou-se para as sombras, trocou o paletó branco de garçom pelo seu próprio, de um azul indefinível com risca de giz, e foi vagueando pelo terraço, com sua silhueta destacada contra o brilho da água, até junto aos degraus que davam acesso à rua lá embaixo.

– Está fazendo bastante frio à noite agora – comentou Crosbie, saindo do bar e descendo para se juntar a ele. – Suponho que não sinta o frio tanto assim, já que vem de Teerã.

Ficaram lá parados por alguns momentos, fumando. A menos que levantassem a voz, ninguém poderia escutar o que diziam. Crosbie perguntou baixinho:

– Quem é a garota?

– Aparentemente uma sobrinha daquele arqueólogo, Pauncefoot Jones.

– Ah, certo, então acho que está tudo bem. Mas chegar no mesmo avião que Crofton Lee...

– Com certeza também é melhor não darmos nada por garantido.

Os homens fumaram em silêncio por alguns instantes.

Crosbie disse:

– Acha mesmo que é recomendável mudar o negócio da embaixada para cá?

– Acho que é sim.

– Apesar de o plano inteiro ter sido esquematizado nos mínimos detalhes.

– Estava esquematizado nos mínimos detalhes em Basrah... e lá deu errado.

– Ah, eu bem sei. A propósito, Salah Hassan foi envenenado.

– Sim... imaginei que isso fosse possível. Houve algum sinal de tentativa de aproximação do consulado?

– Desconfio que possa ter havido. Houve um tumulto qualquer lá, um camarada puxou um revólver.

Ele fez uma pausa, então continuou:

– Richard Baker o agarrou e o desarmou.

– Richard Baker – repetiu Dakin, pensativo.

– Você o conhece? Ele é...

– Sim, sei quem é.

Houve um silêncio, então Dakin falou:

– Improviso. É com isso que estou contando. Se tivermos tudo tão bem esquematizado como disse... e nossos planos forem de conhecimento comum, então fica fácil para o outro lado esquematizar em cima da gente também. Duvido muito que o Carmichael fosse se atrever a sequer chegar perto da embaixada... e mesmo se chegasse...

Ele chacoalhou a cabeça.

– Aqui, só você, eu e Crofton Lee estamos por dentro do que está acontecendo.

– Vão saber que o Crofton Lee veio da embaixada para cá.

– Ah, é claro. Isso era inevitável. Mas qualquer demonstração que queiram fazer frente ao nosso improviso vai ter de ser improvisada também. Precisamos decidir com urgência e organizar tudo sem demora. Tem de vir, por assim dizer, de *fora*. Não existe a possibilidade de alguém já instalado no Tio há seis meses esperando. O Tio não fez parte do esquema até agora. Ninguém nunca sugeriu a ideia de usarmos o Tio como ponto de encontro.

Consultou o relógio.

– Vou subir agora e falar com o Crofton Lee.

A mão erguida de Dakin sequer precisou bater na porta de Sir Rupert. Ela se abriu silenciosamente para permitir que ele entrasse.

O viajante tinha apenas um pequeno abajur de cabeceira aceso e pusera sua cadeira ao lado dele. Ao sentar-se de novo, depositou com suavidade uma pequena pistola automática sobre a mesa ao alcance da mão. Disse:

– E então, Dakin? Acha que ele vem?

– Acho que sim, Sir Rupert. Nunca foi apresentado a ele, não é? – acrescentou.

O outro fez que não.

– Não. Estou ansioso para conhecê-lo hoje à noite. Aquele rapaz, Dakin, deve ser de muita bravura.

– Ah, sim – disse o sr. Dakin com um tom monótono. – Bravura ele tem.

Ele pareceu um pouco surpreso com a necessidade de precisar explicitar o óbvio.

– Não me refiro apenas à coragem – continuou o outro. – Há coragem de sobra durante a guerra... é magnífico. Quero dizer...

– Imaginação? – sugeriu Dakin.

– É. Ter a audácia de acreditar em algo que é o ápice da improbabilidade. Arriscar a vida para descobrir que uma história que parecia ridícula na verdade não tem nada de risível. Isso exige algo que os rapazes modernos geralmente não têm. Espero que ele venha.

– Acho que virá – disse o sr. Dakin.

Sir Rupert lançou-lhe um olhar ríspido.

– Vocês têm tudo bem costurado?

– Crosbie está na varanda, e eu vou ficar vigiando as escadas. Quando o Carmichael chegar até você, é só bater na parede que eu entro.

Crofton Lee assentiu.

Dakin saiu do quarto sem fazer ruído. Seguiu para a esquerda, então passou para a varanda e caminhou até o outro extremo. Ali também uma corda com nós estava pendurada sobre o parapeito, chegando ao chão à sombra de um eucalipto e alguns arbustos de olaia.

O sr. Dakin voltou, passando pela porta de Crofton Lee e entrando no seu quarto mais adiante. O quarto dele tinha uma segunda porta, que dava acesso a uma passagem por trás dos outros e se abria a poucos pés do topo da escada. Com essa porta aberta sem dar na vista, o sr. Dakin se acomodou para sua vigília.

Umas quatro horas mais tarde, uma *gufa*, aquela embarcação primitiva do Tigre, desceu suavemente pela corrente do rio e encostou no banco de terra da margem logo abaixo do Tio Hotel. Poucos minutos depois, uma figura delgada subiu pela corda e se pôs de cócoras entre as olaias.

Capítulo 13

A intenção de Victoria fora deitar-se, dormir e abandonar todos os problemas até o outro dia de manhã, mas já tendo cochilado a maior parte da tarde, descobriu-se num estado devastador de insônia.

Enfim, acendeu a luz, terminou de ler uma matéria de revista que começara no avião, cerziu as meias, experimentou as meias novas de náilon, escreveu vários anúncios classificados diferentes procurando emprego (perguntaria no dia seguinte onde publicá-los), escreveu três ou quatro tentativas de cartas para a sra. Hamilton Clipp, cada uma delas estabelecendo um conjunto mais engenhoso de circunstâncias inesperadas que resultaram em uma situação de "dificuldade" em Bagdá, esboçou um ou dois telegramas pedindo ajuda para seu único parente vivo, um cavalheiro velho, rabugento e desagradável do norte da Inglaterra, que jamais ajudara quem quer que fosse na vida; testou um novo estilo de penteado e, finalmente, com um bocejo súbito, decidiu que estava de fato caindo de sono e pronta para a cama e o repouso.

Foi naquele momento que, sem qualquer aviso, a porta do quarto se abriu, um homem se esgueirou por ela, girou a chave na fechadura atrás dele e pediu com tom urgente:

– Pelo amor de Deus, me esconda em algum lugar, depressa...

As reações de Victoria nunca foram lentas. Num piscar de olhos, percebera a respiração laboriosa, a voz que se extinguia, a forma como o homem segurava desesperado um velho cachecol vermelho de tricô amassado contra o peito. E levantou-se de imediato em resposta àquela aventura.

O quarto não se prestava muito a esconderijos. Havia o guarda-roupa, uma cômoda com gavetas, uma mesa e a penteadeira bastante pretensiosa. A cama era grande, quase de casal, e lembranças de brincadeiras de esconde-esconde durante a infância incitaram uma rápida reação em Victoria.

– Rápido – ela disse.

Derrubou os travesseiros e ergueu o lençol e o cobertor. O homem ficou atravessado em cima do colchão. Victoria puxou o lençol e o cobertor sobre ele, jogou os travesseiros por cima e sentou-se de lado da cama.

Quase que imediatamente ouviram uma batida baixa e insistente na porta.

Victoria gritou:

– Quem é? – com uma voz fraca e assustada.

– Por favor – disse uma voz masculina do outro lado. – Abra, por favor. É a polícia.

Victoria atravessou o quarto enquanto fechava o penhoar. Ao fazer isso, percebeu que o cachecol tricotado vermelho do homem estava caído no chão, apanhou e enfiou a peça em uma gaveta, só então girou a chave, abrindo um pequeno vão na porta do quarto, e espiou para fora com uma expressão de alarme.

Um rapaz de cabelos escuros e terno risca de giz cor de malva estava parado do lado de fora, atrás dele havia um homem com uniforme de policial.

– Qual é o problema? – perguntou ela, deixando que um tremor transparecesse na voz.

O rapaz abriu um sorriso brilhante e falou com um inglês bem passável.

– Sinto muito, senhorita, em perturbá-la a uma hora destas, mas um criminoso escapou. Ele fugiu para este hotel. Precisamos procurar em todos os quartos. É um homem muito perigoso.

– Minha nossa! – Victoria caiu para trás, escancarando a porta. – Entrem, *por favor*, e procurem. Que coisa assustadora. Vejam no banheiro, por favor. Ah! E no guarda-roupa... e, pensando bem, *será* que se importariam de olhar *embaixo* da cama? Ele pode ter se escondido aí a noite toda.

A revista foi muito rápida.

– Não, ele não está aqui.

– Têm certeza de que ele não está embaixo da cama? Não, ah que bobagem minha. Não poderia estar lá de jeito nenhum. Tranquei a porta quando fui me deitar.

– Obrigado, senhorita, e boa noite.

O rapaz fez uma mesura e se retirou com seu assistente uniformizado.

Victoria, seguindo-o até a porta, disse:

– Melhor trancar de novo, não é? Para garantir.

– Sim, isso seria melhor, com certeza. Obrigado.

Victoria trancou de novo a porta e ficou parada ali por alguns minutos. Ouviu os oficiais baterem da mesma forma na porta do outro lado do corredor, ouviu-a se abrir, uma troca de palavras e a voz indignada e rouca da sra. Cardew Trench, então a porta se fechou. Foi reaberta alguns minutos depois, o som dos passos deles seguindo adiante no corredor. A próxima batida veio de um ponto bem mais adiante.

Victoria virou-se e caminhou pelo quarto até a cama. Enfim compreendia que era possível que tivesse feito uma idiotice tremenda. Levada pelo espírito romântico e pelo som de seu próprio idioma, fora impulsiva ao prestar ajuda a um provável malfeitor extremamente perigoso. Sua tendência a tomar partido da caça contra o caçador às vezes trazia consequências desagradáveis. Ah, bem, pensou ela, agora não adianta, já estou enfiada até o pescoço!

De pé, ao lado da cama, disse de maneira curta e seca:

– Levante-se.

Ele não se mexeu, e Victoria então foi ríspida, embora sem levantar a voz:

– Já foram embora. Pode se levantar agora.

Mas ainda assim, não havia sinal de movimento debaixo da leve corcunda de travesseiros. Com impaciência, Victoria arrancou todas as almofadas de cima da cama.

O rapaz estava do mesmo jeito que o havia deixado. No entanto, seu rosto agora era de um acinzentado estranho e os olhos permaneciam fechados.

Então, com súbita falta de ar, Victoria reparou em outra coisa... uma mancha vermelha brilhante infiltrando-se no cobertor.

– Ai, *não* – disse Victoria, quase implorando. – Ai, não... isso *não*!

E como que em reconhecimento àquele apelo, o homem ferido abriu os olhos. Encarou-a, fitou-a como se visse de muito, muito longe algum objeto que não tinha certeza de estar enxergando.

Seus lábios se entreabriram; o som era tão tênue que Victoria mal conseguiu ouvir.

Ela se abaixou.

– O quê?

Dessa vez, escutou. Com dificuldade, muita dificuldade, o rapaz pronunciara duas palavras. Se chegou a ouvi-las corretamente ou não, Victoria não sabia. Pareceram-lhe bastante disparatadas e sem sentido. O que ele disse foi: "*Lucifer, Basrah...*".

As pálpebras tombaram e tremeram sobre os olhos arregalados e ansiosos. Disse uma palavra mais... um nome. Então o pescoço contraiu-se um pouco para trás, e ele ficou imóvel.

Victoria permaneceu ali parada, seu coração batia violentamente. Estava agora cheia de intensa piedade e raiva. O que deveria fazer agora, ela não fazia ideia. Precisava chamar alguém, conseguir que alguém viesse. Estava sozinha ali com um homem morto e mais cedo ou mais tarde a polícia exigiria uma explicação.

Enquanto seu cérebro estudava a situação, um ruído leve fez com que virasse a cabeça. A chave caíra da porta do quarto e, enquanto olhava para a chave no chão, ouviu o som da fechadura girando. A porta se abriu, e o sr. Dakin entrou, fechando-a com cuidado atrás de si.

Caminhou até ela dizendo baixinho:

– Bom trabalho minha querida. Você pensa rápido. Como ele está?

Com a voz embargada, Victoria disse:

– Acho que ele... que ele *morreu.*

Viu o rosto do outro se alterar, vislumbrou apenas um relance de raiva intensa, e então a expressão era idêntica à que vira no dia anterior; só que agora lhe parecia que a indecisão e a languidez do homem haviam desaparecido, dando lugar a algo bem diferente.

Ele se abaixou e soltou a túnica rasgada com delicadeza.

– Uma estocada muito precisa que atravessou o coração – declarou Dakin ao se endireitar. – Era um moleque corajoso... e muito inteligente.

Victoria conseguiu falar.

– A polícia veio. Disseram que era um criminoso. Era um criminoso *mesmo*?

– Não. Não era criminoso.

– E eles... eles eram da polícia?

– Não sei – respondeu Dakin. – Pode ser que sim. É tudo a mesma coisa.

Então perguntou a ela:

– Ele disse alguma coisa... antes de morrer?

– Disse.

– E o que foi?

– Disse Lucifer... e então Basrah. E depois de uma pausa, disse um nome, um nome que parecia francês... mas pode ser que eu tenha entendido errado.

– Soava parecido com o quê?

– Acho que era Lefarge.

– Lefarge – repetiu Dakin, pensativo.

– O que significa tudo isso? – perguntou Victoria e acrescentou com certo desalento: – E o que eu devo fazer?

– Precisamos tirá-la dessa história o mais que pudermos – afirmou Dakin. – Quanto ao que tudo isso significa, vou voltar e conversar com você mais tarde. A primeira coisa a fazer é chamar Marcus. Este é o hotel dele, e Marcus tem muito bom senso, embora as pessoas nem sempre percebam isso ao conversar com ele. Vou procurá-lo. Não deve ter ido para a cama ainda. São só uma e meia da manhã. Raramente vai para a cama antes das duas horas. Apenas atente para sua aparência antes que eu o traga para cá. O Marcus é muito suscetível a donzelas em perigo.

Ele saiu do quarto. Como em um sonho, ela foi até a penteadeira, escovou os cabelos para trás, maquiou-se, deixando o rosto com uma palidez que lhe caía bem, e desmoronou sobre uma cadeira assim que ouviu passos se aproximando. Dakin entrou sem bater. Atrás dele vinha a corpulência de Marcus Tio.

Dessa vez Marcus estava sério. Nem sinal do habitual sorriso no rosto.

– Agora, Marcus – disse o sr. Dakin –, você deve fazer o que for preciso para resolver isso. Foi um choque terrível para essa pobre moça. Esse camarada entra de supetão e desaba; ela tem muita bondade no coração e o escondeu da polícia. E agora ele está morto. Talvez não devesse ter feito isso, mas garotas têm o coração mole.

– É claro que ela não gostou da polícia – falou Marcus. Ninguém gosta da polícia. *Eu* não gosto da polícia. Mas preciso me dar bem com eles por causa do meu hotel. Quer que eu ajeite tudo com eles oferecendo dinheiro?

– Só queremos tirar o corpo daqui sem dar na vista.

– Isso seria muito bom, meu caro. Também não quero um cadáver no meu hotel. Mas não é, como se diz, tão fácil assim!

– Acho que poderia ser arranjado – disse Dakin. – Tem um médico na sua família, não tem?

– Sim, Paul, marido da minha irmã, é médico. É um rapaz muito bom. Mas não quero criar problemas para ele.

– Não vai criar nenhum problema – declarou Dakin. – Ouça Marcus. Vamos tirar o cadáver do quarto da srta. Jones e passar para o meu, do outro lado do corredor. Isso vai tirar *ela* da jogada. Então uso o seu telefone. Em dez minutos, um rapaz vindo da rua entra no hotel. Está muito bêbado e apertando a cintura com a mão. Chama por mim aos gritos. Cambaleia até o meu quarto e desaba. Saio, chamo por você e peço para conseguir um médico. Você aparece com o seu cunhado. Ele manda chamar uma ambulância e entra nela com esse meu amigo bêbado. Antes de chegarem ao hospital, meu amigo está morto. Foi esfaqueado. Fica tudo certo para você. Ele havia sido esfaqueado na rua antes de entrar no seu hotel.

– Meu cunhado retira o cadáver... e o jovem que fez o papel do bêbado, ele vai embora sem chamar a atenção pela manhã, quem sabe?

– Essa é a ideia.

– E nenhum corpo é encontrado no meu hotel? E a srta. Jones, ela não precisa se preocupar ou se incomodar? Acho, meu caro, que é uma ideia muito boa.

– Que bom, então só precisa garantir que o caminho esteja livre, vou levar o corpo até o meu quarto. Aqueles seus criados passam a noite toda rondando os corredores. Vá até o seu quarto e crie algum tumulto. Faça com que todos eles fiquem correndo de um lado para o outro buscando coisas para você.

Marcus assentiu e saiu do quarto.

– Você é uma moça forte – disse Dakin. – Consegue me ajudar a carregá-lo pelo corredor até meu quarto?

Victoria concordou. Com esforço, os dois levantaram o corpo flácido, carregaram-no pelo corredor deserto (ao longe se ouvia Marcus levantando a voz em um ataque de fúria) e o deitaram sobre a cama de Dakin.

Dakin falou:

– Você tem uma tesoura? Então corte a parte de cima do cobertor, onde ficou manchado. Não acho que a mancha tenha chegado até o colchão. A túnica absorveu a maior parte do sangue. Virei ao seu encontro dentro de mais ou menos uma hora. Espere um minuto, dê um bom gole deste meu cantil.

Victoria obedeceu.

– Boa menina – disse Dakin. – Agora volte para o seu quarto. Apague a luz. Como já disse, volto dentro de uma hora.

– E vai me explicar o que significa tudo isso?

Ele a encarou por um bom tempo de um modo muito peculiar, mas não respondeu à pergunta.

Capítulo 14

Victoria ficou deitada na cama com a luz apagada e os ouvidos atentos na escuridão. Ouviu um bêbado brigando em voz alta. Escutou uma voz dizendo: "Acho que eu vou ter que cuidar de você, meu velho. Já brigou com um camarada lá fora". Ouviu sinos badalando. Escutou outras vozes. Ouviu uma boa dose de comoção. Depois houve um intervalo de silêncio; exceto pelo som longínquo de música árabe tocando no gramofone do quarto de alguém. Quando lhe pareceu que haviam se passado horas, escutou o leve rangido da porta se abrindo e sentou-se na cama acendendo a luz da cabeceira.

– Muito bem – disse Dakin, com aprovação.

Puxou uma cadeira para o lado da cama dela e sentou-se. Ficou ali, encarando-a com a mesma consideração de um médico fazendo um diagnóstico.

– Conte para mim o que está acontecendo – exigiu Victoria.

– Suponhamos – começou Dakin – que você me conte primeiro tudo sobre você. O que está fazendo aqui? Por que veio a Bagdá?

Se foi em razão dos eventos daquela noite ou se foi porque havia algo na personalidade de Dakin (Victoria concluiu mais tarde que teria sido mais por este último motivo), Victoria, pela primeira vez, não se lançou em uma narrativa inspirada e mirabolante sobre a sua presença em Bagdá. Pura e simplesmente, de maneira bem direta, contou tudo a ele. Seu encontro com Edward, sua determinação em chegar a Bagdá, o milagre que foi a sra. Hamilton Clipp, e sua própria penúria financeira.

– Entendo – disse Dakin, quando ela terminou de contar.

Ele ficou em silêncio por um momento antes de se pronunciar.

– Talvez eu preferisse que você ficasse fora disso. Não tenho certeza. Mas a questão é: não há *como* ficar fora disso! Já está metida nesta história, quer queira, quer não. E como está metida, pode muito bem trabalhar para *mim*.

– Tem um trabalho para mim? – Victoria sentou-se mais ereta na cama, as bochechas resplandeciam de ansiedade.

– Talvez. Mas não o tipo de trabalho que está pensando. Este é um trabalho sério, Victoria. E é perigoso.

– Ah, mas isso não tem problema – disse ela com alegria. E acrescentou hesitante: – Não é *desonesto*, é? Porque embora saiba que conto uma quantidade tremenda de mentiras, não gostaria de fazer qualquer coisa que fosse desonesta.

Dakin sorriu de leve.

– Por mais estranho que possa parecer, sua capacidade de inventar mentiras convincentes com muita rapidez é uma de suas qualificações para o trabalho. Não, não é desonesto. Pelo contrário, estaria afiliada a uma causa a favor da lei e da ordem. Vou delinear o cenário para você, apenas de uma maneira geral, mas de forma que possa entender direito o que está fazendo e exatamente os perigos que a tarefa envolve. Parece ser uma jovem sensata, e não creio que tenha refletido muito sobre a política mundial, o que não tem importância, porque como Hamlet afirma com muita sabedoria: "Não há nada que seja bom ou mau, é o pensamento que os faz assim".

– Sei que todo mundo diz que vai acontecer outra guerra mais cedo ou mais tarde – disse Victoria.

– Exato – concordou Dakin. – Por que todo mundo diz isso, Victoria?

Ela franziu a testa.

– Ora, porque a Rússia, os comunistas... a América... – ela parou.

– Está vendo – disse Dakin. – Essas não são as suas próprias opiniões ou palavras. Foram retiradas de jornais e de conversas casuais ou do rádio. Há dois pontos de vista divergentes dominando duas partes do mundo, isso é bem verdade. E são representados de maneira espontânea na cabeça das pessoas em geral como "a Rússia e os comunistas" e "a América". Agora, a única esperança de futuro, Victoria, está na paz, na produção, em atividades construtivas e não destrutivas. Portanto, tudo depende daqueles que detêm esses dois pontos de vista divergentes, seja concordando em divergir e cada um deles se contentando com suas respectivas esferas de atividade; ou senão encontrando um princípio comum para um acordo, ou pelo menos tolerância. Em vez disso, o oposto está acontecendo, há uma cunha sendo inserida nesse vão o tempo todo, forçando dois grupos já mutuamente desconfiados cada vez mais para longe um do outro. Certos fatores levaram uma ou outra pessoa a acreditar que essa ação está vindo de uma terceira facção, ou grupo, que trabalhe clandestinamente e até agora ignorada pelo mundo em geral. Sempre que se tem uma chance de um acordo ser alcançado ou há qualquer sinal de suspeição diminuída, ocorre algum incidente que mergulha um dos lados de volta na desconfiança, ou o outro em um medo histérico e definitivo. Essas coisas não são *acidentais*, Victoria, são criadas deliberadamente para provocar um efeito calculado.

– Mas por que acha isso e quem está fazendo essas coisas?

– Um dos motivos que nos levam a essa conclusão tem a ver com dinheiro. O dinheiro, veja bem, não está vindo de onde se espera. Dinheiro, Victoria, é sempre a grande pista para o que está acontecendo no mundo. Assim como um médico lhe aperta o pulso em busca de indícios sobre o seu estado de saúde, também o dinheiro é o fluido vital que alimenta todas as grandes causas e movimentos. Sem ele, um movimento não tem como ganhar frentes. Neste caso, há grandes quantias de dinheiro envolvidas e, embora isso esteja sendo camuflado com muita esperteza e talento, há definitivamente algo de errado com relação à origem do dinheiro e para onde ele se destina. Muitas greves não oficiais e várias ameaças a governos na Europa que estão demonstrando sinais de recuperação são encenadas e materializadas pelos comunistas, trabalhadores diligentes pela causa deles... Mas os fundos para essas medidas *não* vêm de fontes comunistas; e ao tentarmos rastrear o dinheiro, constatamos que vem de instâncias muito estranhas e improváveis. Da mesma forma, uma crescente onda de medo do comunismo, um pânico quase histérico, está ascendendo na América e em outros países, e ali também os fundos não estão vindo do lugar apropriado... não é dinheiro do capitalismo, embora naturalmente passe por mãos capitalistas. Um terceiro ponto: enormes somas de dinheiro parecem estar saindo completamente de circulação. Como se, colocando de maneira simples, você gastasse seu salário todas as semanas em coisas como pulseiras, mesas ou cadeiras, e essas coisas então desaparecessem ou sumissem de circulação e da vista de todos. No mundo inteiro está surgindo uma grande demanda por diamantes e outras pedras preciosas. As pedras trocam de mãos mais de uma dúzia de vezes até que por fim desaparecem e não podem ser rastreadas.

"Isso, claro, é apenas um vago esboço. A questão é que, em algum lugar, um terceiro grupo de pessoas cujo objetivo é ainda obscuro, como fomentar greves e desentendimentos, está envolvido com transações de dinheiro ou joias, camufladas com muita inteligência para seus próprios fins. Temos motivos para acreditar que em todos os países há agentes desse grupo, alguns já estabelecidos há muitos anos. Alguns estão em posições muito altas e respeitáveis, outros fazendo papéis mais humildes, mas todos trabalhando com um fim desconhecido em mente. Em suma, muito parecido com as atividades da Quinta Coluna no começo da última guerra, só que, desta vez, é em escala mundial."

– Mas quem são essas pessoas? – perguntou Victoria.

– Achamos que não são de nenhuma nacionalidade em especial. O que querem, eu acho, é um mundo melhor! A ilusão de que se poderia impor à força o tão sonhado milênio sobre a raça humana é uma das mais perigosas que existem. Aqueles que se propõem apenas a encher os próprios bolsos de dinheiro podem causar pouco dano, a mera ganância derrota seus próprios objetivos. Mas a crença em um superestrato de seres humanos – em super-homens que vão governar o que resta de um mundo decadente –, isso, Victoria, é a mais maligna de todas as crenças. Pois quando alguém diz: "Eu não sou igual aos outros homens", já perdeu as duas qualidades mais valiosas que um dia lutamos para alcançar: a humildade e a fraternidade.

Ele pigarreou.

– Bem, não vou passar um sermão. Deixe-me apenas explicar o que sabemos. Há vários centros de atividade. Um na Argentina, um no Canadá; certamente um ou mais nos Estados Unidos e, imagino, embora não possamos confirmar, um na Rússia. E agora chegamos a um fenômeno interessantíssimo.

"Nos dois últimos anos, 28 jovens cientistas promissores de várias nacionalidades foram desaparecendo gradualmente e sem alarde de sua área de atuação. A mesma coisa aconteceu com engenheiros da construção civil, com aviadores, eletricistas e muitos outros ofícios com demanda de habilidades específicas. Esses desaparecimentos têm uma coisa em comum: todos os envolvidos eram jovens, ambiciosos e sem vínculos próximos com ninguém. Além daqueles de que ficamos sabendo deve haver muitos, muitos mais, e estamos começando a inferir algumas coisas sobre o que podem estar planejando."

Victoria ouvia tudo, as sobrancelhas franzidas.

– Poderíamos dizer que seria impossível nos dias de hoje que qualquer coisa estivesse acontecendo em qualquer país sem o conhecimento do resto do mundo. Não estou falando, claro, de atividades clandestinas; elas podem acontecer em qualquer lugar. Falo de algo em grande escala de produção moderna. E ainda assim, há partes obscuras do mundo, fora das rotas comerciais, isoladas por montanhas e desertos, em meio a povos que ainda têm o poder de barrar o acesso de estranhos, as quais nunca são conhecidas ou visitadas, senão por algum viajante solitário e excepcional. Lá poderiam acontecer coisas que jamais chegariam ao conhecimento do mundo aqui fora, ou chegariam apenas como um boato obscuro e absurdo.

"Não vou especificar o local. É possível chegar lá pela China, e ninguém sabe o que se passa no interior da China. Pode-se chegar lá pelo Himalaia, mas a jornada até o local, salvo para os iniciados, é árdua e longa para se percorrer. Pessoal e maquinário despachados de todos os pontos do planeta chegam lá depois de serem desviados de seus destinos aparentes. A mecânica de tudo isso não precisa ser detalhada.

"Mas um homem ficou interessado em seguir uma certa pista. Era um homem incomum, um homem que tinha amigos e contatos por todo o Oriente. Nascera em Kashgar e sabia um bom número de dialetos e línguas locais. Desconfiou e seguiu uma trilha. O que ouviu era tão incrível que, quando retornou à civilização e relatou tudo, não acreditaram nele. Admitiu que tivera uma febre e foi tratado como um homem que apenas sofrera um delírio.

"Apenas duas pessoas acreditaram na história dele. Uma era eu. Jamais vou me opor a acreditar em coisas impossíveis... por tantas vezes acabam se provando verdadeiras. A outra..." – ele hesitou.

– Sim? – disse Victoria.

– A outra foi Sir Rupert Crofton Lee, um grande aventureiro e um homem que havia viajado ele próprio por essas regiões remotas e tinha alguma noção das possibilidades que ofereciam.

"Em suma, Carmichael, esse era o nome do meu agente, decidiu se aventurar e descobrir por si só. Foi uma missão arriscada e desesperada, mas estava mais bem equipado do que qualquer outra pessoa para levá-la até o fim. Isso foi há nove meses. Não tivemos notícias dele até poucas semanas atrás, quando então algumas notícias chegaram até nós. Estava vivo e conseguira o que fora buscar. Provas definitivas.

"No entanto, o outro lado estava ciente da existência dele. Era vital para eles que jamais conseguisse retornar com as provas. E já tivemos amplas demonstrações de como o sistema inteiro foi penetrado e infiltrado pelos agentes inimigos. Até no meu próprio departamento acontecem vazamentos. E alguns desses vazamentos, que o céu nos ajude, acontecem num nível hierárquico bem alto.

"Todas as fronteiras foram vigiadas à procura dele. Vidas inocentes foram sacrificadas por engano em seu lugar; eles não têm a vida humana em muita conta. Mas, de um jeito ou de outro, conseguiu escapar ileso... até hoje à noite."

– Então esse era quem... era *ele*?

– Sim, minha querida. Um rapaz muito corajoso e indomado.

– Mas e as provas? Eles conseguiram pegar?

Um sorriso meio preguiçoso apareceu no rosto cansado de Dakin.

– Acho que não conseguiram. Não, conhecendo Carmichael, tenho quase certeza de que não conseguiram. Mas morreu sem poder nos dizer onde essas provas estão e como podemos recuperá-las. Acho que provavelmente tentou nos dizer alguma coisa quando estava morrendo, algo que fosse nos dar uma pista.

Ele repetiu devagar:

– Lucifer... Basrah... Lefarge. Ele esteve em Basrah... tentou se apresentar ao consulado e por pouco escapou de levar um tiro. É possível que tenha deixado as provas em algum lugar em Basrah. O que preciso, Victoria, é que vá até lá e tente descobrir.

– Eu?

– Sim. Não tem experiência. Não sabe o que está procurando. Mas ouviu as últimas palavras de Carmichael, e elas podem fazer algum sentido para você quando chegar lá. Quem sabe... não pode ter sorte de principiante?

– Adoraria ir para Basrah – disse Victoria, com ansiedade.

Dakin sorriu.

– A ideia lhe agrada porque o seu rapaz está lá, não é? Está certo. É uma boa camuflagem também. Nada como um romance genuíno como camuflagem. Vá para Basrah, fique de olhos e ouvidos abertos e preste atenção ao seu redor. Não posso lhe dar nenhuma instrução de como proceder nessas coisas... prefiro mesmo não dizer nada. Parece ser uma moça com engenhosidade suficiente por si só. O que as palavras Lucifer e Lefarge significam, presumindo que tenha ouvido direito, eu não sei. Tendo a concordar com você que Lefarge deve ser um nome. Fique alerta quanto a esse nome.

– Como vou chegar a Basrah? – perguntou Victoria com ar profissional. – E que dinheiro vou usar?

Dakin puxou a carteira e lhe entregou um maço de notas.

– Este é o dinheiro que vai usar. E quanto ao meio de chegar a Basrah, puxe conversa com aquela pata choca da sra. Cardew Trench amanhã de manhã, diga que está ansiosa para conhecer Basrah antes de partir para a tal escavação arqueológica onde está fazendo de conta que vai trabalhar. Peça uma sugestão de hotel. Ela vai lhe dizer de primeira que deve ficar no consulado e vai mandar um telegrama para a sra. Clayton. É provável que encontre Edward lá. Os Clayton deixam a casa sempre aberta, todo mundo que passa por lá fica hospedado com eles. Além disso, não posso lhe dar outra dica, exceto uma. Se... hã... alguma coisa desagradável acontecer, se for questionada sobre o que sabe e quem lhe passou o serviço que está prestando... não tente nenhuma atitude heroica. Conte tudo de uma vez.

– Muito obrigada – agradeceu Victoria. – Sou uma covarde sem igual frente à dor, e se alguém aqui fosse me torturar, temo que não fosse capaz de segurar a língua.

– Não se darão ao trabalho de torturar você – disse o sr. Dakin. – A menos que entre algum elemento sádico. A tortura é muito antiquada. Basta uma pinicada com uma agulha e responde todas as perguntas com a mais pura verdade, sem ao menos perceber que está fazendo isso. Vivemos numa era científica. Por isso não queria que ficasse com ideias grandiosas sobre confidencialidade. Não contará a eles nada que já não saibam. Vão estar de olho em mim depois do que aconteceu hoje... não há como evitar. E também em Rupert Crofton Lee.

– E quanto a Edward? Conto para ele?

– Isso é com você. Em teoria, não deve comentar com ninguém sobre o que está fazendo. Praticamente ninguém! – as sobrancelhas dele se ergueram com ar zombeteiro. – Pode colocá-lo em perigo também. Há esse aspecto da coisa. Ainda assim, suspeito que tenha uma boa ficha com a Força Aérea. Não suponho que o perigo fosse preocupá-lo. Duas cabeças são muitas vezes melhor do que uma. Então ele acha que há algo cheirando mal nesse tal "Ramo de Oliveira" onde está trabalhando? Isso é interessante... interessantíssimo.

– Por quê?

– Porque nós também achamos – disse Dakin.

Depois acrescentou:

– Apenas mais duas dicas de despedida. Primeiro, espero que não fique chateada com o que vou dizer, mas evite contar muitas mentiras diferentes. É mais difícil de lembrar e de manter a farsa. Sei que é quase uma virtuose, mas se atenha ao que é mais simples; é o meu conselho.

– Vou me lembrar disso – respondeu Victoria com a devida humildade. – E qual a outra dica?

– Apenas que espiche bem as orelhas a qualquer menção de uma moça chamada Anna Scheele.

– Quem é ela?

– Não sabemos muito sobre ela. Seria muito bom se soubéssemos um pouco mais.

Capítulo 15

I

– É claro que deve ficar no consulado – disse a sra. Cardew Trench. – Que bobagem, minha querida... não pode se hospedar no Airport Hotel. Os Clayton vão adorar. Conheço os dois há anos. Vou mandar um telegrama e poderá viajar no trem desta noite. Eles conhecem o dr. Pauncefoot Jones muito bem.

Victoria teve a gentileza de ficar ruborizada. O Bispo de Llangow, também conhecido como Bispo de Languao, era uma coisa, um dr. Pauncefoot Jones de carne e osso era bem outra.

"Imagino", pensou Victoria cheia de culpa, "que poderia ser mandada para a prisão por conta disso – falsidade ideológica ou algo do tipo."

Depois, tratou de se alegrar ao refletir que era apenas caso a pessoa tentasse obter dinheiro através de afirmações falsas que os rigores da lei eram acionados. Se isso era verdade ou não, Victoria não sabia, era ignorante a respeito da lei como a maioria das pessoas comuns, mas soava mais animador.

A viagem de trem tinha todo o fascínio de uma novidade – na opinião de Victoria, o trem não se qualificava como expresso –, mas já começara a ficar mais consciente de sua impaciência ocidental.

Um carro consular foi ao seu encontro na estação, e Victoria foi levada ao consulado. O veículo passou pelos enormes portões, entrou em um jardim agradabilíssimo e encostou junto a um lance de escadas levando a uma varanda que circundava a casa. A sra. Clayton, uma mulher sorridente e cheia de energia, saiu por uma porta de tela para cumprimentá-la.

– Estamos tão felizes em recebê-la – anunciou. – Basrah é realmente linda nesta época do ano, e você não deveria deixar o Iraque sem conhecer a cidade. Por sorte não há muita gente hospedada aqui no momento; há ocasiões em que não sabemos a quem recorrer para conseguir encaixar todo mundo, mas não há ninguém agora exceto o jovem ajudante do dr. Rathbone, que é uma graça. Aliás, por pouco não encontra Richard Baker. Ele partiu antes de eu receber o telegrama da sra. Cardew Trench.

Victoria não fazia ideia de quem era Richard Baker, mas lhe pareceu muito bom que ele já houvesse partido.

– Ele passou alguns dias no Kuwait – continuou a sra. Clayton. – Esse é um lugar que precisa visitar; antes que se acabe. Diria que isso vai acontecer logo. Todos os lugares terminam arruinados mais cedo ou mais tarde. O que gostaria primeiro: de um banho ou de um café?

– Um banho, por favor – respondeu Victoria, agradecida.

– E como está a sra. Cardew Trench? Este é o seu quarto e o banheiro fica logo ali. É uma antiga amiga sua?

– Oh, não – disse Victoria, falando a verdade. – Acabei de conhecê-la.

– E suponho que tenha revirado você do avesso nos primeiros quinze minutos? Ela é terrível com fofocas, como imagino que já tenha percebido. Tem uma mania e tanto de saber tudo sobre todo mundo. Mas é ótima companhia e uma jogadora de bridge de primeira. Tem certeza mesmo de que não gostaria de um café ou outra coisa antes?

– Não, obrigada.

– Bom... então vejo você depois. Tem tudo de que precisa?

A sra. Clayton saiu pairando como uma abelhinha contente, enquanto Victoria foi tomar um banho na banheira e dar um trato no rosto e nos cabelos com a atenção meticulosa de uma mocinha que em breve encontrará o rapaz por quem se apaixonou.

Victoria torcia para encontrar-se com Edward a sós, se possível. Não achava que ele fosse fazer algum comentário sem discernimento; felizmente ele a conhecia por Jones e era provável que a adição do nome Pauncefoot não lhe causasse surpresa. A surpresa ficaria por conta da própria presença dela no Iraque, e por isso Victoria esperava conseguir pegá-lo a sós, nem que fosse por apenas um ou dois segundos.

Com este objetivo em mente, assim que pôs um vestido de verão (para ela o clima de Basrah lembrava o mês de junho em Londres), saiu com calma pela porta de tela e posicionou-se na varanda, onde poderia interceptar Edward quando ele retornasse do que quer que estivesse fazendo – enfrentando os oficiais da alfândega, ela presumiu.

O primeiro a chegar foi um homem alto e magro com uma expressão pensativa e, enquanto ele subia os degraus, Victoria se esgueirou pelo canto da varanda. Ao fazer isso, na verdade viu Edward entrando pela porta do jardim que dava para a curva do rio.

Fiel à tradição de Julieta, Victoria se inclinou sobre o parapeito da sacada e deu um longo assobio.

Edward (que estava mais atraente do que nunca, pensou Victoria), virou o pescoço num movimento brusco, olhando ao redor.

– Psst! Aqui em cima – chamou Victoria em voz baixa.

Edward ergueu a cabeça, e uma expressão de espanto absoluto surgiu em seu rosto.

– Meu Deus – exclamou. – É a Charing Cross!

– Shhh. Espere por mim. Vou descer.

Victoria debandou veloz pela varanda, desceu os degraus e seguiu para o canto da casa, onde Edward, obediente, esperava parado, ainda com a expressão aturdida em seu rosto.

– Não posso estar bêbado tão cedo assim – disse Edward. – É *você* mesmo?

– Sim, mim mesma – afirmou Victoria, feliz e com erros gramaticais.

– Mas o que está fazendo aqui? Como foi que chegou? Achei que nunca mais fosse vê-la de novo.

– Também achei.

– É realmente como se fosse um milagre. Mas *como* conseguiu vir para cá?

– De avião.

– Naturalmente que de avião. Não poderia ter chegado tão rápido de nenhuma outra forma. Mas estou falando de que oportunidade abençoada e maravilhosa a trouxe para Basrah.

– O trem – respondeu ela.

– Está fazendo isso de propósito, sua pestinha. Deus, como estou feliz em ver você. Mas como foi que chegou aqui... sério?

– Vim com uma senhora que quebrou o braço... uma tal sra. Clipp, ela é americana. Ofereceram o emprego a mim um dia depois que conheci você, e você tinha falado sobre Bagdá, e eu estava um pouco cansada de Londres, então pensei, bem, por que não conhecer o mundo?

– Você é uma brincalhona incorrigível, Victoria. Onde está essa tal dona Clipp? Aqui?

– Não, foi encontrar a filha perto de Kirkuk. O serviço era apenas para acompanhá-la na viagem de vinda.

– Então o que está fazendo agora?

– Ainda estou vendo o mundo – respondeu Victoria. – Mas esse passatempo tem me exigido o uso de alguns subterfúgios. É por isso que precisava falar com você antes de nos encontrarmos em público, digo, não quero que faça nenhuma referência indelicada ao fato de que eu era uma estenodatilógrafa desempregada da última vez que me viu.

– De minha parte, é qualquer coisa que diz ser. Estou pronto para receber instruções.

– A ideia é – disse Victoria – que sou a srta. Pauncefoot Jones. Meu tio é um arqueólogo famoso que está fazendo umas escavações em algum lugar mais ou menos inacessível aqui perto, e em breve irei me encontrar com ele.

– E nada disso é verdade?

– Naturalmente que não. Mas rende uma boa história.

– Ah, sim, excelente. Mas suponhamos que você dê de cara com velho Pompomfoot Jones?

– Pauncefoot. Não acho que haja muita chance. Até onde entendi, uma vez que os arqueólogos comecem a escavar, ficam escavando feito loucos e não param.

– Igualzinho aos terriers. Digo, faz sentido o que está dizendo. Ele tem uma sobrinha de verdade?

– Como é que vou saber? – disse Victoria.

– Ah, então não está se fazendo de impostora de ninguém em particular. Isso é mais fácil.

– Sim, afinal de contas, um homem pode ter montes de sobrinhas. Ou, se passar por algum aperto, poderia dizer que sou apenas uma prima, mas que sempre o chamei de tio.

– Você pensa em tudo – admirou-se Edward. – Realmente é uma garota incrível, Victoria. Nunca conheci ninguém assim. Achei que levaria anos até poder encontrá-la de novo e, quando isso acontecesse, teria esquecido completamente de mim. No entanto, agora está aqui.

A expressão de admiração e humildade com que Edward a olhava causou uma intensa satisfação em Victoria. Se ela fosse um gato, teria ronronado.

– Mas vai querer um emprego, não vai? – perguntou Edward. – Digo, não herdou nenhuma fortuna ou algo parecido?

– Longe disso! Sim – disse ela devagar –, gostaria de um emprego. Para dizer a verdade, fui até o seu negócio do Ramo de Oliveira, falei com o dr. Rathbone e pedi um emprego a ele, mas ele não foi muito receptivo... melhor dizendo, não para um trabalho assalariado.

– O velho mendigo é bem sovina com o dinheiro dele – disse Edward. – Imagina que todo mundo vai trabalhar pelo amor ao projeto.

– Acha que é um farsante, Edward?

– N-não. Não sei exatamente o que eu acho. Não vejo como poderia fazer qualquer coisa que não fosse certinha... não ganha dinheiro nenhum com aquela função toda. Até onde pude ver, todo aquele tremendo entusiasmo *tem* de ser genuíno. Mas mesmo assim, sabe, não acho que ele seja nenhum tolo.

– É melhor entrarmos – disse Victoria. – Podemos conversar mais tarde.

II

– Não fazia ideia de que você e Edward se conheciam – exclamou a sra. Clayton.

– Ah, somos velhos amigos – riu Victoria. – Só que, na verdade, perdemos contato um com o outro. Não sabia que o Edward estava aqui, neste país.

O sr. Clayton, que era o homem calmo de aspecto ensimesmado que Victoria vira subindo as escadas, perguntou:

– Como foram as coisas esta manhã, Edward? Algum progresso?

– Parece um trabalho sempre morro acima, senhor. As caixas de livros estão aqui, todas conferidas e corretas, mas as formalidades necessárias para o desembaraço parecem não terminar nunca.

Clayton sorriu.

– É novato nas táticas de adiamento usadas no Oriente.

– O oficial específico que precisam sempre parece ter folgado naquele dia – reclamou Edward. – Todos são muito simpáticos e solícitos... só que nada parece ir adiante.

Todos riram, e a sra. Clayton disse, consolando-o:

– No final vai conseguir liberá-los. O dr. Rathbone foi muito sábio ao enviar alguém para cá pessoalmente. Caso contrário, as caixas ficariam retidas aqui por meses.

– Desde a questão da Palestina, estão muito desconfiados de bombas. E também de literatura subversiva. Suspeitam de tudo.

– O dr. Rathbone não está enviando bombas para cá disfarçadas de livros, eu espero – disse a sra. Clayton, rindo.

Victoria pensou ter visto um súbito tremor no olhar de Edward, como se o comentário da sra. Clayton tivesse aberto uma nova linha de pensamento.

Clayton disse, com um quê de reprovação:

– O dr. Rathbone é um homem muito culto e reconhecido, minha querida. É membro de várias sociedades importantes, conhecido e respeitado em toda a Europa.

– Isso tornaria ainda mais fácil para ele contrabandear bombas – assinalou a sra. Clayton com humor irreprimível.

Victoria pôde constatar que Gerald Clayton não gostou nada daquela sugestão jocosa.

Fez cara feia para a esposa.

Como tudo parava no horário em torno do meio-dia, Edward e Victoria saíram juntos depois do almoço para passear nos lugares turísticos. Victoria ficou encantada com o rio Shatt al Arab e suas margens cercadas de tamareiras. Adorou a visão veneziana dos barcos árabes com suas proas altas ancorados no canal da cidade. Então passearam no *souk* e deram uma olhada nos baús para noivas feitos no Kuwait, recheados de peças em bronze trabalhado e outras mercadorias atrativas.

Foi só quando começaram a fazer o caminho de volta ao consulado, e Edward se preparava para atacar o departamento de alfândega mais uma vez, que Victoria perguntou de repente:

– Edward, qual é o seu nome?

Edward encarou-a.

– O que está dizendo, Victoria?

– Seu sobrenome. Não percebeu ainda que eu não sei qual é?

– Não sabe? Não, suponho que não saiba. É Goring.

– Edward Goring. Não faz ideia de como me senti uma idiota entrando naquele Ramo de Oliveira e querendo perguntar por você sem saber mais nada, só o nome Edward.

– Havia uma garota morena lá? De cabelo chanel mais longo?

– Sim.

– Aquela é a Catherine. Ela é muito simpática. Se tivesse dito Edward, ela saberia num instante.

– Apostaria que sim – disse Victoria, circunspecta.

– É uma moça formidável. Não achou?

– Ah, muito...

– Não é muito bonita na verdade; de fato não há muito para se ver ali, mas é muito compreensiva.

– É mesmo? – a voz de Victoria agora era quase glacial; mas Edward aparentava não perceber nada.

– Realmente não sei o que teria feito sem ela. Ela me colocou a par de tudo e me ajudou quando eu poderia ter cometido alguma idiotice. Tenho certeza de que serão grandes amigas.

– Não creio que teremos a oportunidade.

– Ah, sim, vão ter. Vou conseguir um emprego para você naquele lugar.

– Como vai conseguir isso?

– Não sei, mas vou dar algum jeito. Dizer pro velho Chacoalhabones sobre a datilógrafa e et cetera que você é.

– Ele logo vai descobrir que não sou – disse ela.

– Enfim, vou conseguir ajeitar você no Ramo de Oliveira de algum jeito. Não vou permitir que saia por aí borboleteando sozinha. Para depois ficar sabendo que está a caminho de Burma ou das profundezas da África. Não mesmo, jovem Victoria, vou ficar de olho. Não vou correr o risco de você fugir de mim. Não confio na senhorita um centímetro. É muito fã de sair por aí para correr o mundo.

"Seu tolinho adorado", pensou Victoria, "não sabe que nem uma tropa de cavalos selvagens poderia me expulsar de Bagdá!"

Em voz alta, ela disse:

– Bem, *seria* muito divertido conseguir um emprego no Ramo de Oliveira.

– Não diria divertido. É de uma dedicação tremenda. Bem como de uma patetice absoluta.

– E ainda acha que há algo de errado com essa história?

– Ah, aquela foi só uma ideia louca que eu tive.

– Não – declarou Victoria, pensativa –, não acho que foi só uma ideia louca. Acho que é verdade.

Edward se voltou rápido para ela.

– Por que está dizendo isso?

– Algo que ouvi... de um amigo meu.

– Quem foi?

– Só um amigo.

– Garotas como você têm amigos demais – rosnou Edward. – É um demônio, Victoria. Sou louco por você, e você não se interessa nem um pouco.

– Ah, sim, me interesso sim – disse Victoria. – Só um pouquinho.

Depois, disfarçando sua prazerosa satisfação, perguntou:

– Edward, tem alguém chamado Lefarge ligado ao Ramo de Oliveira ou alguma outra coisa?

– Lefarge? – Edward pareceu perplexo. – Não, acho que não. Quem é ele?

Victoria deu continuidade a seu interrogatório.

– Ou alguém chamado Anna Scheele?

Dessa vez a reação de Edward foi bem diferente. Voltou-se para ela de um jeito abrupto, agarrou-a pelo braço e disse:

– O que sabe sobre Anna Scheele?

– Ai, Edward, me solta! Não sei nada sobre ela. Só queria saber se você sabia de algo.

– Onde foi que ouviu o nome dela? Foi a sra. Clipp?

– Não, não foi a sra. Clipp... ao menos acho que não, mas na verdade ela falava tão depressa e de um jeito tão interminável sobre tudo e todos que provavelmente não lembraria se tivesse mencionado esse nome.

– Mas o que a levou a pensar que essa Anna Scheele tivesse algo a ver com o Ramo de Oliveira?

– Ela tem?

Edward falou devagar:

– Não sei... É tudo tão... tão vago.

Estavam parados do lado de fora da porta do jardim do consulado. Edward consultou o relógio.

– Preciso ir lá fazer meu trabalho – disse. – Gostaria de saber falar um pouco de árabe. Mas precisamos nos encontrar, Victoria. Há muitas coisas que quero saber.

– Há muitas coisas que quero lhe contar – disse ela.

Alguma tenra heroína de outra era mais sentimental poderia ter procurado deixar seu amado fora de perigo. Mas não Victoria. Os homens, na opinião dela, eram destinados ao perigo da mesma forma que as fagulhas sempre ascendiam ao céu. Edward não gostaria que ela o mantivesse de fora. E, refletindo bem, tinha quase certeza de que o sr. Dakin também não tivera a intenção de que ela deixasse Edward de fora.

III

Ao pôr do sol naquela tarde, Edward e Victoria caminharam juntos pelo jardim do consulado. Em consideração à insistência da sra. Clayton de que o tempo estava invernal, Victoria pôs um casaco de lã sobre o vestido de verão. O pôr do sol estava magnífico, mas nenhum dos jovenzinhos reparou nele. Estavam conversando sobre coisas mais importantes.

– Tudo começou de um modo muito simples – disse Victoria –, com um homem invadindo o meu quarto no Tio Hotel e levando uma facada.

A maioria das pessoas talvez não fosse concordar que aquele era um começo muito simples. Edward fitou-a e disse:

– Levando o *quê*?

– Uma facada – respondeu Victoria. – Ao menos acho que foi facada, mas pode ter sido um tiro também, só não digo isso porque então eu teria ouvido o barulho do tiro. Enfim – concluiu –, estava morto.

– Como foi que invadiu o seu quarto se estava morto?

– Ai, Edward, não se faça de idiota.

Por vezes sem rodeios, por vezes hesitante, Victoria foi contando a história. Por alguma razão misteriosa, nunca conseguia relatar acontecimentos verdadeiros de maneira dramática. Sua narrativa era indecisa e incompleta, e falava com ar de quem expunha uma clara e evidente invencionice.

Quando chegou ao final, Edward olhou para ela perplexo e disse:

– Está se sentindo bem Victoria, não está? Digo, não tomou uma insolação ou... teve um delírio, ou algo parecido?

– É claro que não.

– Porque parece ser uma coisa impossível de ter acontecido.

– Bem, aconteceu – disse Victoria, sentida.

– E toda aquela história melodramática sobre poderes mundiais e instalações secretas e misteriosas no coração do Tibete ou do Baluchistão. Quer dizer, tudo isso simplesmente *não pode* ser verdade. Coisas desse tipo não *acontecem.*

– É o que as pessoas sempre dizem um pouco antes de acontecerem.

– Jure por deus, Charing Cross ... não está inventando tudo isso?

– Não! – gritou Victoria, exasperada.

– E veio para cá à procura de alguém chamado Lefarge e alguém chamado Anna Scheele...?

– De quem você mesmo já ouviu falar – Victoria assinalou. – Já ouviu falar *dela*, não ouviu?

– Ouvi o nome... sim.

– Como? Onde? No Ramo de Oliveira?

Edward ficou em silêncio por alguns instantes, depois disse:

– Não sei se significa alguma coisa. Foi só... esquisito...

– Vá em frente. Conte.

– Veja bem, Victoria. Sou muito diferente de você. Não sou tão esperto. Só sinto de um jeito meio estranho que, de alguma forma, as coisas não se encaixam... não sei explicar *por que* acho isso. Você vai recolhendo pistas pelo caminho e fazendo deduções baseadas nelas. Não sou esperto o suficiente para isso. Apenas sinto de um jeito vago que as coisas... bem... não se encaixam... mas não sei por quê.

– Às vezes me sinto assim também – afirmou Victoria. – Como Sir Rupert na sacada do Tio.

– Quem é Sir Rupert?

– Sir Rupert Crofton Lee. Estava no avião que chegou aqui. Muito metido e todo exibido. Uma celebridade. *Você* conhece bem o tipo. E quando o vi sentado tomando sol na sacada do Tio, tive a estranha sensação que acaba de mencionar, de que *algo* estava errado, mas não sabia dizer o quê.

– Rathbone pediu para ele dar uma palestra no Ramo de Oliveira, acho que foi isso, mas ele não pôde. Tomou um avião de volta ao Cairo, ou Damasco, ou outro lugar qualquer ontem de manhã, creio.

– Bem, continue com a história sobre Anna Scheele.

– Ah, Anna Scheele. Na verdade não foi nada. Foi só uma das meninas.

– Catherine? – perguntou Victoria instantaneamente.

– Pensando bem, acredito que *tenha* sido Catherine.

– É óbvio que foi Catherine. É por isso que não quer me falar a respeito.

– Que bobagem, isso é um grande absurdo.

– Certo, e o que *foi* então?

– Catherine disse para uma das outras: "Quando Anna Scheele chegar, poderemos prosseguir. A partir de então receberemos nossas ordens dela... e só dela".

– Isso é de uma importância terrível, Edward.

– Lembre-se, não tenho sequer certeza de que era esse o nome – Edward a preveniu.

– Não achou esquisito na hora?

– Não, é claro que não achei. Pensei que fosse apenas uma mulher que estava chegando para organizar as coisas. Uma espécie de abelha rainha. Tem certeza de que não está imaginando tudo isso, Victoria?

Retraiu-se de imediato diante do olhar que ela lhe lançou.

– Tudo bem, tudo bem – consertou apressado. – Mas precisa admitir que a história toda soa muito esquisita. Parece demais com filmes de suspense... um homem que invade um quarto, pronuncia uma única palavra que não quer dizer nada... e depois morre. Isso não parece *real*.

– Você não viu o sangue – disse Victoria, estremecendo um pouco.

– Deve ter lhe causado um choque tremendo – disse Edward, sendo compreensivo.

– Causou – disse ela. – E ainda por cima, *você* aparece para me perguntar se estou inventando tudo isso.

– Me desculpe. Mas você *é* muito boa em inventar histórias. O bispo de Llangow e todo o resto!

– Ah, isso foi apenas meu *joie de vivre* juvenil – comentou Victoria. – Isso aqui é sério, Edward, sério de verdade.

– Esse homem, esse Dakin... é esse o nome dele? ...passou a impressão de saber do que estava falando?

– Sim, foi bem convincente. Mas, olhe aqui, Edward... como é que sabe...

Um aceno vindo da sacada interrompeu a conversa.

– Entrem, vocês dois, os drinques estão esperando.

– Já vamos – gritou Victoria.

A sra. Clayton, observando os dois se dirigindo para a escada, disse ao marido:

– Há qualquer coisa no ar! Essas crianças formam um casalzinho simpático... É bem provável que não tenham um tostão furado. Posso lhe dizer o que acho, Gerald?

– Claro, querida. Sempre me interesso em ouvir suas ideias.

– Acho que a menina veio até aqui para participar dessa escavação do tio pura e simplesmente por causa daquele rapaz.

– Acho muito difícil, Rosa. Ficaram tão atônitos ao darem de cara um com o outro.

– Pfff! – exclamou a sra. Clayton. – *Isso* não quer dizer nada. *Ele* ficou atônito, eu diria.

Gerald Clayton balançou a cabeça olhando para a esposa e sorriu.

– Ela não faz o tipo arqueológico – disse a sra. Clayton. – Em geral são moças dedicadas e de óculos... e na maioria das vezes têm as mãos úmidas.

– Minha querida, não pode generalizar dessa forma.

– E são intelectuais e tudo o mais. Essa garota é uma cretina afável com uma boa dose de bom senso. *Bem* diferente. Ele é um bom rapaz. Pena que esteja envolvido com todas essas bobagens de Ramo de Oliveira... mas suponho que seja difícil conseguir um emprego. O governo deveria dar um jeito de oferecer trabalho para esses meninos.

– Não é tão fácil, minha querida, eles tentam. Mas entenda, esses meninos não têm instrução, não têm experiência e, em geral, não têm muito o hábito da concentração.

Victoria foi dormir naquela noite num torvelinho de emoções contraditórias.

O objetivo de sua busca fora atingido. Edward fora encontrado! Teve um arrepio por conta da reação inevitável. Não interessava o que fizesse, a sensação de anticlímax persistia.

Em parte era a incredulidade de Edward que fazia tudo que aconteceu parecer forçado e irreal. Ela, Victoria Jones, uma datilografazinha de Londres, chegara a Bagdá, vira um homem ser assassinado praticamente diante de seus olhos, tornara-se uma agente secreta ou algo tão melodramático quanto e, por fim, reencontrara o homem que amava em um jardim tropical, com direito a palmeiras balançando e à grande possibilidade de não ficar muito longe de onde diziam situar-se o Jardim do Éden original.

Um fragmento de uma rima infantil lhe veio à memória.

Quantas milhas até a Babilônia?
Três vezes vinte mais dez,
Posso chegar lá com luz de vela?
Pode ir e voltar de vez.

Mas ela não estava voltando de vez... ainda estava na Babilônia. Quiçá não voltaria nunca... ela e Edward na Babilônia.

Algo que queria ter perguntado a Edward, lá no jardim. O Jardim do Éden... ela e Edward... Perguntar a Edward... mas a sra. Clayton chamou, e o assunto lhe fugira da mente... Mas precisava se lembrar, porque era importante... Não fazia sentido... Palmeiras... o jardim... Edward... donzela Sarracena... Anna Scheele... Rupert Crofton Lee... De alguma forma nada se encaixava... E se ao menos conseguisse lembrar...

Uma mulher vindo em direção a ela no corredor de um hotel... uma mulher em um terno bem cortado... era ela própria... mas quando a mulher chegou perto, viu que o rosto era de Catherine. Edward e Catherine... que absurdo! "Venha comigo", ela dissera para Edward, "Vamos encontrar M. Lefarge..." E de repente, lá estava ele, usando luvas infantis amarelo-limão e com uma barbicha preta pontuda.

Edward agora desaparecera, e ela estava só. Precisava voltar da Babilônia antes que as velas se apagassem.

E somos a favor da escuridão.

Quem disse isso? Violência, terror... mal... sangue sobre uma túnica cáqui esfarrapada. Ela estava correndo... correndo... seguindo por um corredor de hotel. E estavam atrás dela.

Victoria acordou assustada.

IV

– Café? – perguntou a sra. Clayton. – Como prefere os seus ovos? Mexidos?

– Perfeito.

– Parece bastante abatida. Não está se sentindo bem?

– Não, não dormi bem na noite passada. Não sei por quê. É uma cama muito confortável.

– Ligue o rádio, sim, Gerald? Está na hora do noticiário.

Edward entrou bem na hora de soarem os bipes.

"Na Câmara dos Comuns ontem à noite, o primeiro ministro deu novos detalhes sobre os cortes nas importações em dólares."

"Um comunicado do Cairo anuncia que o corpo de Sir Rupert Crofton Lee foi retirado do Nilo. (Victoria baixou a xícara de café num movimento brusco, e a sra. Clayton exprimiu uma exclamação.) *Sir Rupert deixara o hotel após chegar de avião de Bagdá e não retornara ao local naquela noite. Estava desaparecido havia 24 horas quando seu corpo foi encontrado. A morte se deve a um ferimento por facada no coração, e não por afogamento. Sir Rupert era um viajante renomado, famoso por viagens pela China e Baluchistão e era autor de diversos livros."*

– Assassinado! – exclamou a sra. Clayton. – Acho que o Cairo agora é o pior lugar do mundo. Estava sabendo de alguma coisa, Gerry?

– Sabia que estava desaparecido – disse o sr. Clayton. – Parece que recebeu um bilhete, entregue em mãos, e deixou o hotel com muita pressa, a pé, sem dizer para onde estava indo.

– Viu só – disse Victoria para Edward depois do café da manhã, quando estavam a sós. – É *tudo* verdade. Primeiro esse Carmichael e agora Sir Rupert Crofton Lee. Agora me arrependo de tê-lo chamado de exibido. Soa tão ofensivo. Todas as pessoas que sabem ou desconfiam desse esquema estranho estão sendo eliminadas uma por uma. Edward, acha que *eu* serei a próxima?

– Pelo amor de Deus, não fique tão animada com essa ideia, Victoria! Sua capacidade dramática é forte demais. Não vejo por que alguém iria eliminar você quando de fato não *sabe* de nada... mas, por favor, tome cuidado, tome muito cuidado mesmo.

– Nós *dois* vamos tomar cuidado. Já arrastei você para essa história.

– Ah, isso não tem problema. Alivia a monotonia.

– Pode ser, mas tome cuidado.

Ela teve um arrepio súbito.

– É lamentável... ele estava bem vivo... Crofton Lee, digo... e agora está morto também. É assustador, realmente assustador.

Capítulo 16

I

– Encontrou o seu rapaz? – perguntou o sr. Dakin.

Victoria assentiu.

– Descobriu mais alguma coisa?

Bastante pesarosa, Victoria balançou a cabeça negativamente.

– Bem, anime-se – disse o sr. Dakin. – Lembre-se, neste jogo, os resultados são poucos e esparsos. Poderia ter encontrado *algo* por lá... a gente nunca sabe, mas não estava de modo nenhum contando com isso.

– Posso continuar tentando? – perguntou Victoria.

– Quer continuar?

– Quero sim. Edward acha que pode me conseguir um emprego no Ramo de Oliveira. Se ficar de ouvidos e olhos bem abertos, posso descobrir alguma coisa, não posso? Eles sabem alguma coisa sobre Anna Scheele lá.

– Isso é muito interessante, Victoria. Como foi que ficou sabendo?

Victoria repetiu o que Edward havia lhe contado; sobre o comentário de Catherine de que quando "Anna Scheele chegar" receberiam ordens dela.

– Muito interessante – disse o sr. Dakin.

– Quem *é* Anna Scheele? – perguntou Victoria. – Digo, deve saber *alguma coisa* sobre ela... ou é apenas um nome?

– É mais do que um nome. É a secretária de confiança de um banqueiro americano, diretor de uma instituição bancária. Ela saiu de Nova York e foi para Londres uns dez dias atrás. Desde então, está desaparecida.

– Desaparecida? Não está *morta*?

– Se estiver, o corpo dela não foi encontrado.

– Mas *pode* estar morta?

– Ah, sim, pode estar morta.

– Ela estava... a caminho de Bagdá?

– Não faço ideia. Daria a entender pelos comentários dessa moça, Catherine, que ela estaria. Ou, melhor dizendo, *está*... já que no momento não há motivo para acreditar que não esteja viva.

– Talvez eu possa descobrir mais no Ramo de Oliveira.

– Talvez possa... mas preciso lhe alertar mais uma vez para que seja muito cautelosa, Victoria. A organização contra a qual está lutando é impiedosa. Preferiria mil vezes não encontrar o seu cadáver flutuando no Tigre.

Victoria sentiu um calafrio e murmurou:

– Como o de Sir Rupert Crofton Lee. Sabe que, naquela manhã que estava aqui no hotel, havia algo esquisito com ele... algo que me surpreendeu. Quem me dera conseguisse lembrar o que foi...

– Esquisito... de que jeito?

– Bem... diferente – depois, em resposta ao olhar inquiridor, meneou a cabeça frustrada. – Vou lembrar de novo, quem sabe. Enfim, não suponho que tenha alguma importância de fato.

– Qualquer detalhe pode fazer diferença.

– Se Edward me conseguir o emprego, ele acha que posso arranjar um quarto como os das outras meninas, numa espécie de pensionato ou internato, e não ficar mais aqui.

– Levantaria menos suspeitas. Os hotéis de Bagdá são muito caros. Seu rapaz parece ter a cabeça no lugar.

– Quer conhecê-lo?

Dakin chacoalhou a cabeça com vigor enfático.

– Não, diga para manter distância de mim. Infelizmente, devido às circunstâncias da noite da morte de Carmichael, está destinada a se tornar suspeita. Mas Edward não está nem ligado àquela ocorrência, nem a mim de jeito nenhum... e isso é valioso.

– Faz tempo que estou para lhe perguntar – disse Victoria. – Quem na verdade esfaqueou Carmichael? Foi alguém que o seguiu até aqui?

– Não – disse Dakin, devagar. – Não teria sido possível.

– Não teria?

– Ele chegou de *gufa*... um daqueles barcos nativos... e não estava sendo seguido. Sabemos disso porque eu tinha uma pessoa vigiando o rio.

– Então foi alguém... do hotel?

– Sim, Victoria, e digo mais, alguém de uma ala particular do hotel... pois eu mesmo estava vigiando as escadas e ninguém subiu por elas.

Ele observou a expressão perplexa dela e disse baixinho:

– Isso de fato nos deixa com poucas alternativas. Você, eu, a sra. Cardew Trench, Marcus e suas irmãs. Dois funcionários idosos que estão no hotel há anos. Um homem de Kirkuk chamado Harrison, sobre o qual não se sabe nada. Uma enfermeira que trabalha no Hospital Judaico... Pode ser qualquer uma dessas pessoas... E, no entanto, é provável que não seja nenhuma delas por um motivo muito simples.

– E qual é?

– Carmichael estava em alerta. Sabia que o momento-chave de sua missão se aproximava. Era um homem com um instinto muito afiado para o perigo. Como foi que aquele instinto falhou?

– Aqueles policiais que vieram – começou Victoria.

– Ah, eles vieram *depois*... chegaram da rua. Devem ter recebido um sinal, suponho. Mas não foram eles que deram a facada. Isso deve ter sido feito por alguém que Carmichael conhecia bem, em quem confiava... ou, talvez, alguém que julgasse insignificante. Se ao menos eu soubesse...

II

As conquistas trazem consigo seu próprio anticlímax. Chegar a Bagdá, encontrar Edward, penetrar nos segredos do Ramo de Oliveira: tudo aquilo parecera um plano fascinante. Agora que atingira seus objetivos, Victoria, em seus raros momentos de questionamento pessoal, por vezes se perguntava que raios estava fazendo! O arrebatamento do reencontro com Edward veio e se foi. Ela amava Edward, e Edward a amava. Estavam, na maior parte dos dias, trabalhando sob o mesmo teto; mas analisando com olhar imparcial, que raios os dois estavam fazendo?

De um jeito ou de outro, seja por força de vontade e determinação, ou engenhosidade persuasiva, Edward fora fundamental em conseguir que lhe oferecessem um emprego com um salário esquálido no Ramo de Oliveira. Passava a maior parte do tempo em uma saleta escura com uma lâmpada ligada, datilografando em uma máquina defeituosa as várias notificações, cartas e manifestos sobre a programação sem sal das atividades do Ramo de Oliveira. Edward tivera um pressentimento de que havia algo errado com o Ramo de Oliveira. O sr. Dakin parecera concordar com aquele ponto de vista. Ela, Victoria, estava lá para descobrir o que pudesse, mas até onde podia constatar, não havia nada a ser descoberto! As atividades do Ramo de Oliveira deixavam escorrer o mel da paz internacional. Vários encontros eram organizados, regados a laranjada e alguns comes deprimentes servidos como acompanhamento. Nessas ocasiões, Victoria deveria se comportar como uma semianfitriã, apresentando pessoas e promovendo o bem-estar geral entre as várias nacionalidades que estavam sempre mais inclinadas a encarar umas às outras com animosidade e deglutir as gororobas com apetite voraz.

Até onde Victoria podia ver, não havia nada velado, nenhuma conspiração, nada de círculos secretos. Tudo estava nos conformes, insípido tal qual leite aguado e desesperadamente maçante. Vários rapazes de pele morena arriscavam carícias hesitantes, outros lhe emprestavam livros que ela folheava e achava um tédio só. Àquela altura, já deixara o Tio Hotel e se alojara com outras funcionárias de nacionalidades variadas em uma casa na margem oeste do rio. Dentre essas jovens, estava Catherine, e lhe parecia que Catherine a vigiava sempre com desconfiança; mas se aquilo se devia a alguma suspeita de que estivesse espionando as atividades do Ramo de Oliveira, ou se era por uma questão bem mais delicada que dizia respeito às afeições de Edward, Victoria era incapaz de decidir. Preferia bem mais a segunda opção. Todo mundo sabia que Edward conseguira o emprego para Victoria, e vários pares de olhos escuros e invejosos olhavam para ela sem nenhuma afeição.

O fato era, Victoria concluiu a contragosto, que Edward era por demais atraente. Todas aquelas meninas ficaram apaixonadas por ele, e o jeito simpático e atencioso com que tratava todas elas não ajudava em nada. De comum acordo, os dois decidiram não demonstrar nenhum sinal de intimidade especial. Se quisessem descobrir qualquer coisa que valesse a pena, ninguém poderia suspeitar que estivessem trabalhando juntos. O tratamento que Edward dedicava a ela era o mesmo que a qualquer outra das moças, com um toque adicional de frieza.

Embora o Ramo de Oliveira em si parecesse tão inócuo, Victoria tinha a clara sensação de que o chefe fundador da instituição se encontrava em outra categoria. Uma ou duas vezes, percebeu o olhar frio e pensativo do dr. Rathbone recaindo sobre ela e, embora houvesse rebatido com sua expressão de animalzinho inocente, sentira uma palpitação súbita de algo parecido com o medo.

Certa ocasião, quando fora chamada à presença dele (para dar explicações sobre um erro de datilografia), a situação foi muito além do olhar.

– Espero que esteja feliz trabalhando conosco – ele disse.

– Ah, sim, estou, senhor – respondeu Victoria, e acrescentou: – Sinto muito por cometer tantos erros.

– Não nos incomodamos com os erros. Uma máquina carente de alma não teria utilidade para nós. Precisamos de juventude, generosidade de espírito, amplitude de perspectivas.

Victoria se esforçou para parecer ávida e generosa.

– Precisa *amar* esse trabalho... amar o objetivo pelo qual está trabalhando... desejar ansiosa um futuro glorioso. Sente essas coisas, minha criança?

– É tudo tão novo para mim – disse Victoria. – Sinto que ainda não consegui absorver tudo.

– Reúnam-se... reúnam-se... os jovens do mundo todo precisam se juntar. Isso é o mais importante. Aprecia suas noites de debate aberto e companheirismo?

– Ah! Sim – respondeu Victoria, que as odiava.

– Entendimento no lugar da dissensão... fraternidade no lugar do ódio. Devagar e sempre o movimento cresce... sente isso, não sente?

Victoria lembrou das picuinhas sem fim, os dissabores violentos, as discussões intermináveis, sentimentos de mágoa e desculpas formais que eram exigidas; e mal sabia o que o velho esperava que ela respondesse.

– Às vezes – falou com cautela – as pessoas são difíceis.

– Eu sei... eu sei...

Dr. Rathbone suspirou. A testa nobre e abobadada formou um sulco, imersa em perplexidade.

– Que história foi essa que ouvi sobre Michael Rakounian ter batido em Isaac Nahoum e cortado o lábio dele?

– Estavam apenas tendo uma pequena discussão – respondeu Victoria.

O dr. Rathbone meditou pesaroso.

– Fé e paciência – murmurou. – Fé e paciência.

Victoria murmurou uma anuência obediente e virou-se para ir embora. Então, lembrando-se de que havia esquecido sua folha datilografada, voltou mais uma vez. A expressão que captou nos olhos do dr. Rathbone a assustou um pouco. Era um olhar penetrante e desconfiado, e ficou inquieta pensando no quanto estaria sendo vigiada de perto e o que o dr. Rathbone de fato achava dela.

As instruções do sr. Dakin foram muito precisas. Deveria obedecer a certas regras para se comunicar com ele se houvesse qualquer coisa a relatar. Ele lhe dera um lenço cor-de-rosa desbotado. Caso tivesse algo a reportar, deveria dar uma caminhada ao longo da orla do rio perto de sua hospedaria, como tantas vezes fazia quando o sol estava se pondo. Havia uma passagem estreita, de talvez uns quatrocentos metros, em frente às casas de lá. Em um determinado ponto, um enorme lance de escadas dava acesso à margem do rio, onde era constante a presença de barcos amarrados. Havia um prego enferrujado no topo de um dos pilares de madeira. Ali, deveria prender um pedacinho do lenço cor-de-rosa se quisesse se comunicar com Dakin. Até então, Victoria refletiu amargurada, não sentira necessidade de nada do tipo. Estava apenas executando um trabalho mal pago de modo desleixado. Edward, ela via em raros intervalos, já que estava sempre sendo enviado pelo dr. Rathbone para algum lugar distante. Naquele momento, acabara de retornar da Pérsia. Durante a ausência dele, ela tivera uma entrevista breve e um tanto insatisfatória com Dakin. Suas instruções haviam sido para ir até o Tio Hotel e perguntar se não havia esquecido um cardigã. Enquanto recebia a resposta negativa, Marcus apareceu e imediatamente a levou para a margem do rio para tomar um drinque. Durante o processo, Dakin chegara da rua como quem não queria nada e fora chamado por Marcus para se juntar a eles e, na sequência, enquanto Dakin bebericava a limonada, Marcus fora chamado para resolver alguma coisa, e os dois ficaram a sós, um diante do outro, na mesinha pintada.

Muito apreensiva, Victoria confessou sua total falta de sucesso, mas Dakin foi indulgente e reconfortante.

– Minha querida menina, sequer sabe o que está procurando, ou mesmo se há algo a ser encontrado. De modo amplo e geral, qual é sua opinião sincera do Ramo de Oliveira?

– É totalmente confuso – Victoria declarou devagar.

– Confuso, sim. Mas não fraudulento?

– Não sei – respondeu ela, devagar. – As pessoas acreditam tanto no ideal da cultura, se é que me entende.

– Está dizendo que, onde quer que haja alguma coisa envolvendo cultura, ninguém verifica as garantias de idoneidade da mesma forma que faria caso fosse uma instituição de caridade ou financeira? Isso é verdade. E vai encontrar verdadeiros entusiastas por lá, não tenho dúvida. Mas a organização está sendo usada?

– Acho que há um bocado de atividade comunista acontecendo – disse Victoria, hesitante. – Edward acha isso também... está fazendo com que eu leia Karl Marx e deixe o livro jogado em qualquer lugar só para observar as reações dos outros.

Dakin assentiu.

– Interessante. Alguma reação até agora?

– Não, ainda não.

– E Rathbone? *Ele* é genuíno?

– Acho que é – Victoria pareceu hesitar.

– É ele que me preocupa, sabe? – disse Dakin. – Porque ele *aparece* muito. Suponhamos que haja uma conspiração comunista em processo; estudantes e jovens revolucionários têm muito pouca chance de entrar em contato com o presidente. A polícia vai dar conta de bombas que sejam jogadas nas ruas. Mas Rathbone é diferente. É um dos mandachuvas, um homem ilustre com uma bela ficha pública de atividades beneficentes. Poderia estar em contato bem próximo com visitantes ilustres. Provavelmente está. Gostaria de saber mais sobre Rathbone.

Sim, Victoria pensou consigo, tudo era centralizado em Rathbone. Na primeira conversa em Londres, semanas atrás, os comentários vagos de Edward sobre algo "cheirar mal" naquela história tivera origem com o empregador. E deve ter havido algum incidente, Victoria concluiu então, alguma palavra que despertara a inquietação de Edward. Pois acreditava que era assim que a mente funcionava. Uma dúvida ou desconfiança vagas não eram jamais apenas um pressentimento... eram sempre baseadas de fato em alguma causa. Se conseguisse fazer Edward refletir sobre aquele momento, fazer um esforço de memória; juntando esforços poderiam chegar ao fato ou incidente que despertara a desconfiança dele. Da mesma forma, pensou Victoria, ela mesma deveria tentar lembrar-se do que tanto a surpreendera quando fora até a sacada do Tio e depara-se com Sir Rupert Crofton Lee sentado ao sol. Era verdade que esperava que estivesse hospedado na embaixada e não no Tio Hotel, mas aquilo não era suficiente para explicar a forte sensação de que era quase impossível ele estar sentado ali! Repassaria mil vezes os acontecimentos daquela manhã, e Edward precisava ser encorajado a repassar e relembrar os primeiros dias de sua parceria com o dr. Rathbone. Diria isso a ele na próxima vez em que estivessem a sós. Mas conseguir falar com Edward a sós não era tarefa fácil. Para começar, passara uns tempos na Pérsia e, agora que havia retornado, comunicações particulares no Ramo de Oliveira estavam fora de questão, pois o slogan da última guerra ("*Les oreilles enemies vous écoutent*") estava praticamente escrito nas paredes. Na residência armênia onde era uma hóspede pagante, a privacidade era igualmente impossível. De fato, pensou Victoria: "Considerando o tanto que consigo ver Edward, poderia ter ficado na Inglaterra!"

A prova de que isso não era verdade veio logo em seguida.

Edward chegou para falar com ela trazendo algumas folhas de manuscritos e disse:

– O dr. Rathbone quer que isso seja datilografado o mais rápido possível, por favor, Victoria. Dedique um cuidado especial à *segunda página*, há alguns nomes árabes bastante complicados nela.

Victoria, com um suspiro, inseriu uma folha de papel na máquina de escrever e deu a largada no seu estilo atropelado de sempre. A letra do dr. Rathbone não apresentava nenhuma dificuldade particular de leitura, e Victoria estava mesmo se parabenizando por ter cometido menos erros do que o normal. Pôs a primeira página de lado, foi começar a próxima... e de imediato compreendeu o significado da injunção de Edward para que fosse minuciosa com a segunda página. Um bilhete diminuto, escrito com a letra dele, estava preso no topo da folha.

Amanhã de manhã, em torno das onze horas, saia para uma caminhada ao longo do Tigre, passando a Beit Melek Ali.

O dia seguinte era sexta-feira, a folga semanal. O estado de espírito de Victoria se elevou com rapidez mercurial. Usaria seu pulôver verde-esmeralda. E precisava lavar os cabelos. A casa onde estava morando não dava condições de que ela mesma lavasse a cabeça.

– E está precisando de uma boa lavada – murmurou em voz alta.

– O que foi que disse? – Catherine, trabalhando em uma pilha de circulares e envelopes na mesa ao lado, levantou o olhar com desconfiança.

Victoria rapidamente amassou o bilhete de Edward na mão e comentou despreocupada:

– Meu cabelo precisa ser lavado. A maioria desses salões de cabeleireiros parece tão terrivelmente suja, não sei aonde ir.

– Sim, são sujos e também são caros. Mas conheço uma menina que lava muito bem os cabelos e as toalhas dela são limpas. Vou levar você lá.

– É muita gentileza sua, Catherine – disse Victoria.

– Vamos amanhã. É nossa folga.

– Amanhã não – disse Victoria.

– Por que não amanhã?

Um olhar suspeito foi lançado para ela. Victoria sentiu aumentar seu incômodo e desagrado habituais com Catherine.

– Prefiro sair para dar uma caminhada... tomar um pouco de ar. A gente fica tão entocada aqui.

– E onde é que vai caminhar? Não há nenhum lugar para se caminhar em Bagdá.

– Vou encontrar um – respondeu Victoria.

– Seria melhor ir ao cinema. Ou talvez haja alguma palestra interessante para se assistir?

– Não, quero mesmo dar uma volta. Na Inglaterra, nós gostamos de sair para caminhar.

– Só porque são ingleses vocês são orgulhosos e cheios de si. Que diferença faz ser inglês? Quase nenhuma. Aqui, nós cuspimos nos ingleses.

– Se começar a cuspir em mim, pode ter uma surpresa – disse Victoria, cismada como de costume com a facilidade com que as fúrias passionais pareciam surgir no Ramo de Oliveira.

– Você faria o quê?

– Experimente para ver.

– Por que lê Karl Marx? Não consegue entender nada. É burra demais. Acha que chegariam sequer a aceitá-la como membro do Partido Comunista? Não tem educação política suficiente.

– E por que não posso ler o livro? Foi escrito para pessoas como eu, trabalhadores.

– Não é uma trabalhadora. Você é burguesa. Não sabe nem datilografar direito. Olha só os erros que comete.

– Algumas das pessoas mais inteligentes cometem erros de ortografia – contestou Victoria com dignidade. – E como posso trabalhar se você não para de falar comigo?

Crepitou uma linha na máquina com uma velocidade estonteante... e ficou então um tanto desapontada ao descobrir que por ter pressionado sem querer a tecla de maiúsculas, produzira uma linha de pontos de exclamação, números e parênteses. Removendo a folha da máquina, substituiu por outra e se dedicou com total diligência até completar a tarefa e levar o resultado para o dr. Rathbone.

Dando uma olhada rápida no documento, este murmurou:

– Shiraz fica no *Irã*, não no Iraque... e de qualquer maneira não se escreve Iraque com k... *Wasit*... e não Wizle... hã... obrigado, Victoria.

Então, no que ela estava saindo da sala, ele a chamou de volta.

– Victoria, está feliz aqui?

– Ah, sim, dr. Rathbone.

Os olhos escuros sob as sobrancelhas massivas buscavam alguma coisa. Ela sentiu uma inquietação aumentando.

– Temo que não estejamos lhe pagando muito bem.

– Isso não importa – disse Victoria. – Gosto do trabalho.

– Gosta mesmo?

– Ah, sim – respondeu ela. – A gente sente – acrescentou – que este tipo de coisa vale realmente a pena.

A expressão límpida dela encontrou o olhar escuro e penetrante e não titubeou.

– E consegue... sobreviver?

– Ah, sim... encontrei um lugar bom e bem barato... com algumas armênias. Estou muito bem.

– Há uma escassez no momento de estenodatilógrafas em Bagdá – disse o dr. Rathbone. – Acho que poderia conseguir uma posição melhor do que a que tem aqui.

– Mas não quero nenhuma outra.

– Poderia ser mais *inteligente* procurar por outra.

– Inteligente? – Victoria hesitou um pouquinho.

– Foi isso que eu disse. É só uma advertência... um conselho.

Havia uma ameaça sutil no tom de voz dele.

Victoria arregalou os olhos ainda mais.

– Não estou compreendendo, dr. Rathbone – disse.

– Às vezes é mais sábio não se envolver com coisas que não se entende.

Naquele momento, ela teve certeza da ameaça, mas continuou a olhar para ele com uma inocência infantil.

– Por que veio trabalhar aqui, Victoria? Por causa do Edward?

Victoria ruborizou-se de irritação.

– É claro que não – declarou indignada. Estava muitíssimo aborrecida.

O dr. Rathbone balançou o queixo.

– Edward tem o caminho dele para seguir. Serão necessários muitos e muitos anos até que esteja em uma posição que possa ser de alguma utilidade para você. Eu pararia de pensar no Edward se fosse você. E, como já disse, há bons empregos disponíveis no presente, com um bom salário e boas perspectivas... e que lhe ajudariam a se integrar com pessoas do seu tipo.

Seguia observando-a muito de perto, pensou Victoria. Seria um teste? Ela alegou com uma ansiedade afetada:

– Mas me interesso tanto pelo Ramo de Oliveira, dr. Rathbone.

Ele deu de ombros, e ela o deixou, mas ainda podia sentir os olhos dele cravados em sua espinha enquanto saía da sala.

Estava um tanto perturbada com aquela conversa. Acontecera alguma coisa que provocara as suspeitas dele? Adivinhara que poderia ser uma espiã plantada no Ramo de Oliveira para descobrir seus segredos? A voz e a atitude dele deixaram-na com um receio desagradável. A sugestão de que fora trabalhar ali para ficar perto de Edward a deixara enfurecida na hora, e negara enfaticamente, mas então percebeu que era mais seguro que o dr. Rathbone pensasse que a ida dela para o Ramo de Oliveira fora por causa de Edward do que ele ter o menor pressentimento que o sr. Dakin havia influenciado a questão. De qualquer modo, graças ao seu rubor idiota, Rathbone provavelmente achava mesmo que era pelo Edward... então tudo na verdade se dera da melhor maneira possível.

Contudo, foi dormir naquela noite com um aperto desagradável de medo em seu coração.

Capítulo 17

I

Revelou-se bastante simples a escapada de Victoria para passear sozinha na manhã seguinte sem maiores explicações. Perguntara sobre o Beit Melek Ali e descobrira que era uma casa imensa construída diretamente no rio, bem adiante na Margem Oeste.

Até então, Victoria tivera pouquíssimo tempo para explorar o seu entorno e ficou agradavelmente surpresa quando chegou ao final da passagem estreita e se descobriu na margem do rio. Virou para a direita e percorreu o caminho devagar seguindo o contorno da margem alta. Por vezes, o percurso era precário; a beirada fora carcomida e nem sempre restaurada ou reconstruída. Em frente aos degraus de uma das casas, se alguém desse apenas um passo em falso em uma noite escura, acabaria dentro do rio. Victoria olhou para a água lá embaixo e espremeu-se pelo beiral. Depois, por um tempo, o caminho era largo e pavimentado. As casas à sua direita sugeriam um ar agradável de mistério. Não davam uma pista sequer sobre seus ocupantes. Ocasionalmente, a porta central se encontrava aberta e, ao espiar para dentro, Victoria ficava fascinada pelos contrastes. Em uma dessas ocasiões, olhou para dentro de um pátio com um chafariz funcionando, rodeado de estofados e cadeiras ao ar livre, palmeiras altas se erguendo até o céu e um jardim mais atrás que parecia o pano de fundo de um cenário teatral. A casa seguinte, com uma aparência externa muito parecida, se abria para um ambiente desordenado, com corredores escuros e cinco ou seis crianças imundas vestindo farrapos brincando. Então chegou aos jardins de palmeiras em grupamentos espessos. À esquerda, passou por degraus irregulares que levavam ao rio, e um barqueiro árabe sentado em uma embarcação a remo primitiva gesticulava e chamava, perguntando, era evidente, se ela queria atravessar para o outro lado. Naquela altura, calculou, deveria estar no ponto exatamente oposto ao Tio Hotel, embora fosse difícil distinguir as diferenças na arquitetura vista por aquele lado, e as construções do hotel se pareciam bastante com o resto. Chegou por fim a uma estrada que atravessava o jardim das palmeiras e chegava a duas casas altas com sacadas. Além dali, havia uma casa enorme construída lá dentro do rio com um jardim e uma balaustrada. O percurso até a margem passava por dentro do que deveria ser a Beit Melek Ali, ou a Casa do Rei Ali.

Em poucos minutos, Victoria havia passado pela entrada e chegado a uma parte mais miserável. O rio ficava escondido atrás de plantações de palmeiras, que eram protegidas por arame farpado enferrujado. À direita, havia casas se desmoronando cercadas de muros feitos com tijolos de barro, pequenas choupanas com crianças brincando no chão e nuvens de moscas sobrevoando montanhas de lixo. Uma estrada levava no sentido contrário ao rio, e um carro estava parado lá, um carro um tanto velho e combalido. Ao lado do veículo, estava Edward.

– Que bom – exclamou ele –, conseguiu chegar. Entre.

– Para onde estamos indo? – perguntou Victoria, entrando no automóvel com alegria. O motorista, que parecia ser uma trouxa animada de andrajos, virou-se e sorriu feliz para ela.

– Vamos para a Babilônia – declarou Edward. – Está mais do que na hora de passarmos um dia juntos.

O carro deu a partida com uma sacudida horrenda e saiu corcoveando enlouquecido sobre as pedras brutas do calçamento.

– Para a Babilônia? – gritou Victoria. – Parece tão encantador. Para a Babilônia mesmo?

O carro deu uma guinada para a esquerda, e lá foram eles deslizando por sobre a estrada bem pavimentada de largura imponente.

– Sim, mas não espere grande coisa. A Babilônia... se é que me entende... não é mais o que era.

Victoria cantarolou baixinho.

Quantas milhas até a Babilônia?
Três vezes vinte mais dez,
Posso chegar lá com luz de vela?
Pode ir e voltar de vez.

– Costumava cantar isso quando era bem pequena. Sempre me fascinou. E agora estamos realmente indo para lá!

– E voltaremos à luz de velas. Ou ao menos deveríamos. Na verdade nunca se sabe neste país.

– Este carro dá a impressão de que pode estragar a qualquer instante.

– Provavelmente vai mesmo. Com certeza deve haver mil problemas com ele. Mas esses iraquianos são inacreditáveis, amarram tudo com barbante, ficam repetindo Insha'Allah, e daí volta a funcionar.

– É Insha'Allah para tudo, não é?

– É, nada como depositar a responsabilidade no Todo-Poderoso.

– A estrada não é muito boa, não é? – Victoria deu um salto descolando-se do assento. A estrada bem-pavimentada era ilusória e não conseguia cumprir sua promessa. A pista ainda era larga, mas agora estava ondulada e cheia de sulcos.

– Fica pior mais adiante – gritou Edward.

Eles seguiam ricocheteando bem felizes. A poeira subia em nuvens ao redor. Grandes caminhões recheados de árabes seguiam pelo meio da pista surdos a qualquer intimidação da buzina.

Passaram por jardins murados, por grupos de mulheres, crianças, jumentos, e, para Victoria, tudo era novidade e parte do encanto de estar indo para a Babilônia com Edward ao seu lado.

Em duas horas, chegaram à Babilônia abalados e moídos. O amontoado inexpressivo de tijolos de barro destruídos e queimados era de certa forma uma decepção para Victoria, que esperava algo como colunas e arcos que se assemelhassem às imagens que já vira de Baalbek.

Porém, pouco a pouco seu desapontamento foi diminuindo, à medida que escalavam os montes e colinas de tijolos queimados acompanhando seu guia. Ela escutava apenas com atenção parcial às profusas explicações, mas quando estavam seguindo pela via processional até a porta de Ishtar, com os relevos quase imperceptíveis de animais inacreditáveis no alto das paredes, teve uma sensação súbita da grandiosidade do passado e o desejo de saber mais sobre aquela cidade vasta e orgulhosa que agora jazia morta e abandonada. Em seguida, tendo cumprido com suas obrigações para com a antiguidade, os dois sentaram-se junto do Leão da Babilônia para comer o almoço que Edward trouxera. O guia se afastou sorrindo indulgente e reafirmando que deveriam visitar o museu depois.

– Temos mesmo? – perguntou Victoria, sonhadora. – Coisas que são rotuladas e enfiadas em caixas de vidro por algum motivo não parecem nem um pouco reais. Fui uma vez ao Museu Britânico. Foi medonho e um suplício para os pés.

– O passado sempre é monótono – disse Edward. – O futuro é muito mais importante.

– Isto aqui não é monótono – declarou Victoria, acenando com o sanduíche em direção ao panorama de tijolos em ruínas. – Há uma sensação de... grandiosidade neste lugar. Como dizia aquele poema de William Ernest Henley: "*Quando você era o rei da Babilônia e eu era uma escrava cristã*"? Quem sabe fomos mesmo. Você e eu, digo.

– Não acho que tenha havido nenhum rei da Babilônia na época em que já existiam cristãos – disse Edward. – Acho que a Babilônia parou de funcionar em algum momento entre 500 e 600 a.C. Um ou outro arqueólogo sempre aparece para dar palestras sobre esses assuntos... mas nunca gravo nenhuma data... digo, nada antes da época dos gregos e romanos mesmo.

– Teria gostado de ser um rei da Babilônia, Edward?

Edward inspirou profundamente.

– Sim, teria.

– Então diremos que você foi. Está numa nova encarnação agora.

– Eles entendiam o *verdadeiro* significado de ser um rei naquela época! – exclamou Edward. – É por isso que podiam governar o mundo e reformar tudo.

– Não sei se teria gostado muito de ser uma escrava – disse Victoria meditativa –, cristã ou não.

– Milton tinha razão – disse Edward. – "É melhor reinar no inferno do que servir no céu." Sempre admirei o satã de Milton.

– Nunca li Milton – desculpou-se Victoria. – Mas fui assistir a *Comus* em Sadlers Wells e foi muito bonito, e Margot Fonteyn dançava como uma espécie de anjo congelado.

– Se tivesse sido uma escrava, Victoria, eu a libertaria e a levaria para meu harém... bem ali – acrescentou apontando com um gesto vago para uma pilha de detritos.

Um brilho surgiu no olhar de Victoria.

– Falando em haréns – começou ela.

– Como está se entendendo com Catherine? – perguntou Edward, apressado.

– Como sabia que eu estava pensando em Catherine?

– Bem, estava não estava? Honestamente, Viccy, quero muito que se torne amiga de Catherine.

– Não me chame de Viccy.

– Tudo bem, Charing Cross. Quero que fique amiga de Catherine.

– Como os homens são idiotas! Sempre querendo que as garotas deles sejam amigas umas das outras.

Edward sentou-se ereto num movimento enérgico. Estivera antes reclinado com as mãos atrás da cabeça.

– Está entendendo tudo errado, Charing Cross. Enfim, suas referências com relação aos haréns são simplesmente bobas...

– Não, não são. Do jeito que aquelas meninas ficam olhando e desejando você! Isso me deixa furiosa!

– Esplêndido – disse Edward. – Adoro quando fica furiosa. Mas voltando a Catherine. O motivo pelo qual quero que seja amiga dela é que tenho quase certeza de que ela é o melhor caminho para chegarmos a todas as coisas que queremos descobrir. Ela sabe de algo.

– Acha isso mesmo?

– Lembra quando a ouvi dizer algo sobre Anna Scheele?

– Havia me esquecido disso.

– Como tem se saído com o Karl Marx? Algum resultado?

– Ninguém me fez qualquer proposta nem me convidou para entrar no clube. Catherine ontem me disse que o partido não me aceitaria porque não tenho formação política suficiente. E ter de ler toda aquela coisa enfadonha... honestamente, Edward, não tenho cabeça pra isso.

– Não tem consciência política? – Edward riu. – Pobre Charing Cross. Bem, bem, Catherine pode ser frenética, com todo conhecimento, intensidade e consciência política, mas minha preferência ainda recai sobre uma datilógrafa londrina que não sabe soletrar uma palavra de três sílabas.

Victoria de repente franziu a testa. As palavras de Edward a fizeram relembrar o curioso colóquio que tivera com o dr. Rathbone. Contou a Edward sobre o episódio. Pareceu muito mais incomodado do que ela esperava.

– Isso é sério, Victoria, sério mesmo. Faça o esforço de me contar com exatidão o que ele falou.

Victoria fez o melhor que pôde para relembrar as palavras exatas que Rathbone usara.

– Mas não estou entendendo – disse – por que isso o deixou tão chateado.

– Hein? – Edward parecia absorto. – Você não está entendendo... Minha querida, não compreende que isso demonstra que estão sabendo de você? Estão lhe advertindo. Não estou gostando, Victoria... não estou gostando nada disso.

Ele fez uma pausa e então declarou, com sobriedade:

– Os comunistas, sabe, são muito impiedosos. Faz parte das crenças deles não pararem por nada. Não quero que acabe levando uma pancada na cabeça e sendo jogada no Tigre, minha querida.

Que esquisito, pensou Victoria, estar sentada em meio às ruínas da Babilônia discutindo a probabilidade de, em um futuro próximo, levar uma pancada na cabeça e ser jogada no rio Tigre. Quase fechando os olhos, pensou, sonhadora: "Em breve vou acordar e descobrir que estou em Londres, tendo um sonho maravilhoso e melodramático sobre a perigosa Babilônia. Quem sabe...", pensou ela, fechando totalmente os olhos, "eu estou em Londres... e o despertador vai tocar muito em breve e vou levantar e me dirigir para o escritório do dr. Greenholtz... e não vai haver nenhum Edward...".

E, com aquele pensamento, abriu os olhos de novo, apressada, para se certificar de que Edward estava realmente ali (e o que era mesmo que estava prestes a perguntar para ele em Basrah, quando foram interrompidos, e ela esquecera?) e não se tratava de sonho nenhum. O sol resplandecia forte com um brilho ofuscante e nada londrino, as ruínas da Babilônia estavam pálidas e tremeluziam contrastando com o fundo de palmeiras escuras, e, sentado de costas um pouco inclinado na sua direção, estava Edward. O cabelo dele crescia de uma forma extraordinária, fazendo um pequeno redemoinho no pescoço... e que pescoço bonito... um tom marrom rubro, bronzeado do sol... sem nenhuma manchinha... tantos homens tinham os pescoços cheios de cistos ou espinhas onde os colarinhos roçavam... um pescoço como o de Sir Rupert, por exemplo, com um furúnculo se formando.

Subitamente, abafando uma exclamação, Victoria sentou-se de um salto, e seus devaneios tornaram-se coisa do passado. Estava extremamente excitada.

Edward virou para ela com uma expressão inquiridora.

– O que houve, Charing Cross?

– Acabo de me lembrar – disse Victoria –, sobre Sir Rupert Crofton Lee.

Como Edward ainda mantivesse a falta de expressão no olhar indagador, Victoria deu continuidade a fim de esclarecer o que dizia; o que, verdade seja dita, ela não fez muito bem.

– Era um furúnculo – disse –, no pescoço dele.

– Um furúnculo no pescoço? – Edward estava perplexo.

– Sim, no avião. Ele estava sentado na minha frente, sabe, e aquela coisa meio capuz que ele usava caiu para trás, e eu vi... o furúnculo.

– E por que ele não poderia ter um furúnculo? É dolorido, mas muita gente tem.

– Sim, sei, claro que tem. Mas a questão é que naquela manhã, na sacada, ele *não* tinha.

– Não tinha o quê?

– Não tinha o furúnculo. Ai, Edward, faça um esforço para entender. Dentro do avião, ele tinha um furúnculo e, no balcão do Tio, não tinha um furúnculo. O pescoço dele estava bem liso e sem cicatrizes... como o seu agora.

– Bem, suponho que tenha sumido.

– Ah, não, Edward, não poderia ter sumido. Era apenas um dia depois, e estava apenas começando a estourar. Não poderia ter sumido... não assim completamente sem deixar vestígio. Então entende o que isso significa... sim, deve significar que... o homem no Tio Hotel não era Sir Rupert.

Ela balançou o queixo com veemência. Edward ficou encarando-a.

– Você é louca, Victoria. Deve ter sido Sir Rupert. Não viu nada mais de diferente nele.

– Mas você não está enxergando, Edward, em nenhum momento olhei para ele com atenção... apenas reparei no seu... bem, pode-se chamar de efeito geral. O chapéu... a capa... e aquele ar de mosqueteiro. Ele seria um homem bem fácil de imitar.

– Mas teriam percebido na embaixada...

– Não ficou na embaixada, ficou? Foi se hospedar no Tio. Um dos secretários assistentes ou alguém do pessoal de lá que foi ao encontro dele. O embaixador está na Inglaterra. Além disso, ele tem se ausentado da Inglaterra por muito tempo.

– Mas por quê...

– Por causa de Carmichael, é claro. Carmichael estava a caminho de Bagdá para encontrá-lo... para contar a ele o que descobrira. Só que nunca haviam se encontrado antes. Então Carmichael não tinha como saber que aquele não era o homem certo... e não estaria alerta para o perigo. É claro que foi Rupert Crofton Lee (o falso) quem esfaqueou Carmichael! Ai, Edward, tudo se encaixa.

– Não acredito em uma palavra disso. É loucura. Não se esqueça que o Sir Rupert foi morto depois no Cairo.

– Foi ali que tudo aconteceu. Agora sei. Ai, Edward, que desastre. Vi tudo acontecer.

– Viu acontecer... Victoria, está louca?

– Não, não estou nem um pouco louca. Apenas escute, Edward. Bateram na minha porta... no hotel em Heliópolis... ao menos achei que tivesse sido na minha porta e fui olhar, mas não era... era na porta ao lado, a de Sir Rupert Crofton Lee. Era uma das aeromoças ou comissárias, ou como quer que se chamem. Ela perguntou se ele não se incomodaria de dar uma passada no escritório da BOAC... mais adiante no corredor. Saí do meu quarto em seguida. Passei por uma porta que tinha um cartaz onde estava escrito BOAC, a porta foi aberta, e ele saiu. Achei então que ele acabara de receber alguma notícia que o fez mudar o jeito de caminhar. Não está vendo, Edward? Era uma armadilha, o substituto estava esperando, pronto, e assim que ele entrou deram-lhe uma bordoada na cabeça, e o outro saiu e assumiu o papel. Acho que devem tê-lo mantido preso em algum lugar no Cairo, talvez no hotel, como um inválido, o mantiveram entorpecido e então o mataram no momento exato em que o impostor chegara de volta ao Cairo.

– É uma história magnífica – disse Edward. – Mas, sabe, Victoria, sendo bem franco, está inventando isso tudo. Não há nenhuma corroboração desses fatos.

– Há o furúnculo...

– Ah, às favas com o furúnculo!

– E há duas outras coisas.

– O quê?

– O cartaz da BOAC na porta. Não estava lá depois. Lembro bem de ter ficado confusa quando descobri que o escritório da BOAC ficava do outro lado da entrada do hotel. Isso é uma coisa. E há outra. Aquela aeromoça, a que bateu na porta dele. Já a encontrei depois... aqui em Bagdá... e sabe do que mais, foi no Ramo de Oliveira. No primeiro dia que fui lá. Entrou e foi falar com Catherine. Na hora pensei que já a conhecia de algum lugar.

Depois de um momento de silêncio, Victoria disse:

– Portanto, precisa admitir, Edward, que não é tudo fantasia da minha cabeça.

Edward disse devagar:

– Sempre voltamos ao Ramo de Oliveira... e a Catherine. Victoria, deixe essa raiva de lado, precisa se aproximar mais de Catherine. Faça elogios, amacie, converse sobre ideias bolchevistas com ela. De um jeito ou de outro, fique íntima para saber quem são os amigos dela, que lugares frequenta e com quem tem contato fora do Ramo de Oliveira.

– Não vai ser fácil – disse ela –, mas vou tentar. E o sr. Dakin. Será que devo contar tudo isso para ele?

– Sim, é claro. Mas espere um ou dois dias. Pode ser que a gente tenha mais fatos em que nos basearmos – suspirou Edward. – Vou levar Catherine ao Le Select para o show de cabaré uma noite dessas.

E desta vez Victoria não sentiu nenhuma pontada de ciúmes. Edward falara aquilo com uma determinação austera que descartava qualquer antecipação de prazer na missão que se propusera a cumprir.

II

Animadíssima com suas descobertas, Victoria não precisou se esforçar para cumprimentar Catherine com uma efusão de cordialidade no dia seguinte. Fora muito gentil da parte de Catherine, disse, ter lhe sugerido um local para lavar os cabelos. Os cabelos estavam precisando demais de uma boa lavada. (Isso era inegável, Victoria retornara da Babilônia com os cabelos escuros agora cor de ferrugem por causa da areia.)

– Estão com uma aparência terrível, é verdade – disse Catherine, examinando os cabelos da outra com certa satisfação maliciosa. – Saiu então durante aquela tempestade de poeira ontem à tarde?

– Aluguei um carro e fui conhecer a Babilônia – disse Victoria. – Foi muito interessante, mas no caminho de volta, levantou uma tempestade de poeira que quase me cegou e me engasgou.

– É interessante a Babilônia – disse Catherine –, mas deveria ir com alguém que entenda do lugar e possa lhe explicar tudo com propriedade. Quanto ao seu cabelo, vou levar você até essa moça armênia hoje à noite. Ela vai lavar com o xampu cremoso. É o melhor que há.

– Não sei como consegue manter o seu cabelo tão lindo – comentou Victoria, olhando com o que parecia ser um ar de admiração para a pesada edificação de cachos gordos e sebentos na cabeça de Catherine.

Um sorriso apareceu no rosto geralmente azedo da moça, e Victoria constatou que Edward estava certo ao sugerir alguma adulação.

Quando saíram do Ramo de Oliveira naquela noite, as duas moças estavam amicíssimas. Catherine serpenteou por dentro e por fora de vielas e passagens estreitas e, por fim, bateu em uma porta pouco promissora, sem qualquer sinalização de que algum cabeleireiro trabalhava ali. Entretanto, foram recebidas por uma jovem simples, mas de aparência competente, que falava em um inglês lento e cuidadoso e que conduziu Victoria para uma pia imaculadamente limpa, com torneiras brilhantes e vários tubos e loções organizados ao redor. Catherine partiu, e Victoria entregou seus cabelos, que pareciam uma vassoura, aos cuidados hábeis da srta. Ankoumian. Logo seus cabelos eram uma massa de espuma cremosa.

– E agora se puder, por favor...

Victoria se inclinou de frente sobre a pia. A água escorria sobre os cabelos e gorgolejava ao descer pelo ralo.

De repente, seu nariz foi assaltado pelo aroma adocicado e um tanto doentio que ela associava vagamente a ambientes hospitalares. Um pano embebido de líquido foi apertado com firmeza contra o nariz e a boca. Ela lutou com todas as forças, se revirando e retorcendo, mas uma pressão firme manteve o pano no lugar. Começou a sufocar, a cabeça rodava, um zumbido alto tomou conta dos seus ouvidos...

E depois disso, tudo era uma densa e profunda escuridão.

Capítulo 18

Quando Victoria recuperou a consciência, teve noção da longa passagem de tempo. Foram surgindo memórias confusas... solavancos dentro de um carro... palavreados e discussões altas em árabe... luzes que lhe ofuscavam os olhos... um ataque horrível de náusea... depois, lembrou-se vagamente de estar deitada numa cama e de alguém ter levantado o seu braço... a fisgada aguda e agonizante de uma agulha... depois, mais sonhos confusos e escuridão e, ao fundo, uma crescente sensação de urgência...

Agora finalmente, ainda indistinta, voltara a ser ela mesma: Victoria Jones... E algo acontecera a Victoria Jones... há muito tempo... meses, quem sabe anos... no fim das contas, talvez fosse apenas uma questão de dias.

A Babilônia... o brilho do sol... poeira... cabelos... Catherine. Catherine, claro, sorrindo, seu olhar astuto sob os cachos largos como linguiça... Catherine a levara para lavar os cabelos e então... o que aconteceu? Aquele cheiro horrível... ela ainda conseguia sentir... nauseabundo... clorofórmio, é claro. Empurraram clorofórmio sobre seu rosto e a levaram embora... para onde?

Com cuidado, Victoria tentou sentar-se. Parecia estar deitada em uma cama – uma cama muito dura – a cabeça doía e sentia-se tonta... ainda estava grogue, uma tontura terrível... aquela agulhada, a injeção hipodérmica, haviam lhe drogado... ainda estava semidrogada.

Bem, pelo menos não a mataram. (Por que será?) Então estava tudo bem. O melhor a fazer, pensou Victoria ainda entorpecida, é voltar a dormir. E tratou de fazê-lo.

Quando acordou novamente, sentiu a cabeça muito mais desanuviada. Com a luz do dia, podia ver com mais clareza onde se encontrava.

Estava num quarto pequeno, mas muito alto, pintado de um azul-acinzentado pálido e deprimente. O piso era de chão batido. O único móvel do quarto parecia ser a cama sobre a qual estava deitada, com um tapete sujo jogado por cima dela, e uma mesa guenza, com uma bacia esmaltada rachada em cima e um balde de zinco embaixo. Havia uma janela com uma espécie de treliça de madeira pelo lado de fora. Victoria levantou-se da cama com todo o cuidado, sentindo-se esquisita e com dor de cabeça, e aproximou-se da janela. Conseguia enxergar bem através da treliça, e o que viu era um jardim com palmeiras atrás. O jardim era bem bonito, pelos padrões orientais, embora não fosse merecer a consideração de uma dona de casa suburbana da Inglaterra. Tinha uma porção de cravos cor de laranja brilhantes, alguns eucaliptos empoeirados e algumas tamargueiras mirradas.

Uma criancinha com o rosto tatuado de azul e montes de pulseiras rolava por ali com uma bola e cantava numa lamúria aguda e nasal muito parecida com gaitas de fole ao longe.

Victoria em seguida voltou a atenção para a porta, que era grande e maciça. Sem muita esperança foi até ela e testou. Estava trancada. Voltou e sentou-se na lateral da cama.

Que lugar era aquele? Não era Bagdá, isso era certo. E o que faria a seguir?

Um ou dois minutos depois, teve consciência de que a última pergunta não se aplicava ao seu caso. Era mais uma questão de: o que alguém faria com ela? Com uma sensação de inquietude na boca do estômago, lembrou-se da insistência do dr. Dakin para que contasse tudo o que sabia. Mas talvez já tivessem arrancado tudo dela enquanto estava sob o efeito da droga.

Ainda assim, Victoria retornava a esse ponto com uma alegria inabalável: estava *viva*. Se conseguisse manter-se viva até que Edward pudesse encontrá-la... O que Edward faria quando descobrisse que ela desaparecera? Será que procuraria o sr. Dakin? Bancaria o herói sozinho? Ameaçaria e meteria medo em Catherine, forçando-a a contar? Será que chegaria a desconfiar de Catherine? Quanto mais Victoria tentava evocar a imagem reconfortante de Edward em ação, mais essa imagem se desvanecia e se tornava uma espécie de abstração sem rosto. Será que Edward era esperto o suficiente? No fim das contas era isso que importava. Edward era adorável. Edward tinha glamour. Mas será que tinha cérebro? Porque, evidentemente, na situação em que se encontrava, seria necessário ter massa cinzenta.

O sr. Dakin, por exemplo, teria o cérebro necessário. Mas teria o ímpeto? Ou simplesmente riscaria o nome dela de seu livro de registros mental, cortando com um traço de fora a fora e escrevendo ao lado com a letra bem bonita: RIP.* Afinal, para o sr. Dakin, ela era apenas uma em meio à multidão. Decidiram arriscar, e se a sorte lhes falhasse, seria uma pena. Não, não vislumbrava o sr. Dakin armando um esquema de resgate. Afinal, ele havia lhe advertido.

E o dr. Rathbone havia lhe advertido. (Advertido ou ameaçado?) E, com sua recusa em sentir-se intimidada, a ameaça foi levada a cabo sem demora...

Mas ainda estou viva, repetia ela, determinada a se concentrar no lado positivo das coisas.

Ouviu passos se aproximando lá fora e o rangido de uma chave grossa em uma fechadura enferrujada. A porta balançou sobre as dobradiças e escancarou-se. No vão, surgiu a figura de um árabe. Carregava uma bandeja velha de lata com alguns pratos.

Aparentou estar de bom humor, exibindo um sorriso largo, fez alguns comentários incompreensíveis em árabe, depositou a bandeja, abriu a boca, apontou para dentro da garganta e partiu, voltando a trancar a porta.

Victoria se aproximou da bandeja com interesse. Havia uma tigela grande de arroz, algo que parecia folhas de repolho enroladas e um pedaço grande de pão árabe. Além disso, havia uma jarra d'água e um copo.

---

* Abreviação do latim, *requiescat in pace*: descanse em paz. (N.T.)

Victoria começou bebendo um copo grande de água e então se atirou no arroz, no pão e nas folhas de repolho que estavam recheadas de uma carne desfiada de gosto bem peculiar. Quando terminou tudo que havia na bandeja, sentiu-se muito melhor.

Esforçou-se como pôde para analisar as coisas de maneira clara. Fora sedada com clorofórmio e raptada. Há quanto tempo? Quanto a essa questão, tinha apenas uma ideia nebulosíssima. Baseando-se em suas memórias sonolentas de estar dormindo e acordando, julgou que houvessem se passado alguns dias. Fora retirada de Bagdá... para onde? Isso também não havia como saber. Devido à sua ignorância da língua árabe, não lhe era sequer possível fazer perguntas. Não conseguia distinguir um lugar, um nome ou uma data.

Seguiram-se várias horas de monotonia.

Naquela noite, o carcereiro reapareceu com outra bandeja de comida. Dessa vez, veio acompanhado de duas mulheres. Vestiam preto enferrujado e tinham os rostos encobertos. Não entraram no quarto, mas ficaram de pé do lado de fora da porta. Uma segurava um bebê nos braços. Ficaram ali dando risadinhas. Através da fina espessura do véu que lhes cobria os olhos, sentiu que a estavam avaliando. Era estimulante e muito engraçado para elas ter uma europeia aprisionada lá.

Victoria falou com elas em inglês e francês, mas recebeu apenas risinhos como resposta. Era esquisito, pensou, ser incapaz de se comunicar com pessoas de seu próprio sexo. Pronunciou devagar e com dificuldade uma das poucas frases que aprendera:

– *El hamdu lillah.*

A simples expressão foi recompensada com uma alegre enchente de frases em árabe. Assentiam firmes com a cabeça. Victoria moveu-se em direção a elas, mas, rapidamente, o criado árabe – ou o que quer que ele fosse – deu uns passos para trás e barrou o caminho. Fez sinal para que as duas fossem embora e também saiu, fechando e trancando a porta de novo. Antes de fazê-lo, pronunciou uma só palavra repetidas vezes.

– *Bukra... Bukra...*

Era uma palavra que Victoria escutara antes. Queria dizer *amanhã.*

Victoria sentou-se na cama para pensar. Amanhã? Amanhã, alguém estaria vindo ou alguma coisa aconteceria. Amanhã seu aprisionamento terminaria (ou será que não?)... ou se fosse terminar, poderia ser esse o fim dela também! Juntando tudo, Victoria não gostou muito daquela ideia sobre o dia seguinte. Seus instintos indicavam que seria muito melhor se no dia seguinte ela estivesse em outro lugar.

Mas seria possível? Pela primeira vez, dedicou toda a atenção àquele problema. Primeiro foi até a porta e examinou-a bem. Era certo que não poderia tentar nada ali. Não era do tipo de fechadura para se cutucar com um grampo de cabelo... se é que de fato teria sido capaz de abrir *alguma* fechadura com um grampo, do que duvidava muito.

Restava a janela. A janela, logo descobriu, era uma ideia muito mais promissora. O trabalho em treliça da abertura estava nos estágios finais de decrepitude. Admitindo que fosse capaz de arrebentar a madeira apodrecida o suficiente para se espremer por ali à força, dificilmente conseguiria fazê-lo sem provocar muito barulho, o que não falharia em chamar a atenção. Ainda por cima, o quarto onde estava ficava no andar de cima; isso significava que precisaria arranjar algum tipo de corda, ou então pular – com a certeza de torcer um tornozelo ou causar alguma outra lesão. Nos livros, pensou, fazem uma corda com tiras de lençóis. Olhou muito insegura para a colcha grossa de algodão e o cobertor puído. Nenhum dos dois parecia adequado para o propósito. Não possuía nada com que cortar as tiras da colcha e, embora pudesse quem sabe rasgar o cobertor, seu estado de decomposição era um obstáculo a qualquer possibilidade de confiar seu peso a ele.

– Droga – disse Victoria.

Estava mais e mais enamorada pela ideia de fuga. Até onde pôde avaliar, seus carcereiros eram pessoas simples, para quem o mero fato de que estava trancafiada em um quarto já denotava uma absoluta limitação. Não estavam contando com a possibilidade de ela escapar pelo simples motivo de que era uma prisioneira e não teria como. Presumiu que a pessoa que enfiara a seringa nela e a levara para lá não se encontrava agora no local... disso tinha certeza. Estavam esperando por ele ou ela, ou eles, "*bukra*". Fora deixada em algum local remoto sob a guarda de pessoas simples que obedeciam a ordens, mas não apreciariam sutilezas e não estariam, presumia-se, atentas para as faculdades inventivas de uma jovem europeia sob o medo de extinção iminente.

– Vou dar o fora daqui de algum jeito – disse Victoria para si mesma.

Aproximou-se da mesa e serviu-se da nova leva de comida. Era melhor se fortalecer. Havia arroz de novo, algumas laranjas e uns pedacinhos de carne em um molho laranja claro.

Victoria comeu tudo e depois tomou um gole de água. Ao devolver o jarro à mesa, esta pendeu de leve para o lado e um pouco de água caiu no chão. Naquele ponto, imediatamente formou-se uma poça de lama líquida. Vendo aquilo, uma ideia foi logo surgindo na imaginação sempre fértil da srta. Victoria Jones.

A questão era, será que a chave fora deixada do lado de fora da fechadura da porta?

O sol estava se pondo. Muito em breve estaria escuro. Victoria foi até a porta, ajoelhou-se e espiou pelo buraco imenso da fechadura. Não viu luz nenhuma. Agora o que precisava era algo com que pudesse cutucar... um lápis ou a ponta de uma caneta tinteiro. Que incômodo terem sumido com a bolsa dela. Olhou ao redor franzindo a testa. O único talher da mesa era uma colher grande. Aquilo não adiantava para sua necessidade imediata, embora pudesse ser útil mais tarde. Victoria sentou-se para arquitetar um plano. Em seguida, soltou uma exclamação, tirou o sapato e deu um jeito de arrancar a palmilha de couro. Enrolou bem apertada. Era razoavelmente dura. Voltou para a porta, agachou-se e cutucou com firmeza dentro do buraco. Felizmente, a imensa chave estava encaixada com folga na fechadura. Depois de uns três ou quatro minutos, cedeu aos seus esforços e caiu do buraco para o lado de fora da porta. Quase não fez barulho ao tombar no chão batido.

Agora, pensou ela, preciso correr, antes que a luz desapareça de vez. Apanhou o jarro e derramou um pouco d'água, com todo o cuidado, em um ponto na base do umbral, o mais próximo possível de onde julgava que a chave poderia ter caído. Então, usando a colher e os dedos, escavou e raspou na área lamacenta que resultara ali. Aos poucos, com novas aplicações da água do jarro, escavou uma canaleta rasa embaixo da porta. Deitando-se, tentou espiar por ela, mas não foi fácil enxergar alguma coisa. Arregaçando as mangas, descobriu que conseguia passar a mão e parte do braço por baixo da abertura. Tateou em volta, explorando o terreno com os dedos e, por fim, a ponta de um deles tocou em algo metálico. Localizara a chave, mas não conseguia esticar o braço o suficiente para agarrá-la e puxar para perto. O próximo procedimento foi despegar o alfinete de segurança que prendia uma alça rasgada da roupa. Dobrando o metal para fazer um gancho, cravou ali uma fatia do pão árabe e deitou de novo para continuar a pescaria. Quando estava prestes a praguejar de tão frustrada, o alfinete em forma de anzol prendeu-se na chave, ela conseguiu puxá-la ao alcance dos dedos e então passá-la pela canaleta lamacenta para o lado de dentro da porta.

Victoria sentou-se sobre os calcanhares repleta de admiração por sua própria engenhosidade. Agarrando a chave na mão enlameada, levantou-se e encaixou-a na porta. Aguardou por um momento até ouvir que havia um bom coro de vira-latas latindo na vizinhança e, então, girou a chave. A porta cedeu ao seu empurrão e abriu uma fresta. Victoria espiou com cautela pela abertura. A porta dava para outra salinha, com uma porta aberta ao fundo. Victoria esperou um instante, depois saiu pé ante pé e foi até o outro lado. A sala de lá tinha uns buracos imensos no telhado e um ou dois no piso. A porta ao final dava para o topo de uma escadaria de degraus grosseiros, feitos com tijolos de barro afixados na lateral da casa, que dava acesso ao jardim.

Era tudo que Victoria precisava. Voltou na ponta dos pés para o seu local de detenção. Era bem pouco provável que alguém fosse chegar perto dela mais uma vez naquela noite. Esperaria até escurecer e que o vilarejo ou povoado mais ou menos se acomodasse para dormir, só então sairia.

Reparou em mais uma coisa. Um pedaço de tecido preto rasgado e disforme estava amontoado perto da porta externa. Pensou que devia ser algum retalho velho que seria útil para cobrir suas roupas ocidentais.

O quanto teve de esperar, Victoria não sabia. Pareceram-lhe horas intermináveis. No entanto, no fim, os vários ruídos dos seres humanos do local foram morrendo. O distante retumbar de canções árabes em um gramofone ou fonógrafo parou, o vozerio e a cusparada cessaram, e não se ouvia mais a risada cortante e distante de mulheres nem o choro de crianças.

Enfim ouvia apenas o ruído de uivos ao longe, que imaginou serem de chacais, e as explosões intermitentes de cachorros latindo, que, já sabia, continuariam por toda a noite.

– Bem, lá vamos nós! – disse Victoria pondo-se de pé.

Depois de alguns momentos de reflexão, trancou a porta da sua prisão pelo lado de fora e deixou a chave na fechadura. Em seguida, tateou o caminho pela outra sala, apanhou o montinho de tecido preto e saiu no topo da escadaria de barro. A lua brilhava, mas ainda estava baixa no céu, oferecendo luz suficiente para que Victoria enxergasse o caminho. Desceu as escadas, mas parou a quatro degraus do chão. Ali, estava na mesma altura do muro de barro que cercava o jardim. Se terminasse de descer a escada, teria de passar pela lateral da casa. Podia ouvir roncos que vinham dos quartos do andar de baixo. Talvez fosse melhor continuar pelo topo do muro. O muro era largo o suficiente para se caminhar.

Escolheu a segunda opção e prosseguiu com rapidez e de maneira um tanto precária até chegar ao canto da mureta. Ali, do lado de fora, ficava o que parecia ser um jardim de palmeiras e, em um dos pontos, a parede estava se desmanchando. Victoria achou um jeito de chegar lá, saltando por uma parte, escorregando para descer por outra e alguns instantes mais tarde já abria caminho entre as palmeiras em direção a uma abertura no muro mais distante. Chegou a uma rua estreita de natureza primitiva, pequena demais para permitir a passagem de um carro, mas adequada para os jumentos. Ficava entre dois muros de tijolos de barro. Victoria correu por ali o mais rápido que pôde.

Agora cães começavam a ladrar furiosos. Dois vira-latas amarronzados saíram rosnando na direção dela. Victoria pegou um punhado de pedregulhos e tijolos e atirou neles. Os dois ganiram e fugiram dali. Victoria seguia a toda a velocidade. Dobrou uma esquina e entrou no que era evidentemente a rua principal. Estreita e repleta de sulcos profundos, a via atravessava o vilarejo de casas de tijolos de barro, todas numa palidez uniforme sob o luar. Palmeiras espreitavam por trás dos muros, cães rosnavam e latiam. Victoria encheu os pulmões de ar e correu. Os cachorros continuaram a latir, mas nenhum ser humano demonstrou interesse naquele possível saqueador noturno. Logo chegou a uma área ampla com um córrego lamacento e uma ponte decrépita em arco. Mais adiante, a estrada ou trilha parecia levar ao espaço infinito. Victoria continuou correndo até perder o fôlego.

O vilarejo ficara para trás agora. A lua estava alta no céu. À esquerda, à direita e à frente, via apenas o solo descampado e pedregoso, sem cultivo algum e sem o menor sinal de ocupação humana. Parecia plano, mas na verdade tinha um contorno suave. Victoria não conseguia entrever nenhum ponto de referência e não fazia a menor ideia de para onde levava aquele caminho. Também não entendia de estrelas o suficiente para saber nem ao menos para que ponto cardeal estaria se dirigindo. Havia algo de aterrorizante naquele deserto ermo e imenso, mas era impossível voltar. Só lhe restava seguir adiante.

Parou por alguns momentos para recuperar o fôlego e, olhando por cima do ombro para confirmar que sua fuga não fora descoberta, seguiu, caminhando num passo firme de seis quilômetros por hora rumo ao desconhecido.

O amanhecer enfim veio e encontrou Victoria exausta, com dores nos pés e quase beirando a histeria. Ao reparar na luminosidade do céu, verificou que estava seguindo mais ou menos para o sudoeste, mas como não sabia onde estava, a informação era de pouca utilidade para ela.

Um pouco para o lado da estrada havia uma espécie de morrinho ou colina compacta. Victoria saiu da trilha, foi até a colina e escalou-a até o topo por uma das laterais íngremes.

Dali era possível sondar o terreno em todo seu entorno, e o sentimento de pânico retornou. Pois, não importava para onde olhasse, não havia nada... O cenário era lindo com a luminosidade da manhã. O chão e o horizonte cintilavam com tons suaves de creme e rosa-pastel com desenhos sombreados. Era lindo, mas aterrorizante.

"Agora entendo o significado", pensou Victoria, "quando alguém diz que está sozinho no mundo..."

Havia um resto de grama raquítica em certos trechos escuros aqui e ali, além de alguns espinheiros ressecados. Mas, fora isso, não havia nada plantado e nenhum sinal de vida. Havia apenas Victoria Jones.

Também não havia sinal do povoado de onde escapara. A estrada pela qual havia seguido se estendia para trás sobre um aparente descampado infinito. Parecia inacreditável que tivesse caminhado tão longe a ponto de perder o vilarejo totalmente de vista. Por um momento, acometeu-se de pânico e desejou retornar. De um jeito ou de outro queria recuperar o contato com a humanidade...

Então conseguiu se controlar. Tivera a intenção de escapar e escapara, mas era bem provável que suas agruras não terminariam simplesmente porque conseguira interpor vários quilômetros entre ela e os carcereiros. Um carro, mesmo velho e bamboleante, faria aqueles quilômetros em pouco tempo. Assim que a sua fuga fosse descoberta, alguém sairia à sua procura. E como é que iria se esconder? Simplesmente não havia lugar nenhum para se esconder. Ainda carregava o retalho preto e resgado que afanara de lá. Hesitante, agora se enrolava entre suas dobras, repuxando o pano sobre o rosto. Não fazia ideia de sua aparência, pois não tinha nenhum espelho. Se tirasse os sapatos e as meias europeias e andasse com os pés descalços quem sabe poderia evitar ser detectada. Uma mulher árabe virtuosa de véu, não importava o quão pobre e maltrapilha, tinha total imunidade, disso ela sabia. Seria o cúmulo dos maus modos para um homem abordá-la. Mas aquele disfarce seria suficiente para enganar os olhares ocidentais que a estariam procurando de automóvel? De qualquer maneira, era sua única esperança.

Estava cansada demais para continuar naquele momento. Sentia uma sede terrível também, mas era impossível fazer qualquer coisa para resolver isso. Decidiu que o melhor seria deitar-se ao lado daquele morrinho. Poderia ouvir um veículo se aproximando e, se conseguisse permanecer abaixada rente à ravina causada pela erosão lateral do morro, poderia ter alguma noção de quem estivesse no carro.

Poderia se abrigar dando a volta por trás do outeiro para não ser vista da estrada.

Por outro lado, o que precisava mesmo era voltar à civilização, e a única maneira que concebia de fazer isso era parando um carro com europeus dentro e pedindo uma carona.

Mas precisava se certificar que esses europeus seriam os europeus certos. E como diabos ela conseguiria se certificar disso?

Refletindo sobre a questão, Victoria inesperadamente caiu no sono, esgotada pela longa caminhada e exaustão geral.

Quando acordou, o sol brilhava a pino. Ela se sentia quente, com o corpo duro, tonta, e a sede era agora um tormento avassalador. Victoria gemeu, mas, ao mesmo tempo em que o som era emitido pelos lábios ressecados e doloridos, de repente enrijeceu o corpo e escutou atenta. Ouviu o som baixinho, mas bem distinto, do motor de um carro. Com todo o cuidado, levantou a cabeça. O carro não estava vindo do vilarejo, mas sim se dirigindo para lá. Isso significava que não estava perseguindo ninguém. Até o momento era apenas um pontinho preto bem ao longe no caminho. Ainda deitada e o mais escondida possível, Victoria observou o veículo chegar mais perto. Como desejou ter um par de binóculos naquele instante!

Desapareceu por alguns minutos em uma depressão do relevo, depois reapareceu, transpondo uma elevada não muito distante dali. O motorista era árabe e ao lado dele estava um homem com roupas de estilo europeu.

– Agora – pensou Victoria –, tenho de decidir.

Seria aquela a sua chance? Deveria correr para a estrada e fazer sinal para o carro parar?

Quando estava prestes a fazer isso, uma sensação súbita de enjoo a impediu. Suponha, apenas suponha que aquele fosse o inimigo?

Afinal de contas, como poderia saber? O trajeto era com certeza bastante desértico. Nenhum outro carro passara ali. Nenhum caminhão. Nem mesmo uma caravana de asnos. Esse carro tinha como objetivo quem sabe o povoado que abandonara na noite passada...

E o que faria então? Era uma decisão terrível para se tomar assim tão rápido. Se fosse o inimigo, seria o seu fim. Mas se não fosse o inimigo, poderia ser sua única esperança de sobrevivência. Porque se continuasse vagando a ermo, provavelmente morreria de sede e insolação. O que deveria fazer?

E no que se pôs de cócoras, paralisada de indecisão, o comportamento do carro que se aproximava mudou. Diminuiu a velocidade e, com uma guinada, saiu da estrada e cortou caminho pelo solo pedregoso seguindo para a colina na qual ela estava agachada.

Eles a viram! Estavam procurando por ela!

Victoria desceu arrastando-se pela ravina e rastejou dando a volta por trás do monte, distanciando-se do carro que se aproximava. Ouviu o motor desligar e a batida de uma porta, indicando que alguém descera do veículo.

Então alguém falou qualquer coisa em árabe. Depois daquilo, nada aconteceu. De repente, sem qualquer aviso enxergou o homem. Estava dando a volta no morrinho e já subira até a metade. Os olhos estavam colados no chão e de tempos em tempos se curvava para apanhar alguma coisa. O que quer que estivesse procurando não parecia ser uma garota chamada Victoria Jones. Além disso, ele era, sem dúvida nenhuma, inglês.

Com uma interjeição de alívio, Victoria se esforçou para ficar de pé e foi até ele. O homem levantou a cabeça e encarou-a com surpresa.

– Ah, por favor – disse Victoria. – Estou tão aliviada que o senhor apareceu.

Ele ainda a fitava.

– Como assim, quem – começou ele. – É inglesa? Mas...

Com um ataque de riso, Victoria jogou longe o tecido que a envolvia.

– É claro que sou inglesa – disse. – E, por favor, pode me levar de volta a Bagdá?

– Não estou indo a Bagdá. Acabo de vir de lá. Mas que raios está fazendo sozinha aqui no meio do deserto?

– Fui raptada – explicou ela, sem fôlego. – Fui num lugar lavar os meus cabelos e me sedaram com clorofórmio. E quanto acordei estava numa casa árabe num vilarejo mais para lá.

Ela gesticulava na direção do horizonte:

– Em Mandali?

– Não sei o nome. Fugi ontem à noite. Caminhei a noite toda e depois me escondi atrás dessa colina, caso vocês fossem inimigos.

Seu salvador a fitava com uma expressão muito estranha no rosto. Era um homem de uns 35 anos, cabelos claros e ar um pouco arrogante. O modo de falar era acadêmico e preciso. Agora colocara um pincenê e a encarava através das lentes com uma expressão de desgosto. Victoria compreendeu que aquele homem não acreditara em uma só palavra do que dissera.

Imediatamente, ela respondeu com uma indignação furiosa.

– É a mais pura verdade – garantiu. – Cada palavra que eu disse!

O estranho a olhava mais incrédulo do que nunca.

– Bastante excepcional – disse ele, com um tom frio.

O desespero tomou conta de Victoria. Como era injusto que, enquanto sempre conseguia fazer uma mentira parecer plausível, quando dizia a verdade nua e crua, faltava-lhe o poder de fazer com que acreditassem nela. Fatos verdadeiros, ela sempre narrava mal e sem convicção.

– E se não estiver trazendo nada para beber, vou morrer de sede – disse. – Vou morrer de sede de qualquer maneira se me deixar aqui e for embora sem mim.

– Naturalmente eu não sonharia em fazer uma coisa dessas – falou o estranho com ar severo. – É muitíssimo impróprio para uma inglesa ficar vagando sozinha em lugares ermos. Minha nossa, seus lábios estão rachados... Abdul.

– Sahib?

O motorista apareceu pelo lado do monte. Ao receber as instruções em árabe, correu para o carro e retornou um pouco depois com uma garrafa térmica grande e um copo de baquelita.

Victoria bebeu a água com sofreguidão.

– Ufa! – ela disse. – Assim é melhor.

– Meu nome é Richard Baker – apresentou-se o inglês.

Victoria respondeu.

– Me chamo Victoria Jones – disse.

E então, no esforço de recuperar o terreno e substituir seu descrédito por uma atenção respeitosa, acrescentou:

– Pauncefoot Jones. Estou indo encontrar meu tio, dr. Pauncefoot Jones, na sua escavação.

– Que coincidência extraordinária – surpreendeu-se Baker, olhando para ela. – Eu também estou a caminho do sítio arqueológico. Fica a apenas vinte quilômetros daqui. Sou a pessoa certa para fazer o seu resgate, não sou?

Afirmar que Victoria ficou desconcertada seria um eufemismo. Ficou completamente pasma. Tanto assim que foi incapaz de dizer qualquer coisa. Mansa e em silêncio, seguiu Richard até o carro e entrou.

– Suponho que seja a antropóloga – disse Richard, ao acomodá-la no banco traseiro e remover vários apetrechos. – Ouvi dizer que viria para cá, mas não esperava que chegasse tão no início da temporada.

Ficou parado por um momento separando e organizando uma série de cacos que retirara dos bolsos, os quais, agora Victoria compreendia, eram o que ele fora recolher na superfície da colina.

– Um pequeno Tell bem promissor – declarou, gesticulando em direção ao morrinho. – Mas não há nada fora do normal até onde pude constatar. Na maioria, peças assírias mais recentes; um pouco de pártico, algumas bases anelares bem boas do período cassita – ele sorriu e acrescentou: – Fico contente que, apesar de suas desventuras, seus instintos arqueológicos a levaram a examinar um Tell.

Victoria abriu a boca, mas então fechou de novo. O motorista apertou a embreagem, e eles deram a partida.

O que, no fim das contas, poderia dizer? Verdade que seria desmascarada assim que chegassem à casa expedicionária... mas seria infinitamente melhor ser desmascarada lá e confessar arrependimento por suas invenções do que confessar ao sr. Richard Baker no meio do nada. O pior que poderiam fazer com ela seria mandá-la para Bagdá. E, de qualquer jeito, pensou Victoria, incorrigível como sempre, quem sabe antes de chegar lá poderia pensar em alguma saída. Sua imaginação fértil começou a trabalhar na mesma hora. Um lapso de memória? Viajara com uma garota que pedira que ela... Não, de fato, já podia antecipar que teria de enfrentar a situação. Mas preferia mil vezes confrontar a verdade dos fatos diante do dr. Pauncefoot Jones, seja lá que tipo de homem ele fosse, do que do sr. Richard Baker, com seu jeito arrogante de erguer as sobrancelhas e sua óbvia incredulidade frente à história exata e verdadeira que ela lhe contara.

– Não vamos passar por dentro de Mandali – disse o sr. Baker, virando-se no banco dianteiro. – Vamos pegar uma bifurcação na estrada dentro do deserto a mais ou menos uma milha daqui. Às vezes é um pouco difícil de acertar o local exato sem ter nenhum ponto de referência.

Em seguida, disse algo para Abdul e o carro saiu bruscamente da estrada e seguiu rumo ao deserto. Sem nenhum ponto de referência em particular para guiá-los, até onde Victoria pôde constatar, Richard Baker dirigia Abdul com gestos; o carro ora ia pela direita... ora pela esquerda. Na sequência, Richard exclamou com satisfação:

– Agora estamos no caminho certo – disse.

Victoria não conseguia enxergar caminho nenhum. Porém, em seguida vislumbrou aqui e ali alguns rastros quase apagados de pneus.

Em dada ocasião, cruzaram uma estrada levemente mais demarcada e, assim que passaram, Richard exclamou algo e mandou Abdul parar.

– Eis aqui uma curiosidade interessante para a senhorita – comentou com Victoria. – Já que é sua primeira vez neste país, nunca viu isso antes.

Dois homens avançavam na direção do carro seguindo pela estrada que interceptava a deles. Um dos homens carregava um banco baixo de madeira nas costas, e o outro, um grande objeto de madeira mais ou menos do tamanho de um piano.

Richard acenou, e eles o cumprimentaram com visível animação. Richard ofereceu cigarros, e uma atmosfera festiva e jovial parecia estar surgindo.

Richard voltou-se para ela.

– Gosta de cinema? Então vai assistir uma sessão.

Falou com os dois homens, e eles sorriram prazenteiros.

Acomodaram o banquinho e chamaram Victoria e Richard para sentarem-se ali. Depois montaram a engenhoca arredondada sobre algum tipo de suporte. Havia dois buracos para os olhos e, no que entendeu, Victoria gritou:

– É como aquelas atrações dos píers. *O que o mordomo viu.*

– Isso mesmo – disse Richard. – É uma forma primitiva da mesma coisa.

Victoria posicionou os olhos nos buraquinhos envidraçados, um dos homens começou a dar corda com a manivela, e o outro entoava uma espécie de canto monótono.

– O que ele está dizendo? – Victoria perguntou.

Richard traduziu enquanto a cantoria continuava:

– Aproxime-se e prepare-se para muitas maravilhas e alegrias. Prepare-se para testemunhar as maravilhas da antiguidade.

Uma ilustração de coloração grosseira retratando negros colhendo trigo emergiu sob o olhar de Victoria.

– Fellahin na América – anunciou Richard, traduzindo.

Então:

– A esposa do grande xá do mundo ocidental – e apareceu a imperatriz Eugênia, sorrindo com afetação e enroscando um longo cacho de cabelo nos dedos. Um retrato do palácio do rei em Montenegro, outro da Grande Exposição.

Uma estranha e variada coleção de figuras foram se seguindo, nenhuma relacionada à outra e às vezes anunciadas com os termos mais incomuns.

O Príncipe Consorte, Disreali, fiordes noruegueses e patinadores na Suíça completavam aquela estranha e breve janela para tempos antigos e distantes.

O apresentador terminou a demonstração com as seguintes palavras:

– E assim lhe trouxemos as maravilhas e prodígios da antiguidade em outras terras e lugares distantes. Permita que o seu donativo seja generoso para ficar à altura dos prodígios que acaba de testemunhar, pois todas essas coisas são verdadeiras.

Chegara ao fim. Victoria sorria abertamente, estava encantada.

– Isso realmente foi *maravilhoso*! – exclamou. – Não teria acreditado se me contassem.

Os proprietários do cinema ambulante estavam sorrindo orgulhosos. Victoria levantou-se do banco, e Richard, que estava sentado na outra ponta, foi arremessado para o chão em uma posição um tanto indigna. Victoria desculpou-se, mas não estava desagradada. Richard recompensou os homens do cinema, e, com cortesias de despedida, expressando preocupação pelo bem-estar uns dos outros e também invocando as bênçãos de Deus sobre cada um, separaram-se. Richard e Victoria entraram novamente no carro, e os homens saíram em sua marcha pelo deserto.

– Para onde estão indo?

– Viajam pelo país inteiro. Eu os conheci na Transjordânia, na estrada do Mar Morto para Amã. Na verdade estão rumando para Kerbela, seguindo, claro, por estradas não muito frequentadas para fazerem shows em vilarejos remotos.

– Talvez alguém lhes ofereça uma carona?

Richard riu.

– É bem provável que não aceitassem. Ofereci uma carona uma vez para um velho que estava caminhando de Basrah para Bagdá. Perguntei quanto tempo ele achava que demoraria, e respondeu que levaria uns dois meses. Convidei-o a entrar, assim chegaria lá mais tarde na mesma noite, no entanto me agradeceu e recusou. Dois meses depois seria perfeito para ele. O tempo não significa nada neste lugar. Uma vez que a gente consiga enfiar isso na cabeça, pode encontrar uma curiosa satisfação com essa ideia.

– Sim. Posso imaginar.

– Os árabes têm uma dificuldade extraordinária em compreender nossa impaciência ocidental em fazer as coisas com pressa, e nosso costume de chegar direto ao ponto durante uma conversa lhes cai como algo extremamente mal-educado. Deveríamos sempre fazer sala e propor observações gerais durante mais ou menos uma hora; ou se preferirmos, não é preciso dizer nada.

– Seria muito estranho se fizéssemos isso nos escritórios em Londres. As pessoas desperdiçariam tempo demais.

– Sim, mas então voltamos à questão: o que é o tempo? E o que é o desperdício?

Victoria meditou sobre aqueles pontos. O carro ainda parecia estar seguindo rumo ao nada com a mais absoluta confiança.

– Onde fica esse lugar? – perguntou por fim.

– Tell Aswad? Fica bem no meio do deserto. Daqui a pouco já vai ver o zigurate. Neste meio-tempo, olhe para sua esquerda. Lá... onde estou apontando.

– São nuvens? – perguntou Victoria. – Não é possível que sejam *montanhas*.

– Sim, é isso mesmo. As montanhas cobertas de neve do Curdistão. Só é possível enxergá-las quando o dia está muito claro.

Como em um sonho, uma sensação de contentamento tomou conta de Victoria. Se ao menos pudesse andar assim de carro para sempre. Se ao menos não fosse uma mentirosa tão miserável. Encolheu-se como uma criança ao pensar no desagradável desenlace diante dela. Como seria o dr. Pauncefoot Jones? Alto, com uma longa barba grisalha e o olhar carregado e severo? Não importava, mesmo que o dr. Pauncefoot Jones ficasse muito aborrecido, ela já contornara Catherine, o Ramo de Oliveira e o dr. Rathbone.

– Aí está – disse Richard.

Apontou adiante, Victoria conseguiu discernir uma espécie de pústula no horizonte longínquo.

– Parece estar a quilômetros de distância.

– Ah, não, são apenas poucos quilômetros agora. Vai ver.

E de fato a pústula foi se transformando com rapidez espantosa, primeiro em um borrão, depois em um morro e, por fim, em um Tell grande e imponente. Em um dos lados havia uma construção longa e ampla de tijolos.

– A casa expedicionária – declarou Richard.

Encostaram com um floreio em meio aos latidos dos cães. Criados vestidos de branco se aproximaram com sorrisos abertos para recebê-los.

Após uma troca de saudações, Richard declarou:

– Ao que tudo indica não estavam lhe esperando tão cedo. Mas vão preparar sua cama. E vão lhe trazer água quente agora mesmo. Imagino que queria se lavar e descansar um pouco. O dr. Pauncefoot Jones está lá em cima do Tell. Vou subir para encontrá-lo. Ibrahim vai cuidar da senhorita.

Saiu para o outro lado, e Victoria seguiu o sorridente Ibrahim para casa. No primeiro momento, assim que saiu do sol parecia escuro lá dentro. Passaram por uma sala de estar com algumas mesas bem grandes e umas poucas poltronas desgastadas, e ela então foi levada pelo contorno do pátio interno, chegando a um quartinho com uma janela diminuta. Tinha uma cama, uma cômoda rústica, uma mesa com a bacia e o jarro em cima, além de uma cadeira. Ibrahim sorriu balançando o queixo e trouxe um jarro grande com água quente de aspecto lamacento e uma toalha áspera. Então, com um sorriso constrangido, retornou com um espelho pequeno, o qual prendeu cuidadosamente na parede com um prego.

Victoria estava agradecida pela oportunidade de se lavar. Estava apenas começando a perceber o quanto estava exausta e incrustada de sujeira.

– Suponho que simplesmente esteja com uma aparência terrível – disse para si mesma ao se aproximar do espelho.

Por alguns momentos ficou encarando o reflexo sem compreender.

Aquela não era ela... aquela não era Victoria Jones.

E então entendeu que, embora seus traços ainda fossem os mesmos traços delicados de Victoria Jones, os cabelos agora eram louros platinados!

Capítulo 19

I

Richard encontrou o dr. Pauncefoot Jones nas escavações, agachado ao lado do capataz e dando suaves batidas com um palitinho sobre uma área da parede.

O dr. Pauncefoot Jones saudou o colega de um jeito bastante natural.

– Olá, Richard, meu garoto, então já voltou. Achei que chegaria na terça-feira. Não sei por quê.

– Hoje é terça-feira – disse Richard.

– É mesmo? – perguntou dr. Pauncefoot Jones sem expressar interesse. – Desça um pouco aqui e me diga o que acha disto. Já estão aparecendo paredes em perfeitas condições, e escavamos apenas um metro de profundidade. Parece que há uns poucos traços de tinta aqui. Venha ver o que acha. Parece-me muito promissor.

Richard saltou para dentro da trincheira, e os dois arqueólogos se divertiram de modo altamente técnico por um quarto de hora.

– A propósito – disse Richard –, eu trouxe uma garota.

– Ah, trouxe? Que tipo de garota?

– Disse que é sua sobrinha.

– Minha sobrinha? – O dr. Pauncefoot Jones se esforçou para interromper a contemplação das paredes de tijolo de barro e desviar os seus pensamentos. – Acho que não tenho nenhuma sobrinha – pronunciou-se, hesitante, como quem poderia ter tido uma, mas esquecera-se da existência da moça.

– Veio para trabalhar com você aqui, pelo que entendi.

– Ah.

A expressão do rosto de Pauncefoot Jones suavizou-se.

– É claro. Deve ser a Veronica.

– Victoria, acho que foi o que ela disse.

– Sim, sim, Veronica. Emerson me escreveu de Cambridge falando sobre ela. Uma moça muito capaz pelo que entendi. Antropóloga. Não consigo imaginar por que alguém desejaria ser antropólogo, você consegue?

– Ouvi dizer que havia uma antropóloga que estaria vindo para cá.

– Por enquanto não temos nada na linha dela. Claro que estamos apenas começando. Na verdade, havia entendido que só chegaria daqui uns quinze dias ou mais, mas não li a carta dela com muita atenção e depois a perdi, então não lembro do que ela havia dito. Minha esposa chega na semana que vem... ou na outra... agora, o que foi que fiz com a carta *dela*? E achei então que a Venetia chegaria junto com ela... mas é claro, posso ter entendido tudo errado. Bem, bem, creio que podemos achar alguma utilidade para ela aqui. Há uma porção de peças de cerâmica aparecendo.

– Não há nada de esquisito a respeito dela, há?

– Esquisito? – o dr. Pauncefoot Jones o examinou com atenção. – De que jeito?

– Bem, ela não passou por um colapso nervoso ou algo do gênero?

– Emerson disse algo, me lembro bem, que ela andava trabalhando muito. Coisa de diploma, colação de grau ou algo assim, mas não acho que tenha mencionado nada sobre colapso nervoso. Por quê?

– Bem, eu a encontrei na beira da estrada, vagando sozinha no deserto. Foi naquele pequeno Tell, na verdade, o mesmo que a gente passa a mais ou menos uma milha antes de sair da estrada...

– Lembro – disse Pauncefoot Jones. – Sabe que uma vez recolhi alguns artefatos Nuzu naquele Tell. Realmente extraordinário, encontrar algo assim tão ao sul.

Richard recusou-se a desviar o assunto para tópicos arqueológicos e prosseguiu com firmeza:

– Ela contou uma história das mais extraordinárias. Disse que foi a um lugar para lavar os cabelos, e eles a sedaram com clorofórmio, a raptaram e a levaram para Mandali, aprisionando-a numa casa, e ela fugiu na calada da noite... a ladainha mais disparatada que já ouvi na vida.

O dr. Pauncefoot Jones chacoalhou a cabeça.

– Não parece nem um pouco plausível – disse. – O país está perfeitamente calmo e bem policiado. Está mais seguro do que nunca.

– Exato. É obvio que ela inventou aquilo tudo. Foi por isso que perguntei se ela tivera um colapso nervoso. Talvez seja uma daquelas histéricas que afirmam que os párocos estão apaixonados por elas ou que doutores as atacam. Pode nos trazer muitos problemas.

– Ah, suponho que ela vá se acalmar – disse Pauncefoot Jones, otimista. – Onde está agora?

– Deixei-a lá embaixo para se lavar e pentear os cabelos – hesitou. – Ela não tem nenhum tipo de bagagem com ela.

– Não tem? Isso é muito embaraçoso. Acha que ela espera que eu vá emprestar-lhe meus pijamas? Tenho apenas dois conjuntos e um deles está muito rasgado.

– Vai ter de se virar o melhor que puder até que a camionete saia na semana que vem. Devo confessar que fico tentando imaginar o que estaria inventando... completamente sozinha e no meio do nada.

– As garotas de hoje são incríveis – disse dr. Pauncefoot Jones, com ar distraído. – Aparecem onde menos se espera. Causam um grande incômodo quando queremos nos concentrar em alguma coisa. Este lugar é bem longe de tudo, poderia pensar que estaríamos livres de visitantes, mas ficaria surpreso com a quantidade de carros e pessoas que aparecem quando menos se precisa delas. Minha nossa, os homens pararam de trabalhar. Deve ser a hora do almoço. É melhor voltarmos para a casa.

II

Victoria, aguardando com certa agitação, descobriu que o dr. Pauncefoot Jones era o oposto do que imaginara. Era um homem baixo e rotundo, com a cabeça quase calva e os olhos brilhantes. Para seu absoluto assombro, foi cumprimentá-la de braços abertos.

– Bem, bem, Venetia... digo, Victoria – falou. – Esta é uma surpresa e tanto. Tinha na minha cabeça que só chegaria no mês que vem. Mas estou muito contente em vê-la. Contentíssimo. Como anda o Emerson? Não está passando muito trabalho com a asma, espero?

Victoria reagrupou seus sentidos, que estavam dispersos, e disse, com cautela, que a asma não andava tão ruim.

– Ele abafa demais o pescoço – disse o dr. Pauncefoot Jones. – É um grande equívoco. Já disse isso a ele. Todos esses camaradas acadêmicos envolvidos com as universidades ficam absorvidos demais com a saúde. Não deveríamos pensar no assunto... é a melhor maneira de nos mantermos fortes e saudáveis. Bem, espero que consiga se acomodar... minha esposa chega na próxima semana... ou na outra... tem estado adoentada, sabe. Realmente *preciso* encontrar a carta que ela enviou. Richard me disse que sua bagagem foi perdida. Como vai administrar isso? Não tenho como enviar uma camionete à cidade antes da semana que vem.

– Espero que eu consiga dar um jeito até então – disse Victoria. – De fato, vou ter de dar um jeito.

O dr. Pauncefoot Jones deu uma boa risada.

– Richard e eu não temos como lhe emprestar muita coisa. Escova de dentes tudo bem. Há uma dúzia delas nas despensas... e algodão, se servir de alguma coisa, e... deixe-me ver... talco... algumas meias de reserva e lenços. Temo não haver muito mais do que isso.

– Vou ficar bem – disse Victoria e sorriu feliz.

– Nem sinal de um cemitério para você – o dr. Pauncefoot Jones advertiu. – Estão surgindo alguns muros bonitos...

e quantidades de cacos de cerâmica das trincheiras mais afastadas. Pode ser que encontre algumas juntas. Vamos mantê-la ocupada de um jeito ou de outro. Não me lembro se trabalha com fotografia?

– Entendo um pouco – disse Victoria, cautelosa, aliviada com a menção de algo que de fato tinha algum conhecimento prático.

– Ótimo, que bom. Sabe revelar negativos? Sou bem à moda antiga... ainda uso chapas. O quarto escuro é bastante rudimentar. Vocês jovens que estão acostumados com todo tipo de equipamento em geral consideram essas condições primitivas um tanto perturbadoras.

– Não vou me importar – respondeu Victoria.

Das despensas da expedição, retirou uma escova de dentes, pasta, esponja e um pouco de talco.

A cabeça dela ainda estava num redemoinho enquanto tentava entender exatamente qual era a sua situação. Havia ficado claro que fora confundida com uma garota chamada Venetia. Alguém que estava vindo trabalhar na expedição e que era antropóloga. Victoria nem sequer sabia o que era um antropólogo. Se houvesse um dicionário por ali, daria uma olhada. A outra, presumia-se, não era esperada por pelo menos mais uma semana. Muito bem, então por uma semana, ou até a data que o carro ou caminhão fosse para Bagdá, Victoria faria o papel dessa Venetia Fulaninha, mantendo a farsa da melhor maneira possível. Não temia o dr. Pauncefoot Jones, que parecia encantadoramente disperso, mas estava preocupada com Richard Baker. Não gostava do modo especulativo com que olhava para ela e tinha a sensação de que, a menos que fosse cuidadosa, não demoraria muito ele enxergaria a verdade por trás da máscara. Felizmente durante um breve período fora secretária datilógrafa no Instituto de Arqueologia em Londres e possuía uma gama de frases superficiais e outras expressões soltas que agora lhe seriam úteis. Mas precisaria munir-se de muito cuidado para não cometer nenhuma gafe verdadeira. Por sorte, pensou Victoria, os homens se achavam sempre tão superiores que qualquer gafe que cometesse seria tratada menos como uma circunstância suspeita do que como mais uma prova do quanto as mulheres eram ridiculamente desnorteadas!

Aquele intervalo lhe daria uma trégua que sabia ser bastante necessária. Pois, do ponto de vista do Ramo de Oliveira, seu completo desaparecimento seria muito desconcertante. Escapara do cárcere, mas o que acontecera com ela após a fuga seria difícil de rastrear. O carro de Richard não passara por Mandali, então ninguém adivinharia que estava agora em Tell Aswad. Não, do ponto de vista deles Victoria pareceria ter sumido de vez. Poderiam concluir – era grande a possibilidade de concluírem – que ela morrera. Que se perdera no deserto e morrera de exaustão.

Bem, deixe que pensem assim. Era lamentável, claro, que Edward também fosse pensar isso! Muito bem, Edward teria de se manter firme. De qualquer modo não precisaria padecer por muito tempo. Bem quando estivesse se torturando de remorso por tê-la mandado cultivar alguma relação com Catherine, lá estaria ela de volta... devolvida de repente aos seus braços... retornando dos mortos... Só que loira, em vez de morena.

Aquilo a levou de volta ao mistério de por que *eles* (quem quer que fossem) haviam pintado o cabelo dela. Deveria haver, pensou Victoria, algum motivo... mas não conseguia, por mais que tentasse, compreender que motivo seria esse. Daquele jeito, em breve ficaria com uma aparência muito peculiar, quando o cabelo começasse a crescer preto nas raízes. Uma falsa loira platinada, sem pó de arroz e sem batom! Seria possível uma situação mais lamentável do que aquela para uma garota? Deixa para lá, pensou Victoria, estou viva, não estou? E não vejo motivos para não me alegrar bastante... pelo menos por uma semana. Era de fato muito divertido estar numa expedição arqueológica para ver como era. Tomara que conseguisse fazer bem sua parte e não acabasse se entregando.

Descobriu que seu papel não era assim tão fácil. Referências sobre pessoas, publicações, estilos arquitetônicos e categorias de cerâmica deveriam ser tratadas com cautela. Felizmente, sempre se aprecia um bom ouvinte, e Victoria era uma ouvinte excelente para os dois cavalheiros e, tateando o caminho com prudência, começou a pegar o jargão com relativa facilidade.

Às escondidas, lia com furor quando a deixavam sozinha na casa. Havia uma boa biblioteca de publicações arqueológicas. Victoria foi rápida em adquirir um conhecimento superficial da matéria. Jamais sonhara, mas achou aquela vida muito encantadora. Traziam-lhe chá logo cedo de manhã, depois saía para a escavação. Auxiliava Richard no trabalho com a câmera. Juntava pedaços e colava potes de cerâmica. Observava os homens trabalhando, apreciava a habilidade e a delicadeza dos peões que manejavam as picaretas... deliciava-se com as músicas e a risada dos garotinhos que corriam para esvaziar suas cestas de terra no monturo. Virou mestre nos períodos históricos, aprendeu sobre os vários níveis que a escavação estava explorando e familiarizou-se com o trabalho realizado na temporada anterior. A única coisa que a aterrorizava eram os sepultamentos que poderiam vir a encontrar. Nada do que lera lhe dava a menor ideia do que esperariam dela como uma antropóloga em plena atividade! "Se chegarmos a encontrar ossos ou uma tumba", dizia para si mesma, "vou ter que arranjar um resfriado violento... não, um ataque gravíssimo de fígado... e ficar de cama."

Mas nenhuma tumba apareceu. Em vez disso, as muradas de um palácio foram sendo lentamente desencavadas. Victoria estava fascinada e não precisou demonstrar nenhuma aptidão ou habilidade especial.

Richard Baker ainda a olhava com ar zombeteiro às vezes, e ela pressentia sua crítica velada, mas o comportamento dele era agradável e amistoso e era genuíno em sua apreciação pelo entusiasmo da moça.

– Tudo é novidade quando acabamos de chegar da Inglaterra – disse um dia. – Lembro-me do quanto eu estava emocionado na minha primeira temporada.

– Quanto tempo faz?

Ele sorriu.

– Bastante tempo. Quinze... não, dezesseis anos atrás.

– Deve conhecer bastante bem este país.

– Ah, não trabalhei apenas aqui. Na Síria... e na Pérsia também.

– Fala árabe muito bem. Se estivesse vestido como um deles poderia se passar por árabe?

Ele meneou a cabeça.

– Ah, não... isso exige bem mais esforço. Duvido que algum inglês um dia tenha sido capaz de se passar por árabe... por um período efetivo de tempo, digo.

– Lawrence?

– Não acho que Lawrence algum dia tenha se passado por árabe. Não, o único homem que conheço que é praticamente indistinguível do produto nativo é um camarada que na verdade nasceu por estas partes. O pai dele era cônsul em Kashgar e outros lugares remotos. Falava todos os tipos mais absurdos de dialetos quando criança e, acredito eu, conseguiu mantê-los também depois de adulto.

– O que aconteceu com ele?

– Perdi de vista depois de terminarmos o colégio. Fomos colegas de escola. Costumávamos chamá-lo de Faquir, porque era capaz de sentar-se perfeitamente imóvel e entrar numa espécie de transe. Não sei o que anda fazendo agora... embora na verdade talvez tenha um palpite bem forte.

– Nunca mais se encontraram depois do colégio?

– Pode parecer estranho, mas encontrei com ele há poucos dias... Foi em Basrah. O negócio todo foi bastante esquisito.

– Esquisito?

– Pois é. Não o reconheci. Estava vestido como um árabe, de *cafia*, manto listrado e um casaco antigo do exército. Tinha um cordão daqueles com contas de âmbar, do tipo que eles seguram às vezes, e estava clicando as contas entre os dedos do jeito tradicional... só que... veja bem... estava na verdade usando um código do exército. Morse. Estava clicando uma mensagem... para *mim*!

– O que a mensagem dizia?

– Meu nome... melhor dizendo, meu apelido, e o dele, e depois um sinal para ficar de sobreaviso, à espera de perigo.

– E houve perigo?

– Sim. No que ele levantou e foi em direção à porta, um caixeiro-viajante, um tipo calmo e discreto, arrancou um revólver do bolso. Empurrei o braço do sujeito para cima... e Carmichael escapou.

– Carmichael?

Ele olhou rápido para o lado por causa do tom de voz dela.

– Esse era o nome verdadeiro dele. Por quê? Você o conhece?

Victoria pensou consigo: "Se eu dissesse: 'Ele morreu na minha cama', soaria estranho demais".

– Sim – respondeu devagar. – Eu o conhecia.

– *Conhecia*? Ora... ele está...

Victoria assentiu.

– Sim – disse. – Está morto.

– Quando ele morreu?

– Em Bagdá. No Tio Hotel. – E completou apressada: – Foi tudo... abafado. Ninguém ficou sabendo.

Ele balançou o queixo devagar.

– Entendo. Foi um negócio desse tipo então. Mas você... – ele olhou para ela. – Como soube?

– Acabei me envolvendo... por acidente.

Ele a examinou por um bom tempo.

Victoria perguntou de repente:

– Seu apelido na escola não era Lucifer, era?

Ele pareceu surpreso.

– Lucifer, não? Eu era conhecido por Coruja, pois sempre precisei usar óculos lustrosos.

– Não conhece ninguém que se chame Lucifer... em Basrah?

Richard balançou a cabeça.

– Lucifer, Filho da Manhã... o anjo decaído.

Acrescentou:

– Ou ainda uma marca antiga de fósforos de cera, cujo mérito, se me recordo bem, era de que não se apagava com o vento.

Ele observava as reações dela enquanto falava, mas Victoria estava franzindo a testa.

– Gostaria que me contasse – disse ela em seguida – exatamente o que aconteceu em Basrah.

– Já contei.

– Não. Estou falando de onde estava quando tudo isso aconteceu?

– Ah, entendo. Na verdade estava na sala de espera do consulado. Estava esperando para falar com Clayton, o cônsul.

– E quem mais estava lá? Esse caixeiro-viajante e Carmichael? Alguém mais?

– Havia dois outros, um homem magro e moreno, talvez francês ou sírio, e um velho... diria que era persa.

– E o caixeiro-viajante tirou o revólver do bolso, você o deteve, e Carmichael escapou dali... como?

– Primeiro ele foi saindo em direção ao escritório do cônsul. Fica do outro lado de uma passagem que tem um jardim...

Ela o interrompeu.

– Eu sei. Fiquei hospedada lá por um ou dois dias. Para ser franca, foi logo depois de você partir.

– Ah, foi, é?

Mais uma vez ele a observava bem de perto... mas Victoria continuava sem aperceber-se disso. Enxergava apenas o longo corredor do consulado com a porta aberta no final... abrindo-se para árvores verdejantes e a luz do sol.

– Bem, como ia dizendo, Carmichael saiu primeiro para aquele lado. No entanto, depois deu meia-volta e disparou na direção contrária para a rua. Foi a última vez que o vi.

– E o caixeiro-viajante?

Richard deu de ombros.

– Pelo que entendi, contou alguma história truncada sobre ter sido atacado e roubado por um homem na noite anterior e imaginou haver reconhecido o assaltante como sendo aquele árabe no consulado. Não fiquei sabendo de mais nada sobre o caso porque peguei um avião para o Kuwait.

– Quem estava hospedado no consulado naquele momento? – perguntou Victoria.

– Um camarada chamado Crosbie... um desses ligados ao petróleo. Ninguém mais. Ah, sim, creio que havia mais alguém que viera de Bagdá, mas não cheguei a conhecê-lo. Não me lembro do nome.

"Crosbie", refletiu Victoria. Lembrava-se do capitão Crosbie, a silhueta baixa e parruda, a conversa em staccato. Uma pessoa bem comum. Uma alma decente sem muita classe. E Crosbie já estava de volta em Bagdá na noite em que Carmichael fora até o Tio. Teria sido porque vira *Crosbie* no final da passagem, delineado contra a luz do sol, que Carmichael virara tão subitamente e fugira para a rua, em vez de tentar chegar ao escritório do cônsul?

Estava considerando tudo isso perdida em algum estado absorto. Sobressaltou-se com sentimento de culpa quando olhou para cima e deu de cara com Richard Baker, observando-a com total atenção.

– Por que quer saber tudo isso? – perguntou.

– Estou só interessada.

– Mais alguma pergunta?

Victoria indagou:

– Conhece alguém de nome Lefarge?

– Não... acho que não. Homem ou mulher?

– Não sei.

Ela ficou cismada com Crosbie. Crosbie? Lucifer? Será que Crosbie era o equivalente de Lucifer?

III

Naquela noite, depois de Victoria dar boa-noite aos dois e se recolher para dormir, Richard disse ao dr. Pauncefoot Jones:

– Será que eu poderia dar uma olhada naquela carta de Emerson? Gostaria de conferir o que ele dizia exatamente sobre essa moça.

– É claro, meu caro amigo, é claro. Está em algum lugar por aí. Anotei algumas coisas na parte de trás dela, disso me lembro. Falou muitíssimo bem de Victoria, se me recordo direito... afirmava que era bastante perspicaz. Parece ser uma garota encantadora... encantadora até demais. Muito corajoso da parte dela ter criado tão pouco caso sobre o extravio da bagagem. A maioria das garotas teria insistido para ser levada a Bagdá no dia seguinte para comprar uma roupa nova. É o que chamo de espírito esportivo. A propósito, como foi que conseguiu perder *toda* a bagagem?

– Foi sedada com clorofórmio, raptada e aprisionada em uma casa de nativos – respondeu Richard, impassível.

– Minha nossa, ah, sim, você me contou isso. Agora me lembro. Tudo *tão* improvável. Isso me lembra... do que é mesmo que isso me lembra? Ah, sim! De Elizabeth Canning, é claro. Recorda-se de como ela apareceu com a história mais absurda depois de ter passado quinze dias desaparecida? Um conflito de evidência muito interessante... tinha algo a ver com ciganos, se estou me lembrando do caso certo. E era uma moça tão simplezinha, não parecia provável que houvesse algum homem envolvido na história. Agora, nossa querida Victoria... Veronica... *nunca* consigo acertar o nome dela... é uma graça de pequena. É bem provável que *haja* um homem no caso dela.

– Seria mais bonita se não pintasse os cabelos – Richard declarou, seco.

– Ela pinta? Como você entende dessas coisas.

– Sobre a carta de Emerson...

– É claro... é claro... não faço ideia de onde a coloquei. Mas procure por onde quiser... estou ansioso para encontrá-la de qualquer maneira por causa daquelas anotações que fiz logo atrás... e o esboço daquela conta feita com arame enrolado.

Capítulo 20

Na tarde do dia seguinte, o dr. Pauncefoot Jones proferiu uma interjeição desgostosa ao escutar o ruído de um carro que lhe chegava tênue aos ouvidos. Em seguida, avistou o veículo fazendo curvas pelo deserto na direção do Tell.

– Visitantes – disse ele, escorrendo veneno. – E, além disso, no pior momento possível. Quero fiscalizar a aplicação de celulose sobre aquela roseta pintada no canto nordeste. Devem ser alguns idiotas chegando de Bagdá com um monte de conversas fúteis e esperando que lhes mostremos todas as escavações.

– Mas para isso temos Victoria – disse Richard. – Está ouvindo, Victoria? Cabe a você organizar uma visita personalizada.

– O mais provável é que fale tudo errado – disse Victoria. – Na realidade sou muito inexperiente, sabe.

– Acho que está se saindo muito bem – declarou Richard, contente. – Aquelas observações que fez esta manhã sobre os tijolos plano-convexos poderiam ter saído direto do livro do Delongaz.

Victoria mudou levemente de cor e resolveu ter mais cuidado em parafrasear sua erudição dali em diante. Às vezes o olhar penetrante por trás daquelas lentes a deixava desconfortável.

– Vou fazer o que posso – concordou obediente.

– Empurramos todas as tarefas insólitas para você – disse Richard.

Victoria sorriu.

De fato, suas atividades nos últimos cinco dias não deixaram de lhe causar surpresa. Revelara chapas fotográficas com água filtrada por lã de algodão e à luz de uma lamparina escura rudimentar, contendo uma vela que sempre se apagava no momento mais crucial. A mesa do quarto escuro era um caixote e, para trabalhar, tinha de se agachar ou ajoelhar-se; o quarto escuro em si era o que Richard havia descrito como uma amostra modernizada do famoso Oriente Próximo medieval. Receberiam melhoramentos ao longo da temporada, o dr. Pauncefoot Jones já lhe assegurara... mas no momento, todo e qualquer centavo era necessário para pagar os trabalhadores e garantir resultados.

No início, as cestas cheias de pedaços quebrados de cerâmica provocaram-lhe apenas surpresa e escárnio (embora ela tenha tido o cuidado de não demonstrar). Todos aqueles cacos grosseiros; para que poderiam servir?

Depois, conforme ia encontrando rejuntes, colando-os e escorando-os dentro de caixas de areia, começou a se interessar. Aprendera a reconhecer formatos e tipos. E, por fim, passou a tentar reconstruir na sua própria mente como e para que aqueles vasos haviam sido utilizados mais de três mil anos atrás. Na pequena área onde desencavaram algumas casas particulares de qualidade inferior, ficava imaginando como teriam sido as construções originais e as pessoas que viviam nelas, com seus desejos, posses, ocupações, suas esperanças e seus medos. Como Victoria possuía uma imaginação fértil, a imagem surgia com muita facilidade na cabeça dela. No dia em que encontraram um pequeno pote de cerâmica fincado na parede com meia dúzia de brincos de ouro dentro, ficou enfeitiçada. Provavelmente era o dote de uma das filhas, dissera Richard, sorridente.

Louças recheadas de grãos, brincos de ouro guardados para um dote, agulhas feitas de osso, almofarizes e pilões, pequenas estatuetas e amuletos. Toda a rotina diária, os medos e esperanças de uma comunidade de pessoas simples e desimportantes.

– É isso que acho tão fascinante – Victoria dizia para Richard. – Entenda, sempre pensei que a arqueologia era só para sepulturas reais e palácios. Reis da Babilônia – acrescentou ela, com um sorrisinho estranho. – Mas o que mais gosto disso tudo é que tem a ver com as pessoas comuns e cotidianas... pessoas como eu. O meu Santo Antônio que encontra as coisas para mim quando as perco; e um porquinho chinês da sorte que tenho; e uma tigela de cozinha excelente, azul por dentro e branca por fora, que costumava usar para fazer bolos. Essa quebrou, e a nova que comprei não chega aos pés da antiga. Entendo por que as pessoas remendavam com betume as tigelas e pratos favoritos com tanto esmero. A vida é igualzinha na verdade, não é? Tanto antigamente quanto agora.

Estava refletindo sobre o assunto enquanto observava os visitantes subindo pela lateral do Tell. Richard foi recebê-los, Victoria seguiu logo atrás.

Eram dois franceses interessados em arqueologia, que estavam fazendo uma excursão pela Síria e o Iraque. Depois dos cumprimentos civis, Victoria os levou para conhecer as escavações, recitando feito um papagaio tudo que estava se passando ali; mas como era incapaz de resistir, em se tratando de Victoria, adicionava também vários rebuscamentos inventados por ela, só para tornar as coisas mais interessantes, como teimava em afirmar para si mesma.

Reparou então que o segundo homem estava com uma coloração muito pálida e se arrastava para acompanhá-los sem demonstrar muito interesse. Em seguida, pediu que mademoiselle o desculpasse, mas se retiraria para a casa. Não se sentia bem desde cedo, e o sol o estava deixando pior.

Partiu na direção da casa expedicionária, e o outro, em voz baixa e adequada, explicou que infelizmente o companheiro não estava bem do *estomac*. A tal barriga de Bagdá como costumavam dizer, não era isso? Não deveria mesmo ter saído naquele dia.

A visita foi concluída, e o francês ficou conversando com Victoria; ao final, o dr. Pauncefoot Jones, com ar decidido e hospitaleiro, sugeriu que os convidados tomassem um chá antes de partir.

Ao convite, no entanto, o francês recusou. Não deveriam se arriscar a partir depois que escurecesse, nesse caso jamais encontrariam o caminho de volta. Richard Baker concordou logo com isso. Foram buscar o amigo adoentado na casa, e o carro foi embora com velocidade máxima.

– Suponho que seja só o começo – grunhiu o dr. Pauncefoot Jones. – Teremos visitantes todos os dias de agora em diante.

Pegou um pedaço grande de pão árabe e lambuzou com uma camada grossa de geleia de damasco.

Richard foi para o quarto depois do chá. Tinha cartas para responder e outras a escrever antes de sua viagem a Bagdá no dia seguinte.

De repente, franziu a testa. Para quem olhasse de fora, não era um homem que se diria organizado, mas mesmo assim tinha um jeito próprio de arrumar roupas e papéis que nunca variava. Agora constatava que todas as gavetas haviam sido remexidas. Não foram os criados, disso tinha certeza. Deveria ter sido, então, aquele visitante doente que inventara um pretexto para ir até a casa e, com toda a frieza, vasculhara seus pertences. Nada estava faltando, tratou logo de assegurar-se disso. Seu dinheiro estava intocado. O que, então, estavam procurando? A expressão foi ficando mais grave à medida que considerava as implicações.

Foi até a Sala Antika e examinou a gaveta onde guardava os selos e timbres de impressão. Deu um sorriso austero... nada fora tocado ou removido dali. Foi até a sala de estar. O dr. Pauncefoot Jones estava no pátio com o capataz. Apenas Victoria estava ali, enroscada com um livro.

Richard disse sem nenhum preâmbulo:

– Alguém andou revistando meu quarto.

Victoria olhou para cima, atônita.

– Mas por quê? E quem?

– Não foi você?

– Eu? – Victoria estava indignada. – É claro que não! Por que ia querer mexericar nas suas coisas?

Ele a encarou com severidade. Depois disse:

– Deve ter sido aquele maldito visitante... O que fez de conta que estava doente e desceu até a casa.

– Roubou alguma coisa?

– Não – disse Richard. – Não levaram nada.

– Mas por que raios alguém ia querer...

Richard a interrompeu para dizer:

– Achei que talvez *você* soubesse o motivo.

– Eu?

– Bem, pelo que consta, coisas muito estranhas aconteceram com *você*.

– Ah, aqui... sim – Victoria pareceu bem assustada. Foi falando devagar: – Mas não vejo por que revistariam o *seu* quarto. Não tem relação nenhuma com...

– Com o quê?

Victoria não respondeu no primeiro momento. Parecia perdida em pensamentos.

– Sinto muito – disse por fim. – O que disse? Não estava escutando.

Richard não repetiu a pergunta. Em vez disso, indagou:

– O que está lendo?

– Não se tem muita escolha em termos de literatura leve por aqui. *História de duas cidades, Orgulho e preconceito* e *O moinho à beira do Floss.* Estou lendo *História de duas cidades.*

– Nunca leu isso antes?

– Nunca. Sempre achei que Dickens seria empolado.

– Que ideia!

– Estou achando emocionante.

– Em que parte está?

Ele espiou por cima do ombro dela e leu em voz alta.

– "E as tricoteiras contam Um."

– Acho-a muito assustadora – disse Victoria.

– Madame Defarge? Sim, é uma boa personagem. Mas sempre me pareceu muito duvidoso se seria realmente possível escrever nomes em tricô. Porém, claro, não faço tricô.

– Ah, mas acho que seria – disse Victoria considerando a questão. – Avesso e direito... Há os pontos trabalhados... e fazendo o ponto errado a intervalos regulares, deixando cair um que outro. Sim... é possível... camuflado, claro, de forma que pareceria feito por alguém com péssimas habilidades no tricô e que comete muitos erros...

De repente, como um vívido relâmpago, dois pontos se uniram em sua mente e a afetaram com a força de uma explosão. Um nome... uma memória visual. O homem agarrado ao cachecol vermelho tricotado à mão... O cachecol que ela depois apressadamente atirara dentro de uma gaveta. E somado àquele nome. *Defarge* – não era Lefarge – *Defarge*, Madame Defarge.

Foi chamada de volta por Richard que falava com cordialidade:

– Aconteceu alguma coisa?

– Não... não, isto é, acabei de lembrar de uma coisa.

– Entendo.

Richard ergueu as sobrancelhas com seu ar mais arrogante.

Amanhã, pensou Victoria, todos iriam a Bagdá. Amanhã, sua folga terminaria. Por mais de uma semana contara com segurança, paz, tempo para se reorganizar. E desfrutara daquele tempo – desfrutara enormemente. Talvez seja uma covarde, pensou Victoria, quem sabe é isso. Falava de maneira tão animada sobre aventuras, mas não gostara nem um pouco quando a aventura aconteceu. Odiou ter de lutar contra o clorofórmio, o lento sufocar, e sentira medo, um medo horrível, naquele quarto lá em cima quando o árabe esfarrapado dissera "*Bukra*".

E agora teria de retornar para aquilo tudo. Porque fora contratada pelo sr. Dakin e recebia do sr. Dakin e precisava fazer valer aquele dinheiro demonstrando coragem! Talvez tivesse até de voltar ao Ramo de Oliveira. Sentiu um breve calafrio ao lembrar do dr. Rathbone com seu olhar escrutinador e escuro. Ele a advertira...

Mas talvez não tivesse de voltar. Talvez o sr. Dakin dissesse que seria melhor não... agora que sabiam a respeito dela. Mas teria de voltar ao seu alojamento e pegar suas coisas porque lá, enfiado de maneira despreocupada dentro da mala, estava o cachecol vermelho de tricô... Havia enfiado tudo dentro das malas quando partira para Basrah. Assim que pusesse aquele cachecol nas mãos do sr. Dakin, quem sabe sua missão estaria completa. Talvez ele dissesse para ela, como nos filmes: "Oh! Bom trabalho, Victoria".

Ergueu a cabeça e deparou-se com Richard Baker observando-a.

– A propósito – disse ele –, conseguiria buscar o seu passaporte amanhã?

– Meu passaporte?

Victoria considerou a proposta. Era característico dela que ainda não houvesse definido seu plano de ação no que dizia respeito à expedição arqueológica. Como a verdadeira Veronica (ou Venetia) chegaria em breve da Inglaterra, uma retirada bem planejada seria necessária. No entanto, se ela simplesmente escolheria desaparecer ou confessaria seu engodo com o devido arrependimento, o que pretendia fazer ainda não havia se apresentado como um problema a ser resolvido. Victoria sempre preferia adotar a atitude otimista de acreditar que a solução apareceria.

– Bem – temporizou ela –, não tenho certeza.

– É necessário, entende, para a polícia deste distrito – explicou Richard. – Eles registram o número, nome, idade, alguma marca ou sinal que a identifique etc., enfim, aquelas coisas de sempre. Como não temos o passaporte, acho que deveríamos pelo menos enviar seu nome e uma descrição para eles. A propósito, qual é seu sobrenome? Sempre a chamei de "Victoria".

Victoria contra-atacou com galhardia.

– Ora, convenhamos – disse. – Sabe meu sobrenome tão bem quanto eu.

– Não é bem verdade – disse Richard. O sorriso curvando-se para cima com um quê de crueldade. – Eu *sei* o seu sobrenome. Estou achando que é *você* quem não sabe.

Por trás das lentes aqueles olhos a espreitavam.

– É claro que sei meu próprio nome – disparou Victoria.

– Então a desafio a me dizer... agora.

O tom dele ficou curto e grosso de repente.

– Não adianta mentir – disse. – Acabou a brincadeira. Foi muito esperta esse tempo todo. Leu sobre o assunto e exibiu frações muito reveladoras de conhecimento... mas esse é o tipo de impostura que não pode sustentar por muito tempo. Espalhei armadilhas e caiu em todas. Citei uma porção de porcarias absolutas e as aceitou.

Ele fez uma pausa.

– Você *não* é Venetia Savile. Quem é você?

– Eu lhe disse meu nome na primeira vez que nos conhecemos – disse Victoria. – Meu nome é Victoria Jones.

– A sobrinha do dr. Pauncefoot Jones?

– Não sou sobrinha dele... mas meu nome *é* Jones.

– Também me contou uma porção de outras coisas.

– Sim, contei. E era tudo *verdade*! Mas pude ver que não acreditava em mim. E aquilo me deixou enfurecida, porque embora eu conte mentiras às vezes, na verdade com muita frequência, o que acabara de lhe contar não era mentira. E assim, só para me deixar mais convincente, disse que meu nome era Pauncefoot Jones... Já havia alegado isso antes por aqui e sempre funcionou de uma maneira estupenda. Como eu poderia adivinhar que estava na verdade a caminho deste local?

– Deve ter sido um leve choque para você – disse Richard, austero. – Reagiu muito bem... não deixou transparecer nada.

– Não por dentro – disse Victoria. – Estava *tremendo* inteira. Mas senti que se esperasse para explicar depois de chegar aqui... bem, de qualquer forma, eu estaria em segurança.

– Segurança? – ele considerou a palavra. – Olhe aqui, Victoria, aquela lenga-lenga inacreditável que contou sobre ter sido sedada com clorofórmio *era* mesmo verdade?

– É claro que era verdade! Não vê que se eu quisesse inventar uma história teria inventado uma bem melhor que essa e *ainda por cima* teria contado melhor!

– Conhecendo-a mais de perto agora, posso constatar o poder disso! Mas precisa admitir que, para quem escuta pela primeira vez, a história é absurdamente improvável.

– Mas *agora* está disposto a considerá-la possível. Por quê?

Richard disse devagar.

– Porque se, como diz, estava envolvida na morte de Carmichael... bem, então pode ser verdade.

– Foi ali que tudo começou – disse Victoria.

– É melhor me contar toda a história.

Victoria o encarou com seriedade.

– Estou decidindo – falou – se posso confiar em você.

– É exatamente o contrário! Não entende que tive graves suspeitas de que você se plantou aqui sob um nome falso a fim de arrancar informações de *mim*? E talvez seja isso *mesmo* o que está fazendo.

– Quer dizer que sabe algo sobre Carmichael que *eles* gostariam de saber?

– Quem exatamente são *eles*?

– Vou ter de lhe contar tudo – declarou Victoria. – Não há outra saída... e, se for um deles, já sabe de tudo, então não faz diferença.

Ela contou sobre noite da morte de Carmichael, a conversa dela com o sr. Dakin, a viagem até Basrah, o emprego no Ramo de Oliveira, a hostilidade de Catherine, sobre o dr. Rathbone e sua advertência e o desenlace final, incluindo desta vez o enigma do cabelo tingido. A única coisa que deixou de fora foi o cachecol vermelho e Madame Defarge.

– Dr. Rathbone? – Richard se deteve naquele ponto. – Acha que *ele* está envolvido nesse negócio? Por trás disso? Mas minha cara menina, ele é um homem muito importante. É conhecido no mundo inteiro. Rios de patrocínio são enviados de todos os lugares do mundo para os projetos dele.

– E será que ele não teria de ser tudo isso? – perguntou ela.

– Sempre o considerei um imbecil pomposo – disse Richard, com ar meditativo.

– Essa também é uma ótima camuflagem.

– Sim... sim, suponho que seja. Quem era esse Lefarge de que me indagou a respeito?

– Apenas mais um nome – disse Victoria. – Tem Anna Scheele também – completou.

– Anna Scheele? Não, nunca ouvi falar dela.

– Ela é importante – disse Victoria. – Mas não sei exatamente como ou por quê. É tudo uma confusão.

– Apenas repita para mim – pediu Richard. – Quem foi o homem que lhe envolveu nisso tudo?

– Edwar... ah, está se referindo ao sr. Dakin. É do petróleo, acho.

– É um sujeito com o ar cansado, curvo, e com um olhar bastante aéreo?

– Sim... mas, na verdade não é. Aéreo, digo.

– Ele não bebe?

– As pessoas dizem que sim, mas não creio que beba.

Richard reclinou-se para trás e ficou olhando para ela.

– Phillips Oppenheim, William Le Queux e uma sequência de ilustres imitadores a partir deles? Isso é real? *Você* é real? E é a heroína perseguida ou a aventureira do mal?

Victoria disse de modo bem prático:

– A verdadeira questão aqui é: o que vamos dizer para o dr. Pauncefoot Jones a meu respeito?

– Nada – declarou Richard. – Não será necessário.

Capítulo 21

Saíram para Bagdá logo cedo. O ânimo de Victoria estava curiosamente abatido. Sentiu quase um nó na garganta ao olhar para trás e ver a casa expedicionária. Entretanto, o desconforto ocasionado pelos loucos solavancos da camionete na estrada era muito eficiente em desviar os pensamentos dela de qualquer coisa que não fosse a tortura do momento. Parecia estranho estar viajando de novo por algo que lembrava uma estrada, passando por burricos e caminhões empoeirados. Levaram quase três horas para chegar aos arrabaldes de Bagdá. O caminhão os deixou no Tio Hotel e então seguiu com o cozinheiro e o motorista para fazer as compras necessárias. Um maço grande de correspondências estava à espera do dr. Pauncefoot Jones e de Richard. Marcus apareceu de repente, maciço e sorridente, deu as boas-vindas a Victoria com sua simpatia radiante de costume.

– Ah, faz um bom tempo que não a vejo. Não vem mais ao meu hotel. Faz mais de uma semana... duas semanas. E por que isso? Almoça aqui hoje? Tem tudo de que precisa? Os franguinhos? Um bife grande? Só não o peru recheado especial com temperos e arroz, porque para isso precisa me avisar um dia antes.

Ficou claro que, pelo menos do que dizia respeito ao Tio Hotel, o sequestro de Victoria não fora percebido. E talvez Edward, seguindo o conselho do sr. Dakin, não tivesse ido até a polícia.

– Sabe me dizer se o sr. Dakin se encontra em Bagdá, Marcus? – ela perguntou.

– O sr. Dakin... ah, sim, um homem muito bom... Claro, é seu amigo. Esteve aqui ontem; não, anteontem. E o capitão Crosbie, você o conhece? É amigo do sr. Dakin. Chega hoje de Kermanshah.

– Sabe onde fica o escritório do sr. Dakin?

– Claro que sei. Todo mundo conhece a Iraqi Iranian Oil Co.

– Bem, gostaria de ir agora para lá. De táxi. Mas quero me certificar de que o táxi saiba aonde vai me levar.

– Eu mesmo digo a ele – disse Marcus, obsequioso.

Ele a acompanhou até a entrada de carros e gritou com seu jeito usual e impetuoso. Um servente assustado chegou correndo. Marcus mandou que encontrasse um táxi. Então Victoria foi acompanhada até o carro e Marcus dirigiu-se ao motorista. Depois, deu um passo para trás e acenou com a mão.

– E quero um quarto – disse Victoria. – Será que me consegue um?

– Sim, sim. Vou lhe dar um quarto lindo e vou mandar preparar o bife grande hoje à noite, tenho... muito especial... um pouco de caviar. E antes disso vamos tomar um drinquezinho.

– Ótimo! – exclamou Victoria. – Ah, Marcus, pode me emprestar algum dinheiro?

– É claro, minha querida. Aqui está. Pegue o quanto quiser.

O táxi deu a partida com uma buzinada violenta, e Victoria caiu para trás no assento, agarrada a um sortimento de moedas e notas.

Cinco minutos depois, Victoria entrou nos escritórios da Iraqi Iranian Oil Co. e perguntou pelo sr. Dakin.

O sr. Dakin ergueu o olhar por detrás da mesa onde estava escrevendo quando Victoria foi introduzida. Levantou-se e apertou a mão dela de um jeito formal.

– Srta. ...hã... srta. Jones, não é mesmo? Traga um café, Abdullah.

Assim que a porta à prova de ruído se fechou atrás do funcionário, ele disse baixinho:

– Não deveria ter vindo até aqui, sabe.

– Foi preciso desta vez – disse Victoria. – Há algo que preciso lhe contar imediatamente... antes que qualquer outra coisa aconteça comigo.

– Aconteça com você? Alguma coisa aconteceu com você?

– Não está sabendo? – perguntou Victoria. – Edward não lhe disse nada?

– Até onde sei, ainda está trabalhando no Ramo de Oliveira. Ninguém me contou coisa alguma.

– Catherine – exclamou Victoria. – Aquela raposa da Catherine! Aposto que encheu os ouvidos de Edward com alguma história qualquer, e o tosco acreditou nela.

– Bem, vamos aos fatos, então – disse o sr. Dakin. – Hã... se me permite dizê-lo – seu olhar viajou discretamente para a cabeça loira de Victoria. – Fica melhor morena.

– Isso é apenas parte da história – disse ela.

Houve uma batida na porta e o funcionário entrou com duas xícaras de cafezinho adoçado. Quando o rapaz saiu, Dakin falou:

– Agora não tenha pressa e conte-me tudo o que aconteceu. Ninguém consegue nos ouvir aqui.

Victoria mergulhou na narrativa de suas aventuras. Como sempre, quando falava com Dakin, tratava de ser tanto coerente quanto concisa. Concluiu a história com uma explicação sobre o cachecol vermelho que Carmichael deixara cair e a ligação com Madame Defarge.

Então, olhou ansiosa para Dakin.

Ao entrar, ele lhe parecera ainda mais encurvado e cansado. Agora via um novo brilho aparecendo em seus olhos.

– Eu deveria ler Dickens com mais frequência – disse.

– Então acha que estou certa? Acha que *foi* Defarge que ele disse... e acha que alguma mensagem foi tricotada no cachecol?

– Eu acho – disse Dakin – que esta é a primeira descoberta real que estamos fazendo... e foi graças a você. Mas o mais importante é o cachecol. Onde está?

– Com todo o resto das minhas coisas. Enfiei tudo em uma gaveta naquela noite; e depois, quando fiz as malas, lembro de ter enrolado tudo junto de qualquer jeito sem separar coisa alguma.

– E nunca chegou a mencionar para ninguém... para ninguém *mesmo*... que aquele cachecol pertencia a Carmichael?

– Não, porque esqueci completamente do assunto. Enrolei tudo com algumas outras coisas quando fui para Basrah e desde então não abri aquela mala.

– Então deve estar seguro. Mesmo que tenham revistado as suas coisas, não dariam nenhuma importância a um velho cachecol de lã... a menos que tivessem recebido alguma dica sobre isso, o que, até onde posso avaliar, é impossível. Tudo que temos que fazer agora é pegar todas as suas coisas e enviar para... a propósito, tem algum lugar para ficar?

– Reservei um quarto no Tio.

Dakin aquiesceu.

– É o melhor lugar para você.

– Tenho de... quer que eu... volte para o Ramo de Oliveira?

Dakin a examinou com atenção.

– Tem medo?

Victoria empurrou o queixo para a frente.

– Não – declarou, com ar desafiador. – Volto, se preferir.

– Não acho que seja necessário... ou mesmo inteligente. Não importa como tenham ficado sabendo, presumo que alguém de lá estava ciente das suas atividades. Assim sendo, não haveria como descobrir mais nada; portanto, é melhor manter distância.

Ele sorriu.

– Caso contrário pode acabar ruiva da próxima vez que eu lhe vir.

– Isso é o que mais quero entender – alardeou Victoria. – Por que tingiram o meu cabelo? Por mais que raciocine não enxergo nenhum sentido nisso. E você?

– Apenas o motivo um tanto desagradável de que seu cadáver seria mais difícil de identificar.

– Mas se quisessem me transformar em cadáver, por que não me mataram logo?

– É uma questão muito interessante, Victoria. É a resposta que mais me interessa.

– E não faz ideia?

– Não tenho nenhuma pista – disse Dakin com um sorriso apagado.

– Falando em pistas – disse ela –, lembra-se de eu dizer que havia algo com Sir Rupert Crofton Lee que não parecia direito naquela manhã no Tio?

– Lembro.

– Não o conhecia pessoalmente, conhecia?

– Não o conhecia antes disso, não.

– Achei que não. Porque, veja, aquele *não* era Sir Rupert Crofton Lee.

E ela mergulhou mais uma vez em uma animada narrativa, começando com o princípio de furúnculo no pescoço de Sir Rupert.

– Então foi assim que conseguiram – disse Dakin. – Não estava entendendo *como* Carmichael poderia ter baixado tanto a guarda para acabar morto naquela noite. Chegou em segurança até Crofton Lee... Crofton Lee o esfaqueou, mas ele deu um jeito de escapar e invadir seu quarto antes de desmoronar. E agarrou-se ao cachecol, literalmente... com uma determinação fatal.

– Acha que foi porque estava vindo lhe contar isso que me sequestraram? Mas ninguém sabia de nada, exceto Edward.

– Acho que sentiram que precisariam se livrar de você com rapidez. Estava começando a entender muito do que está se passando no Ramo de Oliveira.

– O dr. Rathbone me advertiu – disse Victoria. – Foi mais... mais uma ameaça do que uma advertência. Acho que percebeu que eu não era quem fingia ser.

– Rathbone – disse Dakin, seco – não é bobo.

– Fico aliviada de não precisar voltar para lá – declarou Victoria. – Fingi ser corajosa ainda agora... mas na verdade estou paralisada de medo. Só que, se eu não for até o Ramo de Oliveira, como faço para contatar Edward?

Dakin sorriu.

– Se Maomé não vai à montanha, a montanha vai a Maomé. Escreva um bilhete para ele agora. Diga apenas que está no Tio e peça para que ele pegue suas roupas e sua bagagem e leve tudo para você. Vou consultar o dr. Rathbone esta manhã sobre um de seus saraus no clube. Fica fácil eu repassar um bilhete para o secretário... assim não há perigo de sua inimiga Catherine fazer com que a mensagem se perca. Quanto a você, volte para o Tio e fique por lá... e, Victoria...

– Pois não?

– Se acabar num aperto... de qualquer tipo... faça o melhor que puder por si mesma. Na medida do possível estaremos vigiando, mas seus adversários são perigosos, e infelizmente está sabendo de muita coisa. Assim que sua bagagem chegar ao Tio Hotel, suas obrigações para comigo estão terminadas. Entenda isso.

– Vou direto para o Tio agora – disse Victoria. – Vou apenas tentar comprar um pó, batom e corretivo no caminho. Afinal de contas...

– Afinal de contas – disse o sr. Dakin –, não se pode encontrar um rapaz completamente desarmada.

– Não fazia muita diferença com Richard Baker, mas gostaria que ele soubesse que posso ficar bem bonita se me arrumar – disse Victoria. – Já com *Edward*...

Capítulo 22

Com os cabelos loiros ajeitados com esmero, o nariz empoado e os lábios bem pintados, Victoria sentou-se na sacada do Tio, mais uma vez no papel de uma Julieta moderna esperando por seu Romeu.

E, no devido tempo, seu Romeu chegou. Apareceu no pátio coberto de relva, olhando de um lado para outro.

– Edward – disse Victoria.

Edward olhou para cima.

– Ah, aí está você, Victoria!

– Suba até aqui.

– Certo.

No momento seguinte, ele surgiu na sacada deserta.

– É mais tranquilo aqui em cima – disse Victoria. – Daqui a pouco vamos descer e deixar que Marcus nos ofereça drinques.

Edward a encarava com perplexidade.

– Victoria, você fez alguma coisa diferente com o cabelo?

Victoria deu um suspiro frustrado.

– A próxima pessoa que falar em cabelo vai levar uma bordoada na cabeça.

– Acho que gostava mais do jeito que era antes – confessou Edward.

– Diga isso para Catherine!

– Catherine? O que ela tem a ver com isso?

– Tudo – respondeu Victoria. – Você me disse para me aproximar dela, e fiz isso, mas não imagino que faça a mínima ideia do que acarretou!

– Onde esteve esse tempo todo, Victoria? Andei muito preocupado.

– Ah, andou, é? Onde acha que eu estava?

– Bem, Catherine me deu seu recado. Disse que você pediu a ela que me avisasse que havia viajado para Mosul de repente. Que era algo muito importante, que tinha acontecido uma coisa boa e que eu receberia notícias suas no devido tempo.

– E acreditou nisso? – perguntou Victoria, numa tom quase compadecido.

– Achei que havia encontrado uma pista ou algo assim. Era natural que não pudesse dizer muita coisa para Catherine...

– Não lhe ocorreu que Catherine estivesse mentindo, e que eu levara uma pancada na cabeça?

– Quê? – Edward fitou-a.

– Fui drogada com clorofórmio... passei fome...

Edward lançou um olhar impulsivo ao redor deles.

– Meu Deus! Jamais sonhei... olhe aqui, não me agrada ficarmos conversando aqui fora. Todas essas janelas. Por que não vamos para o seu quarto?

– Tudo bem. Trouxe minha bagagem?

– Trouxe, deixei com o carregador.

– Porque quando a gente não muda de roupas por quinze dias...

– Victoria, *que diabos* andou acontecendo? Já sei... estou com o carro aqui. Vamos para Devonshire. Nunca esteve lá, esteve?

– Devonshire? – Victoria o fitou com surpresa.

– Ah, é só o nome de um lugar não muito longe de Bagdá. É bem bonito nesta época do ano. Vamos. Faz tempo que não ficamos juntos a sós.

– Desde a Babilônia. Mas o que o dr. Rathbone e o Ramo de Oliveira iriam dizer?

– Às favas com o dr. Rathbone. Estou mesmo cheio daquele velho imbecil.

Desceram correndo as escadas e saíram para onde o carro de Edward estava estacionado. Edward dirigiu para o sul cortando Bagdá por uma larga avenida. Então pegou uma saída;

sacolejaram e bambolearam entre bosques de palmeiras e sobre pontes de canais. Por fim, com uma estranha imprevisibilidade, chegaram a uma pequena mata, cercada e cortada por canais de irrigação. As árvores do bosque, na maioria amendoeiras e damasqueiros, estavam apenas começando a florir. Era um local idílico. A uma curta distância do bosquezinho, ficava o Tigre.

Desceram do carro e caminharam juntos em meio às árvores em flor.

– Isso é encantador – disse Victoria, suspirando profundamente. – É como estar de volta à Inglaterra na primavera.

O ar era suave e quente. Em seguida, os dois sentaram sobre um tronco caído, com botões cor-de-rosa pendendo sobre as suas cabeças.

– Agora, querida – disse Edward. – Conte o que andou acontecendo com você. Fiquei terrivelmente abatido.

– Ficou? – ela sorriu sonhadora.

Então ela contou para ele. Sobre a cabeleireira. Sobre o cheiro do clorofórmio e sua luta para se soltar. De quando acordou enjoada. De como escapara, de seu encontro fortuito com Richard Baker, de como alegara ser Victoria Pauncefoot Jones a caminho das escavações e de como, quase por milagre, sustentara o papel de uma estudante de arqueologia recém-chegada da Inglaterra.

Naquele ponto, Edward deu uma gargalhada alta.

– Você é maravilhosa, Victoria! As coisas que é capaz de pensar... e inventar.

– Eu sei – disse ela. – Meus tios. O dr. Pauncefoot Jones e antes dele... o bispo.

E, com isso, de repente lembrou-se do que estivera prestes a perguntar para Edward em Basrah, quando a sra. Clayton os interrompera chamando-os para tomar um drinque.

– Já queria lhe perguntar isso antes – disse. – Como foi que soube do bispo?

Sentiu a mão que segurava a dela de repente enrijecer. Ele falou muito rápido, rápido demais:

– Ora, você me contou, não foi?

Victoria olhou para ele. Era estranho, pensou depois, que um único lapso infantil fosse capaz de causar tanto estrago.

Pois ele fora pego completamente de surpresa. Não tinha nenhuma desculpa preparada... Sua fisionomia ficou de repente desarmada e desmascarada.

E, olhando para ele, tudo se alterou e se acomodou dentro de um esquema, exatamente como num caleidoscópio, e ela enxergou a verdade. Talvez não tivesse sido tão repentino assim. Talvez, em seu subconsciente, aquela pergunta de como é que Edward soubera do bispo já andasse incomodando-a e preocupando-a e, devagar, foi chegando à única e inevitável resposta... Edward não ficara sabendo sobre o bispo de Llangow através dela, e as únicas outras pessoas que poderiam ter contado a ele teriam de ser o sr. ou a sra. Hamilton Clipp. Mas eles não poderiam ter visto Edward depois da chegada dela em Bagdá, pois Edward estava em Basrah na época, então deve ter ficado sabendo disso através deles *antes* que ele próprio tivesse saído da Inglaterra. Devia saber o tempo todo, então, que Victoria estava viajando para lá com eles... E aquela coincidência maravilhosa não fora, no fim das contas, coincidência nenhuma. Fora tudo planejado e intencional.

E ao deparar-se com a expressão desmascarada de Edward, entendeu de repente o que Carmichael quisera dizer com Lucifer. Compreendeu o que ele vira naquele dia ao olhar para o corredor do jardim do consulado. Vira aquele mesmo rosto lindo e jovial, para o qual ela estava olhando naquele exato momento... pois era um rosto lindo.

Lucifer, Filho da Manhã, como caíste?

Não o dr. Rathbone... *Edward*! Edward, fazendo um papel menor, o papel do secretário, mas controlando, dirigindo, usando

Rathbone como fachada... E Rathbone, advertindo-a para fugir enquanto podia...

Enquanto olhava para aquele rosto lindo e malévolo, todo aquele amor de bezerra adolescente se desfez, e soube que o que sentira por Edward jamais fora amor. Fora o mesmo sentimento que vivenciara por algumas horas por Humphrey Bogart e mais tarde pelo Duque de Edimburgo. Fora pura atração. E Edward nunca chegara a *amá-la*. Exercera seu charme e seu glamour deliberadamente. Ele a conquistara naquele dia usando seu charme sedutor com tanta facilidade, tamanha naturalidade, que ela caíra feito um peixe na rede. Fora uma tremenda idiota.

Era extraordinário o quanto poderia passar pela cabeça de alguém no espaço de poucos segundos. Não era necessário organizar os pensamentos. Estava tudo ali. Conhecimento completo e instantâneo. Talvez porque, de fato, lá no fundo, a pessoa já soubesse daquilo o tempo todo...

E ao mesmo tempo, algum instinto de autopreservação, tão rápido quanto todos os processos mentais de Victoria, manteve em seu rosto a expressão de admiração tola e irracional. Pois sabia, instintivamente, que corria um grande perigo. Havia apenas uma coisa que poderia salvá-la, apenas uma cartada que poderia arriscar. Apressou-se em colocá-la em prática.

– Você sabia o tempo todo! – disse. – Sabia que eu estava vindo para cá. Deve ter arranjado tudo. Ai, Edward, você é *maravilhoso*!

O rosto dela, aquele rosto plástico e impressionável, demonstrava um só sentimento; uma quase enfastiada adoração. E observou a reação... o sorriso tênue de desprezo, o alívio. Quase pôde sentir Edward dizendo para si mesmo, "A tolinha! Ela engole qualquer coisa! Posso fazer o que quiser com ela".

– Mas *como* conseguiu fazer isso? – perguntou. – Deve ser muito poderoso. Deve ser bem diferente do que finge ser. Você é, como disse outro dia... é o Rei da Babilônia.

Viu o orgulho iluminar o rosto dele. Viu o poder, a força, a beleza e a crueldade que estiveram disfarçadas por trás da fachada de um rapaz modesto e agradável.

"E eu sou apenas uma escrava cristã", pensou Victoria. E acrescentou com rapidez e ansiedade, como seu toque artístico final (e o preço que aquilo lhe custou ao orgulho ninguém jamais vai saber):

– Mas você me *ama*, não ama?

O desprezo dele mal podia ser disfarçado agora. Que tolinha – todas essas mulheres são tão tontas! É tão fácil fazê-las pensar que as ama, e isso é tudo que importa para elas! Não têm nenhuma noção da grandeza da construção de um novo mundo, elas só choramingam por amor! São escravas e você as usa como escravas para atingir seus objetivos.

– É claro que amo você – ele disse.

– Mas qual a *razão* de tudo isso? Conte pra mim, Edward. Me ajude a compreender.

– É um novo mundo, Victoria. Um novo mundo que vai emergir da imundície e das cinzas do antigo.

– Conte tudo.

Ele contou e, mesmo sem querer, ela foi quase que levada, levada por aquele sonho. Tudo que é ruim e ultrapassado deve se destruir mutuamente. Os homens gordos e velhos que se agarram aos seus lucros, impedindo o progresso. Os fanáticos e burros comunistas, tentando estabelecer um paraíso marxista. É preciso haver uma guerra total... destruição total. E então... o novo paraíso e a nova Terra. O pequeno agrupamento selecionado de seres mais elevados, os cientistas, os especialistas em agricultura, os administradores... os rapazes como Edward... os jovens Siegfrieds de um Novo Mundo. Todos jovens, todos acreditando em seu destino como super-homens. Quando a destruição tivesse acontecido, *eles* assumiriam seus lugares e tomariam o poder.

Era loucura... mas era uma loucura construtiva. Era o tipo de coisa que, em um mundo despedaçado e em processo de desintegração, poderia acontecer.

– Mas pense – disse Victoria – na quantidade de pessoas que precisarão ser mortas primeiro.

– Não está entendendo – disse Edward. – Não faz diferença.

Não faz diferença... aquele era o credo de Edward. E de repente, sem nenhum motivo, lhe veio a lembrança daquela tigela de três mil anos de idade, remendada com betume. Certamente aquelas coisas *faziam* diferença... os pequenos detalhes do dia a dia, a família para quem se cozinha uma refeição, as quatro paredes que cingem uma casa, aqueles um ou dois itens que constituem nossos bens mais preciosos. Todas as milhares de pessoas comuns do planeta cuidando de suas vidas, trabalhando a terra, fabricando potes, criando filhos, rindo, chorando, levantando cedo de manhã e indo para a cama à noite. *Elas* eram as pessoas que importavam, não esse Anjos de fisionomia malévola querendo construir um mundo novo e sem nem se preocupar com quem acabariam ferindo para fazê-lo.

E, com todo o cuidado, tateando no escuro, pois ali em Devonshire sabia que poderia estar a um passo da morte, ela disse:

– Você é *fantástico*, Edward. Mas e *eu*? O que *eu* posso fazer?

– Você quer... ajudar? Acredita na ideia?

Porém foi prudente. Nada de conversões repentinas. Aquilo seria um pouco demais.

– Acho que simplesmente acredito em *você*! – respondeu. – Qualquer coisa que *você* me disser para fazer, Edward, eu faço.

– Boa menina – ele disse.

– Por que armou tudo para que eu viesse para cá já de início? Deve haver algum motivo.

– É claro que há. Lembra que tirei uma foto sua naquele dia?

– Lembro – disse Victoria.

("Sua trouxa, como ficou lisonjeada, como sorriu feito uma tola!", pensou ela consigo)

– Fiquei abismado com seu perfil... com o quanto era parecida com uma certa pessoa. Tirei a foto para me certificar.

– Com quem me pareço?

– Uma mulher que tem nos causado uma boa dose de problemas: Anna Scheele.

– Anna Scheele.

Victoria fitou-o tomada de assombro. Esperava ouvir qualquer coisa, menos aquilo.

– Está dizendo que... ela se parece *comigo*?

– De lado a semelhança é muito singular. Os traços do perfil são quase exatamente os mesmos. E há mais um detalhe extraordinário, você tem uma marquinha minúscula de uma cicatriz no lábio superior, do lado esquerdo...

– Eu sei. Foi de quando caí em cima de um cavalinho de metal quando era criança. Tinha uma ponta afiada para fora e fez um corte bem profundo ali. Não aparece muito quando aplico pó em cima.

– Anna Scheele tem uma marca no mesmo exato lugar. Esse detalhe é preciosíssimo. Vocês são iguais em altura e porte... Ela é uns quatro ou cinco anos mais velha que você. A verdadeira diferença era o cabelo; você é morena, e ela, loira. E seu estilo de penteado é bem diferente. Seus olhos são de um azul mais escuro, mas isso não importaria se usasse óculos escuros.

– E foi por isso que quis que eu viesse a Bagdá? Porque eu me parecia com ela.

– Foi, achei que a semelhança poderia... ser útil.

– Então arranjou a coisa toda... Os Clipp... quem são os Clipp?

– Não são importantes... fazem apenas o que mandamos.

Algo no tom de Edward causou um leve calafrio na espinha de Victoria. Foi como se ele houvesse dito com indiferença desumana: “Eles nos devem obediência”.

Havia uma nuance religiosa envolvendo aquele projeto maluco. “Edward”, pensou ela, “é seu próprio Deus. *Isso* é o mais aterrorizante.”

Em voz alta, falou:

– Você disse que Anna Scheele era a chefe, a abelha rainha no *seu* esquema?

– Precisava dizer algo que despistasse você. Já ficara sabendo de coisas demais.

"E se não fosse pela minha semelhança com Anna Scheele, aquele teria sido meu fim", pensou Victoria.

– E quem é ela na verdade?

– É a secretária de confiança de Otto Morganthal, o banqueiro americano. Mas ela é mais do que isso. Tem um cérebro financeiro dos mais extraordinários. Temos motivos para acreditar que rastreou muitas das nossas operações financeiras. Três pessoas têm apresentado perigo para nós: Rupert Crofton Lee, Carmichael – bem, esses dois já foram apagados. Resta ainda Anna Scheele. A chegada dela em Bagdá está prevista para daqui a três dias. Nesse meio-tempo, ela desapareceu.

– Desapareceu? Onde?

– Em Londres. Aparentemente, sumiu da face da terra.

– E ninguém sabe onde ela está?

– Pode ser que Dakin saiba.

Mas Dakin não sabia. Victoria sabia, mas Edward não... então *onde* estaria Anna Scheele?

Ela perguntou:

– Não fazem mesmo a menor ideia?

– Temos uma suposição – disse Edward, devagar.

– E?

– É essencial que Anna Scheele esteja aqui em Bagdá para a convenção. Isso, você sabe, vai acontecer daqui a cinco dias.

– Já está tão em cima assim? Não fazia ideia.

– Estamos vigiando todas as entradas no país. Com certeza, não virá para cá usando seu próprio nome. E não está chegando em um avião a serviço do governo. Temos nossos próprios meios de verificar isso. Então investigamos todas as reservas particulares. Há uma passagem reservada pela BOAC no nome de Grete

Harden. Já rastreamos o histórico dessa Grete Harden e tal pessoa não existe. É um nome inventado. O endereço fornecido é falso. Estamos achando que Grete Harden é Anna Scheele.

Acrescentou:

– O avião dela vai pousar depois de amanhã em Damasco.

– E depois?

Os olhos de Edward de repente miraram os dela.

– Depois depende de você, Victoria.

– De mim?

– Vai tomar o lugar dela.

Victoria falou devagar:

– Como Rupert Crofton Lee?

Foi quase um sussurro. No decorrer daquela substituição, Rupert Crofton Lee morrera. E quando Victoria tomasse o lugar dela, presumia-se que Anna Scheele, ou Grete Harden, acabaria morta.

Edward estava esperando uma resposta... e se por algum motivo Edward duvidasse de sua lealdade, então ela, Victoria, morreria... e morreria sem a possibilidade de alertar ninguém.

Não, precisava concordar e agarrar-se a alguma chance de informar o sr. Dakin.

Deu um suspiro profundo e disse:

– Eu... eu... oh, mas Edward, não poderia fazer isso. Seria desmascarada. Não sei imitar o sotaque americano.

– Anna Scheele praticamente não tem sotaque. De qualquer forma, você estaria sofrendo de laringite. Um dos melhores médicos desta parte do mundo vai afirmar isso.

"Eles têm gente em todos os lugares", pensou Victoria.

– O que eu teria de fazer? – perguntou.

– Voar de Damasco para Bagdá como Grete Harden. Ficar imediatamente de cama. Receber alta de um médico de alta reputação bem a tempo de participar da convenção. Lá, apresentaria para eles os documentos que vai levar com você.

Victoria perguntou:

– Os documentos verdadeiros?

– Claro que não. Vamos substituir por nossa versão.

– O que os documentos vão revelar?

Edward sorriu.

– Detalhes convincentes da mais estupenda conspiração comunista dentro da América.

Victoria pensou: “Como planejaram tudo tão bem”.

Em voz alta, disse:

– Acha que consigo mesmo dar conta disso, Edward?

Agora que estava interpretando um papel, era muito fácil para Victoria fazer qualquer pergunta aparentando ansiosa sinceridade.

– Tenho certeza que sim. Já reparei que interpretar um papel lhe traz tamanha satisfação que fica praticamente impossível duvidar de você.

Victoria disse em tom meditativo:

– Ainda me sinto como uma tremenda imbecil quando penso nos Hamilton Clipp.

Ele riu com ar de superioridade.

Victoria, com a expressão ainda firme em sua máscara de adoração, disse com rancor em pensamento: “Mas *você* foi um tremendo imbecil também ao deixar escapar aquilo sobre o bispo lá em Basrah. Se não tivesse deixado, jamais teria enxergado quem realmente *é*”.

De repente, perguntou:

– E o dr. Rathbone?

– Que quer dizer com: “E o dr. Rathbone”?

– É só uma figura de fachada?

Os lábios de Edward se curvaram num prazer perverso.

– Rathbone tem que andar na linha. Sabe o que anda aprontando esses anos todos? Apropriando-se de maneira muito inteligente de uns três quartos dos patrocínios que são enviados para ele de todas as partes do mundo para seu uso pessoal. Desde as fraudes de Horatio Bottomley que não vejo uma falcatrua armada com tanta esperteza. Ah, sim, Rathbone está inteiramente em nossas mãos... Podemos denunciá-lo a qualquer momento, e sabe disso.

Victoria sentiu uma gratidão súbita pelo velho com sua cabeça nobre e abobadada e a alma mesquinha e gananciosa. Poderia ser um vigarista, mas tivera compaixão; tentara ajudá-la a escapar a tempo.

– Tudo conspira para nossa Nova Ordem – disse Edward.

Ela pensou consigo, "Edward, que parece tão sensato, é na verdade um louco! A gente fica louco, quem sabe, ao tentar se colocar no papel de Deus. Sempre dizem que a humildade é uma virtude cristã... agora entendo o porquê. A humildade é o que nos mantém equilibrados e humanos..."

Edward levantou-se.

– Hora de nos mexermos – declarou. – Temos de levá-la para Damasco e deixar tudo preparado para depois de amanhã.

Victoria ergueu-se com alacridade. Uma vez que estivesse longe de Devonshire, de volta a Bagdá com suas multidões, no Tio Hotel com Marcus gritando, sorrindo e servindo drinques para ela, a ameaça iminente e persistente de Edward seria afastada. O papel dela era fazer um jogo duplo; continuar ludibriando Edward através de sua devoção doentia, e ao mesmo tempo, secretamente, contra-atacar os planos dele.

Ela falou:

– Acha que o sr. Dakin sabe onde Anna Scheele se encontra? Talvez eu pudesse descobrir isso. Ele poderia deixar escapar alguma pista.

– Improvável... e de qualquer forma, você não vai mais ver Dakin.

– Ele me pediu para encontrá-lo esta noite – disse Victoria, fingindo, enquanto sentia um frio gelado percorrer sua espinha. – Vai achar estranho se eu não aparecer.

– A esta altura não importa mais o que ele acha – afirmou Edward. – Nossos planos estão feitos.

Acrescentou:

– Não será vista em Bagdá novamente.

– Mas, Edward, todas as minhas coisas estão no Tio! Reservei um quarto.

O cachecol. O precioso cachecol.

– Não vai precisar de suas coisas por um bom tempo. Tenho um guarda-roupa esperando por você. Venha.

Entraram de novo no carro. Victoria pensou, "Deveria saber que Edward nunca seria tão tolo a ponto de me deixar contatar o sr. Dakin depois de ter descoberto tudo. Acredita que estou enfeitiçada por ele... sim, *acho* que ele tem certeza disso... mas, mesmo assim, não vai correr nenhum risco".

Disse:

– Não vão fazer nenhuma busca por mim se... eu não aparecer?

– Vamos cuidar disso. Oficialmente vai se despedir de mim na ponte e viajar para ver alguns amigos na margem oeste.

– E na realidade?

– Espere e verá.

Victoria ficou sentada em silêncio enquanto cabeceavam nos solavancos da estrada acidentada, contornando jardins de palmeiras e passando sobre as pequenas pontes de irrigação.

– Lefarge – murmurou Edward. – Gostaria de saber o que Carmichael quis dizer com isso.

O coração de Victoria deu um pulo de ansiedade.

– Ah – disse. – Havia esquecido de contar. Não sei se significa alguma coisa. Um M. Lefarge esteve nas escavações um dia desses em Tell Aswad.

– Quê? – Edward quase parou o carro de tanta empolgação. – Quando foi isso?

– Cerca de uma semana atrás. Disse que vinha de algum sítio arqueológico da Síria. De um M. Parrot, pode ser?

– Apareceram dois homens chamados André e Juvet enquanto você estava lá?

– Ah, sim – disse Victoria. – Um deles estava mal do estômago. Foi até a casa para se deitar.

– Eram dois dos nossos – disse Edward.

– Por que foram até lá? Para procurar por mim?

– Não... eu não fazia ideia de onde você estava. Mas Richard Baker estivera em Basrah ao mesmo tempo que Carmichael. Estávamos achando que Carmichael poderia ter passado algo para Baker.

– Ele comentou que as coisas dele haviam sido revistadas. Encontraram alguma coisa?

– Não... agora preste atenção, Victoria. Esse homem, Lefarge, esteve lá antes ou depois dos outros dois?

Victoria refletiu de maneira convincente, enquanto decidia que movimentos imputar ao mítico M. Lefarge.

– Foi... sim, no dia *anterior* à visita dos outros dois – ela respondeu.

– E o que ele fez?

– Bem – disse Victoria –, foi até a escavação... com o dr. Pauncefoot Jones. E depois Richard Baker levou-o até a casa, para examinar algumas coisas na Sala Antika.

– Foi até a casa com Richard Baker. Os dois conversaram?

– Suponho que sim – respondeu Victoria. – Digo, ninguém fica olhando coisas em silêncio absoluto, fica?

– Lefarge – murmurou Edward. – Quem *é* esse Lefarge? Por que não temos nenhum registro dele?

Victoria ansiava por dizer: "Ele é irmão do sr. Harris", mas se conteve. Estava satisfeita com sua invenção de um M. Lefarge. Podia enxergá-lo com toda clareza em sua imagem mental... um homem jovem, magro, com aparência um pouco tuberculosa, de cabelos escuros e bigodinho. Na sequência, quando Edward perguntou, ela o descreveu para ele com cuidado e precisão.

Estavam percorrendo os arredores de Bagdá. Edward entrou em uma rua lateral cheia de casarões modernos, construídos em estilo pseudoeuropeu, com sacadas e jardins em todo o entorno. Em frente de uma das casas, um ônibus grande de turismo estava estacionado. Edward encostou logo atrás, os dois desceram e subiram os degraus da porta da frente.

Uma mulher magra e morena veio recebê-los, e Edward conversou com ela rapidamente em francês. O francês de Victoria não era bom o suficiente para entender tudo o que fora dito, mas lhe pareceu em suma ser algo explicando que esta era a moça, e a transformação deveria ser efetuada de imediato.

A mulher virou-se para ela e disse num francês educado:

– Acompanhe-me, por favor.

Levou Victoria para um quarto onde, aberto sobre a cama, encontrava-se o hábito de uma freira. A mulher fez sinal para ela, e Victoria se despiu, vestindo então a roupa de baixo rígida de lã e as dobras medievais e volumosas de tecido escuro. A francesa ajustou o capuz. Victoria enxergou seu reflexo de relance no espelho. Seu pequeno rosto pálido, sob aquele gigantesco – seria um véu? – com as dobras brancas sob o queixo, parecia estranhamente puro e etéreo.

A francesa jogou um rosário de contas de madeira sobre a cabeça dela. Depois, arrastando os pés nos sapatos imensos e grossos, Victoria foi levada ao encontro de Edward.

– Ficou muito bem – disse com aprovação. – Mantenha o olhar baixo, especialmente quando houver homens por perto.

A francesa se juntou a eles em poucos minutos, vestida de maneira similar. As duas freiras saíram da casa e entraram no ônibus, que agora tinha um homem alto e moreno de roupas europeias no assento do motorista.

– Agora depende de você, Victoria – disse Edward. – Faça exatamente o que mandarmos.

Havia um ar de ameaça cortante por trás daquelas palavras.

– Você não vem, Edward? – Victoria reclamou queixosa.

Ele sorriu para ela.

– Vai me ver dentro de três dias – declarou. E, depois, retomando seus modos persuasivos, murmurou: – Não me desaponte, querida. Só você poderia fazer isso... Amo você, Victoria.

Não ousaria ser visto beijando uma freira, mas gostaria muito de fazer isso.

Victoria baixou o olhar como seria esperado de uma monja, porém na verdade era para esconder a fúria que irrompia nela por um instante.

"Judas horroroso", pensou.

Em vez disso, falou com a sua afetação habitual:

– Bem, pareço mesmo uma escrava cristã.

– Essa é a minha garota! – exclamou Edward. E acrescentou: – Não se preocupe. Seus papéis estão em perfeita ordem; não vai encontrar nenhuma dificuldade na fronteira da Síria. Seu nome religioso, a propósito, é irmã Marie des Anges. A irmã Thérèse, que lhe acompanha, tem todos os documentos e é responsável por tudo, e, pelo amor de Deus, obedeça às suas ordens... ou já lhe previno, com toda a franqueza, que você vai ser castigada.

Deu um passo para trás, acenou alegremente com a mão, e o ônibus deu a partida.

Victoria reclinou-se contra o estofado e se entregou à contemplação das alternativas possíveis. Poderia, quando estivessem passando por dentro de Bagdá ou quando chegassem ao controle da fronteira, causar uma agitação, gritar pedindo ajuda, explicar que estava sendo levada à força – enfim, adotar uma ou mais variantes de protesto imediato.

E o que conseguiria com isso? Com toda a certeza significaria o fim de Victoria Jones. Percebera que a irmã Thérèse deslizara uma pistola pequena e eficaz para dentro da manga do hábito. Ela não teria a menor chance de dizer nada.

Ou poderia esperar até chegar a Damasco? Fazer lá o seu protesto? É possível que a sua sorte fosse a mesma, ou as suas alegações poderiam ser desconsideradas diante dos testemunhos do motorista e da freira acompanhante. Poderiam arranjar papéis declarando que ela sofria de problemas mentais.

A melhor alternativa era seguir tudo à perfeição; consentir com o plano. Chegar a Bagdá como Anna Scheele e fazer o papel de Anna Scheele. Pois, afinal de contas, se assim fizesse, chegaria um momento, no final, em que Edward não teria mais controle sobre as suas palavras e as suas ações. Se Edward continuasse convencido de que ela faria qualquer coisa que ele mandasse, então chegaria o momento em que ela estaria de pé, diante da convenção, com os documentos forjados... E Edward não estaria lá.

E ninguém poderia impedir que ela declarasse: "Eu não sou Anna Scheele e estes papéis foram forjados e não correspondem à verdade".

Ficou cogitando se Edward não temia que ela fizesse exatamente isso. Mas refletiu que a vaidade era uma qualidade que causava uma cegueira particular. A vaidade era o calcanhar de Aquiles. E também havia o fato a se considerar que Edward e a sua turma precisavam ter uma Anna Scheele se queriam que o esquema desse certo. Encontrar uma garota que se parecesse o suficiente com Anna Scheele – a ponto de ter uma cicatriz no lugar certo – era extremamente difícil. No filme *The Lyons Mail*, Victoria lembrou-se, Dubosc tinha uma cicatriz sobre uma sobrancelha e também uma deformação, parte de nascença e parte por acidente, no dedo mínimo de uma das mãos. Essas coincidências deviam ser muito raras. Não, os super-homens precisavam de Victoria Jones, datilógrafa... E, sendo assim, Victoria Jones é quem tinha poder sobre eles – e não o contrário.

O veículo cruzou a ponte com velocidade. Victoria contemplava o rio Tigre com uma saudade nostálgica. Depois, percorreram velozes uma estrada larga e empoeirada. Victoria deixou as contas de rosário escorregarem por entre os dedos. O clicar delas era reconfortante.

"Afinal", pensou Victoria, com súbito consolo, "eu *sou* cristã. E se você é cristão, suponho que seja cem vezes melhor ser um mártir cristão do que um rei da Babilônia... e devo admitir, parece haver uma grande possibilidade de que eu *vá* me tornar uma mártir. Ah! Então que seja, ao menos não enfrentarei *leões*. Odiaria que fossem leões!"

Capítulo 23

I

O grande Skymaster deu um rasante e fez uma aterrissagem perfeita. Taxiou com suavidade ao longo da pista e em seguida fez a parada no local apropriado. Os passageiros foram convidados a descer. Aqueles que seguiriam para Basrah foram separados dos que tomariam o voo de conexão para Bagdá.

Neste último, havia quatro passageiros. Um executivo iraquiano com uma aparência que exalava prosperidade, um médico inglês e duas mulheres. Todos passaram pelas várias estações de controle e interrogatório.

Uma mulher morena com rosto cansado e cabelo desarrumado, preso de maneira descuidada com um lenço, passou primeiro.

– Sra. Pauncefoot Jones? Britânica? Sim. Objetivo de encontrar o marido. Seu endereço em Bagdá, por favor? Quanto dinheiro a senhora...?

Aquilo continuou. Então a segunda mulher tomou o lugar da primeira.

– Grete Harden. Sim. Nacionalidade? Dinamarquesa. De Londres. Propósito da visita? Massagista em um hospital? Endereço em Bagdá? Quanto dinheiro a senhora tem?

Grete Harden era uma moça magra, de cabelos claros, e usava óculos escuros. A maquiagem disfarçava o que poderia ser uma mancha no lábio superior. Vestia roupas limpas, mas levemente surradas.

O francês dela era duvidoso; vez ou outra precisava que lhe repetissem a pergunta.

Os quatro passageiros foram informados de que o avião para Bagdá partiria naquela mesma tarde. Seriam levados agora para o Abassid Hotel para um descanso e para o almoço.

Grete Harden estava sentada sobre a cama quando ouviu uma batida na porta. Abriu e deparou-se com uma mulher morena e alta usando um uniforme da companhia aérea.

– Sinto muito, srta. Harden. Poderia me acompanhar até o escritório da BOAC? Surgiu uma pequena dificuldade com o seu bilhete. Por aqui, por favor.

Grete Harden seguiu a guia corredor afora. Em uma das portas, havia uma placa grande com letras douradas: Escritório da BOAC.

A aeromoça abriu a porta e fez menção para a outra passar. Então, assim que Grete Harden entrou, a moça fechou a porta pelo lado de fora e apressadamente desengatou a placa.

No que Grete Harden pisou no quarto, dois homens que estavam escondidos atrás da porta passaram um pano por cima da cabeça dela. Enfiaram-lhe uma mordaça na boca. Um deles enrolou a manga da camisa dela e, puxando uma seringa hipodérmica, aplicou-lhe uma injeção.

Em poucos minutos o corpo de Grete Harden perdeu firmeza e desfaleceu.

O médico falou com alegria:

– Isso deve resolver pelas próximas seis horas, pelo menos. Agora, vocês duas já sabem o que devem fazer.

Ele acenou com o queixo para as duas outras ocupantes da sala. Eram freiras que estavam sentadas sem se mexer junto da janela. Os homens saíram. A mais velha das duas foi até Grete Harden e começou a arrancar as roupas do seu corpo inerte. A freira mais nova, tremendo um pouco, começou a despir o hábito. Em poucos minutos, Grete Harden, vestida com o hábito da freira, descansava deitada sobre a cama. A freira mais jovem vestia agora as roupas de Grete Harden.

A freira mais velha voltou a atenção para os cabelos finos da sua companheira. Tendo como modelo uma fotografia que encostou contra o espelho, penteou e arrumou os cabelos, puxando-os para longe da testa e enrolando-os junto da nuca.

Deu um passo para trás e disse em francês:

– Surpreendente o quanto isso transforma você. Ponha os óculos escuros. Seus olhos são de um azul muito profundo. Ora... isso é admirável.

Houve uma leve batida na porta e os dois homens voltaram a entrar. Estavam sorrindo cheios de ironia.

– Grete Harden é Anna Scheele sem dúvida nenhuma – disse um deles. – Está com os documentos na bagagem dela, camuflados com todo o cuidado entre as folhas de uma publicação dinamarquesa sobre "massagem hospitalar". Então, pois bem, srta. Harden – curvou-se com debochada cerimônia para Victoria –, vai me dar a honra de almoçar comigo.

Victoria o seguiu na saída do quarto e ao longo do corredor. A outra passageira mulher estava tentando enviar um telegrama no balcão.

– Não – dizia ela –, P A U N C E foot. Dr. Pauncefoot Jones. Chegando hoje Tio Hotel, Boa viagem.

Victoria olhou para ela com súbito interesse. Essa deveria ser a esposa do dr. Pauncefoot Jones chegando para encontrar-se com ele. O fato de estar vindo uma semana antes do esperado não pareceu nada extraordinário a Victoria, já que o dr. Pauncefoot Jones por diversas vezes lamentou ter extraviado a carta da mulher que informava a data de chegada, mas ele tinha quase certeza que seria dia 26!

Se ao menos pudesse de algum jeito enviar uma mensagem para Richard Baker através da sra. Pauncefoot Jones...

Quase como se tivesse lido os seus pensamentos, o homem que a acompanhava a puxou pelo cotovelo para longe do balcão.

– Nada de conversar com os seus companheiros de viagem, srta. Harden – disse. – Não queremos que aquela boa senhora perceba que é uma pessoa diferente da que saiu com ela da Inglaterra.

Tirou-a do hotel e a levou até um restaurante para almoçar. Ao retornarem, a sra. Pauncefoot Jones estava descendo a escadaria do hotel. Ela cumprimentou Victoria sem desconfiar de nada.

– Foi visitar algum ponto turístico? – perguntou. – Estou indo agora mesmo até os bazares.

"Se pudesse enfiar alguma coisa na bagagem dela...", pensou Victoria.

Mas não foi deixada a sós por nenhum segundo.

O avião para Bagdá partiu às três da tarde.

O assento da sra. Pauncefoot Jones era bem na frente. Victoria estava na rabeira, junto da porta, e, do lado oposto do corredor, estava o rapaz bonitinho que era seu carcereiro. Victoria não teve chance de se aproximar da outra mulher ou de introduzir alguma mensagem em seus pertences.

O voo não foi longo. Pela segunda vez, Victoria olhou para baixo lá do alto e viu a cidade se desenhar embaixo dela, o rio Tigre cortando-a como um filão dourado.

A mesma visão que tivera há menos de um mês. Quanta coisa já havia acontecido desde então.

Dentro de dois dias, os homens que representavam as duas ideologias predominantes no mundo se encontrariam ali para debater sobre o futuro.

E ela, Victoria Jones, teria um papel a cumprir.

II

– Sabe – disse Richard Baker –, estou preocupado com aquela garota.

O dr. Pauncefoot Jones disse com ar impreciso:

– Que garota?

– Victoria.

– Victoria? – o dr. Pauncefoot Jones espiou ao seu redor. – Onde está... nossa... que Deus me perdoe, nós viemos embora sem ela ontem.

– Estava me perguntando se você havia reparado – disse Richard.

– Que desleixo da minha parte. Estava tão interessado naquele relatório sobre as escavações em Tell Bamdar. Uma estratificação completamente insalubre. Ela não sabia onde encontrar o caminhão?

– Não havia nenhuma questão quanto ao retorno dela aqui – afirmou Richard. – Para falar a verdade, ela não é Venetia Savile.

– Não é Venetia Savile? Que esquisito. Mas achei que você havia dito que o nome de batismo dela fosse Victoria.

– E é. Mas não é antropóloga. E não conhece Emerson. Na verdade, a coisa toda foi um... um mal-entendido.

– Minha nossa. Isso parece muito esquisito – o dr. Pauncefoot Jones refletiu por alguns momentos. – *Muito* esquisito. Espero que... será que a culpa foi minha? Sei que sou um tanto distraído. Li a carta errada, quem sabe?

– Não consigo entender – disse Richard Baker, franzindo o cenho e sem prestar qualquer atenção às especulações de Pauncefoot Jones. – Tudo indica que ela saiu de carro com um rapaz e não retornou. E mais, a bagagem dela estava lá, mas não se deu ao trabalho de abrir nada. Isso me parece estranho demais... considerando o estado em que se encontrava. Achei que faria questão de se embonecar. E combinamos que iria me encontrar para o almoço... Não, não consigo entender. Espero que não tenha acontecido nada com ela.

– Ah, eu não teria nenhum motivo para pensar isso – disse Pauncefoot Jones com tranquilidade. – Vou começar a descer pelo lado H amanhã. Segundo o plano geral diria que seria nossa melhor chance de encontrar uma central de arquivos. Aquele fragmento de tabuleta foi muito promissor.

– Já a raptaram uma vez – disse Richard. – O que impediria de terem-na raptado de novo?

– Muito improvável... muito improvável – afirmou o dr. Pauncefoot Jones. – O país está bem acomodado nos dias de hoje. Você mesmo vive repetindo isso.

– Se ao menos eu conseguisse me lembrar do nome daquele homem da tal companhia de petróleo. Seria Deacon? Deacon, Dakin? Algo parecido.

– Nunca ouvi falar dele – disse o dr. Pauncefoot Jones. – Acho que vou trocar o Mustafa e sua turma para a ponta nordeste. Então poderíamos estender a trincheira J...

– Ficaria muito incomodado, senhor, se eu voltasse a Bagdá de novo amanhã?

O dr. Pauncefoot Jones, de repente devotando sua total atenção ao colega, fitou-o.

– Amanhã? Mas estivemos lá ontem.

– Estou preocupado com aquela moça. De fato estou.

– Minha nossa, Richard, não fazia ideia de que estava acontecendo alguma coisa *desse* nível.

– Que nível?

– Que tenha se afeiçoado a ela. Esse é o problema de termos mulheres numa escavação... especialmente as bonitas. Achei que estávamos a salvo com Sybil Muirfield no ano retrasado, uma garota feia de doer... e veja só o que aconteceu então! Deveria ter dado ouvidos a Claude em Londres; esses franceses sempre acertam na mosca. Naquela ocasião ele comentou sobre as pernas da garota... Falou com muito entusiasmo sobre elas. É claro que essa moça, Victoria Venetia, qualquer que seja o nome dela... é das *mais* atraentes e uma graça de pequena. Tem bom gosto, Richard, devo confessar. Engraçado, é a primeira vez que tenho notícia de você demonstrar interesse por alguém.

– Não é nada do que está pensando – defendeu-se Richard, ruborizado e parecendo ainda mais arrogante do que de costume. – Estou apenas... hã... preocupado com ela. *Preciso* voltar para Bagdá.

– Bem, se está *mesmo* indo amanhã – disse Pauncefoot Jones –, aproveite para trazer aquelas picaretas. O tonto do motorista esqueceu.

III

Richard partiu para Bagdá bem cedo de manhã e foi direto ao Tio Hotel. Ali, descobriu que Victoria não havia retornado.

– E havíamos combinado que faria um jantar especial para nós dois – disse Marcus. – E reservara um quarto bem bom para ela. É estranho, não é?

– Já procurou a polícia?

– Ah, não, meu caro, isso não seria nada bom. Ela poderia não gostar. E *eu* com certeza não gostaria nada disso.

Depois de fazer mais algumas perguntas, Richard rastreou o sr. Dakin e foi visitá-lo no escritório.

A memória que tinha do homem não estava equivocada. Contemplou a figura corcunda, a expressão indecisa e o leve tremor das mãos. Aquele homem era um derrotado! Desculpou-se com o dr. Dakin por estar tomando o seu tempo, mas perguntou se havia visto a srta. Victoria Jones.

– Ela me telefonou anteontem.

– Pode me informar o paradeiro dela no momento?

– Está no Tio Hotel, creio eu.

– A bagagem dela está, mas ela, não.

O sr. Dakin ergueu de leve as sobrancelhas.

– Ela andou trabalhando conosco nas escavações em Tell Aswad – explicou Richard.

– Ah, entendo. Bem... receio que não tenha nenhuma informação que possa ajudá-lo. Tem vários amigos em Bagdá, creio eu... mas não a conheço o suficiente para lhe dizer quem seriam eles.

– Será que poderia estar nesse Ramo de Oliveira?

– Acho que não. O senhor pode perguntar.

Richard disse:

– Não vou sair de Bagdá até encontrá-la.

Olhou para Dakin com reprovação e saiu a passos largos da sala.

Depois que a porta fechou-se atrás de Richard, o sr. Dakin sorriu e balançou a cabeça.

– Ah, Victoria – murmurou em reprimenda.

Bufando ao entrar no Tio Hotel, Richard foi recebido pelo sorridente Marcus.

– Ela voltou? – gritou Richard muito ansioso.

– Não, não, é a sra. Pauncefoot Jones. Ela chega de avião hoje, acabo de ficar sabendo. O dr. Pauncefoot Jones, ele me disse que ela viria semana que vem.

– Ele sempre se atrapalha com as datas. E Victoria Jones?

A expressão de Marcus voltou a ficar séria.

– Não tenho nenhuma notícia dela. E não gosto disso, sr. Baker. Não é nada bom. É uma moça tão novinha. E tão bonita. E tão alegre e encantadora.

– Sim, é – disse Richard, esquivando-se. – É melhor eu esperar por aqui e cumprimentar a sra. Pauncefoot Jones, suponho.

Que diabos, ele se perguntava, poderia ter acontecido com Victoria.

IV

– Você! – exclamou Victoria com uma hostilidade indisfarçável.

Conduzida ao seu quarto no Babylonian Palace Hotel, a primeira pessoa que encontrou foi Catherine.

Catherine balançou o queixo com igual virulência.

– Sim – disse. – Sou eu. E agora, por favor, deite-se na cama. O médico logo vai chegar.

Catherine estava vestida como enfermeira e levava as suas tarefas a sério, demonstrando estar claramente determinada a jamais deixar Victoria sozinha. Victoria, inconsolável, deitada na cama, murmurava:

– Se eu conseguisse falar com Edward...

– Edward... Edward! – disse Catherine com desprezo. – Edward nunca se importou com você, sua inglesinha estúpida. É a *mim* que Edward ama!

Victoria observou a expressão teimosa e fanática de Catherine sem o menor entusiasmo.

Catherine prosseguiu:

– Sempre odiei você, desde aquela manhã em que chegou e exigiu falar com o dr. Rathbone com tamanha grosseria.

Procurando algum fator irritante, Victoria disse:

– De qualquer forma, sou muito mais indispensável que você. *Qualquer uma* poderia fazer esse seu teatrinho de enfermeira de hospital. Mas o esquema todo depende de eu fazer bem o meu papel.

Catherine disse com afetada presunção:

– Ninguém é indispensável. A gente aprende logo isso.

– Bem, *eu* sou. Pela graça divina, manda servirem um jantar reforçado. Se não comer nada, como espera que eu vá fazer uma boa performance como a secretária de um banqueiro americano quando chegar a hora?

– Suponho que deva mesmo comer enquanto pode – disse Catherine de má vontade.

Victoria não deu ouvidos à implicação sinistra da outra.

V

O capitão Crosbie disse:

– Entendo que estão hospedando uma tal de srta. Harden.

O cavalheiro lisonjeiro do escritório do Babylonian Palace inclinou a cabeça.

– Isso mesmo, senhor. Da Inglaterra.

– É amiga da minha irmã. Poderiam entregar a ela o meu cartão?

Rabiscou umas poucas palavras no cartão e enviou lá para cima em um envelope.

Em seguida o garoto que levara o envelope retornou.

– A senhora não está bem, senhor. Muito mal da garganta. O doutor está chegando. Tem uma enfermeira com ela.

Crosbie deu meia-volta. Foi até o Tio, onde foi abordado por Marcus.

– Ah, meu caro, vamos beber alguma coisa. Esta noite meu hotel está bem cheio. É para a convenção. Mas que pena, o dr. Pauncefoot Jones voltou para a expedição anteontem e, agora, eis que chega a esposa dele e esperava que o marido estivesse aqui para recebê-la. E não está nada contente, ah, não! Diz que falou para ele que viria nesse avião. Mas sabe como ele é, aquele senhor. Todas as datas, é sempre assim; ele sempre entende errado. Mas é um homem muito bom – completou Marcus com sua generosidade habitual. – E tenho de dar um jeito de encaixá-la... Tive de recusar um homem muito importante da ONU...

– Bagdá está uma loucura.

– Toda a força policial foi convocada... estão tomando grandes precauções... dizem... Já ficou sabendo? Há um complô comunista para assassinar o presidente. Prenderam 65 estudantes! Já viu os policiais russos? Estão desconfiados de todo mundo. Mas isso é muito bom para os negócios, muito bom mesmo.

VI

A campainha do telefone soou e foi atendida sem demora.

– Embaixada Americana.

– Aqui é do Babylonian Palace Hotel. A srta. Anna Scheele está hospedada aqui.

Anna Scheele? Em seguida, era um dos adidos que estava falando. Será que a srta. Scheele poderia vir ao telefone?

– A srta. Scheele está de cama com laringite. Aqui é o dr. Smallbrook. Estou cuidando da srta. Scheele. Está trazendo consigo alguns papéis importantes e gostaria que alguma pessoa responsável da embaixada viesse buscá-los. Imediatamente? Obrigado. Estarei esperando.

VII

Victoria se afastou do espelho. Estava vestindo um tailleur bem-cortado. Todos os fios de cabelo loiro estavam no lugar. Estava nervosa e ao mesmo tempo animadíssima.

Ao virar-se, viu de relance o brilho exultante nos olhos de Catherine e levantou a guarda instantaneamente. Porque Catherine estaria exultante?

O que estava acontecendo?

– Por que está tão contente? – perguntou.

– Logo vai entender.

A malignidade era quase indisfarçável naquele momento.

– Você se acha muito esperta – disse Catherine com absoluto desdém. – Acha que tudo depende de você. Tsc, tsc, tsc, não passa de uma tonta.

Victoria deu um salto para cima dela! Agarrou-a pelos ombros e cravou-lhe as unhas.

– Vai me explicar o que está dizendo, sua garota horrível.

– Ai... está me machucando.

– Fale...

Ouviu-se uma batida na porta. Uma batida repetida por duas vezes e, depois de uma pausa, mais uma última.

– Agora vai ver só! – gritou Catherine.

A porta se abriu e um homem entrou sorrateiro. Era alto, e estava vestido com uniforme da polícia internacional. Trancou a porta e removeu a chave. Então, avançou para Catherine.

– Rápido – ordenou.

Tirou um rolo de corda fina do bolso e, com a total cooperação de Catherine, amarrou-a depressa na cadeira. Depois puxou um lenço e amarrou-o sobre a boca da moça. Deu um passo para trás e contemplou o trabalho com agrado.

– Isso... está muito bom.

Então, voltou-se para Victoria. Ela viu o pesado cassetete que ele brandia e, num piscar de olhos, teve um súbito lampejo do verdadeiro plano. Jamais tiveram a intenção de que ela fizesse o papel de Anna Scheele na convenção. Como poderiam arriscar uma coisa dessas? Victoria era muito conhecida em Bagdá. Não, o plano era, sempre fora, atacar e matar Anna Scheele no último minuto... Assassinada de tal maneira que suas feições ficariam irreconhecíveis... Restariam apenas os papéis que trouxera com ela – aqueles documentos tão cuidadosamente forjados – para contar a história.

Victoria virou-se para a janela e gritou. Com um sorriso no rosto, o homem foi para cima dela.

Então, várias coisas aconteceram: houve um som de vidro se quebrando, uma mão pesada arremessou-a de cara no chão – chegou a ver estrelas – e a escuridão total... Depois, de dentro da escuridão, escutou uma voz, uma voz inglesa e reconfortante.

– Está tudo bem, senhorita? – perguntou.

Victoria murmurou alguma coisa.

– O que foi que ela disse? – perguntou uma segunda voz.

O primeiro homem coçou a cabeça.

– É melhor servir no céu do que reinar no inferno – repetiu ele, hesitante.

– É uma citação – disse o outro. – Mas ela entendeu errado – acrescentou ele.

– Não, não entendi – disse Victoria e desmaiou.

VIII

O telefone tocou e Dakin tirou o aparelho do gancho. Uma voz declarou:

– Operação Victoria concluída com sucesso.

– Que bom – disse Dakin.

– Pegamos Catherine Serakis e o médico. O outro camarada se atirou da sacada. Foi ferido mortalmente.

– A garota não se machucou?

– Desmaiou, mas está bem.

– Nenhuma notícia ainda sobre a verdadeira A.S.?

– Notícia nenhuma.

Dakin desligou o aparelho.

De qualquer maneira, Victoria estava bem. A verdadeira Anna, pensou ele, deve estar morta... Insistira em fazer a jogada sozinha, reiterara que estaria em Bagdá sem falta no dia 19. Aquele era o dia 19 e nada de Anna Scheele. Talvez ela estivesse certa em não querer confiar no esquema oficial... ele não sabia dizer. Certamente haviam ocorrido vazamentos – traições. Mas, ao que parecia, a inteligência natural dela também não lhe servira de muita coisa...

E sem Anna Scheele as evidências ficavam incompletas.

Um mensageiro entrou com um pedaço de papel no qual estava escrito sr. Richard Baker e sra. Pauncefoot Jones.

– Não posso receber ninguém agora – disse Dakin. – Diga a eles que sinto muito. Estou ocupado.

O mensageiro se retirou, mas voltou em seguida. Entregou um envelope para Dakin.

Dakin rasgou o envelope e leu:

“Preciso falar com o senhor sobre Henry Carmichael. R.B.”

– Mande entrar – disse Dakin.

Assim, Richard Baker e a sra. Pauncefoot Jones entraram. Richard Baker disse:

– Não quero tomar muito do seu tempo, mas fui colega de escola de um homem chamado Henry Carmichael. Havíamos nos perdido de vista por muitos anos, mas quando estive em Basrah algumas semanas atrás, encontrei com ele na sala de espera do consulado. Estava vestido como um árabe e, sem oferecer qualquer sinal evidente de haver me reconhecido, conseguiu se comunicar comigo. Isso lhe interessa?

– Interessa muito – disse Dakin.

– Ocorreu-me a ideia de que Carmichael acreditava estar correndo perigo. Isso foi logo confirmado. Foi atacado por um homem com um revólver, o qual consegui derrubar. Carmichael se pôs em retirada, mas antes de sair enfiou algo para dentro do meu bolso, que só encontrei mais tarde... Não parecia ser importante... parecia ser apenas um "boleto", uma carta de referência a um tal Ahmed Mohammed. Mas agi sob a hipótese de que, para Carmichael, aquilo *era* importante.

"Como não me passara instruções, guardei o papel com todo o cuidado, acreditando que um dia ele o reclamaria. Outro dia, fiquei sabendo através de Victoria Jones que ele estava morto. Com base em outras coisas que ela me contou, cheguei à conclusão de que a pessoa certa para entregar este objeto é o senhor."

Levantou-se e depositou a folha suja de papel rabiscado na mesa de Dakin.

– Isso tem algum significado para o senhor?

Dakin deu um suspiro profundo.

– Sim – admitiu. – Muito mais do que possa imaginar.

Levantou-se.

– Sou profundamente grato a você, Baker – disse. – Perdoe-me por interromper nossa conversa, mas há muito que preciso fazer e não posso desperdiçar nem um minuto.

Ele apertou a mão da sra. Pauncefoot Jones, dizendo:

– Suponho que vai se juntar ao seu marido nos trabalhos de escavação. Espero que tenham uma boa temporada.

– Foi melhor Pauncefoot Jones não ter vindo a Bagdá comigo hoje de manhã – disse Richard. – O caro velho John Pauncefoot Jones é desatento para *grande parte* do que acontece, mas provavelmente perceberia a diferença entre a esposa e a cunhada.

Dakin olhou com leve surpresa para a sra. Pauncefoot Jones. Ela falou numa voz baixa e agradável:

– Minha irmã Elsie continua na Inglaterra. Tingi meu cabelo de preto e viajei para cá usando o passaporte dela. O nome de solteira de minha irmã era Elsie Scheele. *O meu nome, sr. Dakin, é Anna Scheele.*

Capítulo 24

Bagdá se transformou. A polícia guarnecia as ruas; polícia convocada de fora, a polícia internacional. As polícias americana e russa trabalhavam lado a lado com expressões impassíveis.

Rumores se espalhavam o tempo todo: nenhum dos grandes estava vindo! Por duas vezes o avião russo aterrissou, devidamente escoltado... e com apenas um jovem piloto!

Mas, por fim, as notícias correram de que tudo estava bem. O presidente dos Estados Unidos e o ditador russo estavam lá, em Bagdá. Estavam no Regent's Palace.

Enfim tinha início aquela convenção histórica.

Em uma pequena antessala, estavam ocorrendo uma série de eventos que poderiam muito bem alterar o curso da História. Bem como na maioria dos acontecimentos momentosos, os procedimentos não eram nada dramáticos.

O dr. Alan Breck, do Harwell Atomic Institute, contribuiu com sua cota de informações em uma voz baixa e precisa.

Certos espécimes lhe haviam sido entregues para análise pelo falecido Sir Rupert Crofton Lee. Foram adquiridos durante uma das jornadas de Sir Rupert pela China e pelo Turquestão, passando pelo Curdistão e pelo Iraque. O depoimento do dr. Breck então se tornou estritamente técnico. Minérios metálicos... alto conteúdo de urânio... A fonte do depósito não era conhecida com exatidão, já que as anotações de Sir Rupert e seus diários foram destruídos durante a guerra por ações inimigas.

Então, o sr. Dakin, tomou a palavra. Com uma voz doce e cansada, contou a saga de Henry Carmichael, de sua confiança em certos boatos e relatos fantásticos sobre vastas instalações e laboratórios subterrâneos que estariam funcionando em um vale remoto, muito além dos limites da civilização. Falou de sua investigação e do sucesso dela. De como aquele ilustre viajante, Sir Rupert Crofton Lee, o homem que acreditara em Carmichael em função de seu próprio conhecimento daquelas regiões, concordara em ir até Bagdá e de como acabara morto. E de como Carmichael encontrara a própria morte pelas mãos do impostor de Sir Rupert.

– Sir Rupert está morto e Henry Carmichael está morto. Mas há uma terceira testemunha que está viva e presente aqui hoje. Chamo agora a srta. Anna Scheele para nos dar seu testemunho.

Anna Scheele, calma e composta como se estivesse no escritório do sr. Morganthal, forneceu listas de nomes e cifras. Usou da profundidade de seu notável cérebro matemático para delinear o imenso alcance da rede financeira que drenara dinheiro em circulação, vertendo-o no financiamento de atividades que tratavam de dividir o mundo civilizado em duas facções oponentes. Aquela não era uma declaração qualquer. Ela apresentou fatos e números para apoiar os argumentos. Para aqueles que a escutavam, transmitia uma convicção que ainda não se acordava inteiramente com o relato fantástico de Carmichael.

Dakin retomou a palavra:

– Henry Carmichael está morto – declarou. – Mas obteve provas palpáveis e definitivas naquela jornada perigosa. Não se arriscou a guardar as provas consigo... seus inimigos estavam em seu encalço. Mas era um homem de muitos amigos. Pelas mãos de dois desses amigos, enviou as provas para a salvaguarda de um terceiro; um homem a quem o Iraque inteiro reverencia e respeita. Ele foi muito cortês consentindo em vir até aqui hoje. Estou me referindo ao xeque Hussein el Ziyara de Kerbela.

O xeque Hussein el Ziyara era reconhecido, como Dakin havia dito, por todo o mundo muçulmano tanto como um homem de Deus quanto como um poeta de renome. Era considerado por muitos como um santo. Ele se pôs de pé, era uma figura imponente com sua barba tingida de hena em um marrom profundo. O paletó cinza com um trançado dourado nas bordas estava coberto por um manto esvoaçante marrom, fino como uma gaze tênue. Em torno da cabeça, usava uma *cafia* verde em tecido, presa por um *egal* feito de muitas tiras de ouro pesado que lhe concedia uma aparência patriarcal. Falou num tom profundo e sonoro.

– Henry Carmichael era meu amigo – disse. – Eu o conheci quando menino e estudou comigo os versos de nossos grandes poetas. Dois homens vieram a Kerbela, homens que viajam pelo país apresentando filmes. São homens simples, mas bons seguidores do Profeta. Trouxeram-me um pacote que disseram terem sido orientados a entregar em mãos pelo meu amigo, o inglês Carmichael. Deveria manter aquilo em segredo e segurança e entregá-lo apenas ao próprio Carmichael ou para um mensageiro que recitaria determinadas palavras. Se for em verdade esse mensageiro, fale agora, meu filho.

Dakin disse:

– Sayyid, o poeta árabe Mutanabbi, "o aspirante à profecia", que viveu há apenas mil anos, escreveu uma ode ao Príncipe Sayfu'l-Dawla em Aleppo, em cujos versos se encontram: *Zid hashshi bashshi tafaddal adni surra sili.**

Com um sorriso, o xeque Hussein el Ziyara estendeu o pacote para Dakin.

– Faço minhas as palavras do príncipe Sayfu'l-Dawla: "Terá seu desejo concedido"...

– Senhores – disse Dakin –, estes são os microfilmes obtidos por Henry Carmichael como prova de sua história...

Mais uma testemunha se pronunciou, uma figura lúgubre e alquebrada: um velho de cabeça célebre e abobadada, que um dia fora universalmente admirado e respeitado.

Falou com trágica dignidade:

– Cavalheiros – disse –, muito em breve serei processado como um vigarista comum. Mas existem coisas que nem mesmo

---

* Adicione, ria, regozije-se, traga para perto, demonstre benevolência, alegre-se, presenteie! (N.A.)

alguém como eu poderia sancionar. Há um bando de homens, na maioria jovens, tão malévolos em seus corações e objetivos que chega a ser difícil de acreditar.

Ergueu a cabeça e bradou:

– Anticristo! Digo que isso deve ser *impedido*! Precisamos ter paz... paz para lambermos nossas feridas e formarmos um novo mundo... E para fazermos isso é *necessário* que tentemos nos entender uns aos outros. Criei um esquema para ganhar dinheiro... mas, por Deus, acabei por acreditar no que pregava... embora não advogue em favor dos métodos que utilizei. Pelo amor de Deus, cavalheiros, vamos recomeçar e unir nossas forças...

Houve um momento de silêncio, e então uma voz fina e oficial, com a impersonalidade sem verve da burocracia, declarou:

– Esses fatos serão apresentados sem demora ao presidente dos Estados Unidos da América e ao premier da União das Repúblicas Socialistas Soviéticas...

Capítulo 25

I

– O que me incomoda – disse Victoria – é aquela pobre dinamarquesa que foi morta por engano em Damasco.

– Ah, mas ela está bem – disse Dakin, todo alegre. – Assim que o avião decolou, prendemos a francesa e levamos Grete Harden para o hospital. Ela se recuperou bem. Planejavam mantê-la dopada por um tempo até se certificarem que o negócio em Bagdá correra conforme o esperado. Ela era uma das nossas, claro.

– Era mesmo?

– Sim, quando Anna Scheele desapareceu, pensamos que seria uma boa ideia darmos algo para instigar o outro lado. Então reservamos uma passagem em nome de Grete Harden e tivemos todo o cuidado de não lhe dar nenhum histórico. Morderam a isca, rapidamente concluíram que Grete Harden deveria ser Anna Scheele. Demos a ela um bom kit de documentos falsos que confirmariam tudo.

"Enquanto isso a verdadeira Anna Scheele permaneceu quieta na clínica de saúde até que chegasse o momento de a sra. Pauncefoot Jones reunir-se com o marido nestas bandas.

"Pois é. Simples, mas eficaz. Agiu segundo o pressuposto de que em tempos difíceis as únicas pessoas em quem de fato se pode confiar são da própria família. Ela é uma jovem extremamente inteligente."

– Achei que seria mesmo o meu fim – disse Victoria. – Seu pessoal estava de fato sempre de olho?

– O tempo todo. Seu Edward não era assim tão esperto quanto se achava, sabe. Na verdade já estávamos investigando as atividades do jovem Edward Goring por algum tempo. Quando me contou a sua história, na noite em que Carmichael foi assassinado, francamente fiquei muito preocupado com você.

"A melhor solução era enviá-la de propósito para dentro do esquema deles como espiã. Se Edward soubesse que estava em contato comigo, estaria em razoável segurança, porque ele ficaria sabendo de tudo que nós estávamos fazendo através de você. Seria valiosa demais para eles sacrificarem. E também ele poderia usá-la para nos passar informações falsas. Funcionava como um elo. Mas então você detectou o impostor de Rupert Crofton Lee, e Edward decidiu que seria melhor isolá-la até que fosse necessária (se chegasse a ser necessária) como substituta de Anna Scheele. Sim, Victoria, tem muita, muita sorte de estar sentada aí agora, comendo todos esses pistaches."

– Sei que tenho.

O sr. Dakin disse:

– Ficou muito chateada... por causa de Edward?

Victoria olhou para ele com firmeza.

– De jeito nenhum. Fui apenas uma tolinha. Deixei que Edward me conquistasse e usasse de seu charme sedutor. Tive apenas uma paixonite infantil por ele, me imaginava uma Julieta e todo o tipo de bobagem.

– Não deve perder tempo se culpando. Edward tinha um talento natural maravilhoso para atrair mulheres.

– Sim, e sabia usá-lo muito bem.

– Com certeza sabia usá-lo.

– Da próxima vez que me apaixonar – declarou Victoria –, não vou me deixar levar pela aparência ou pelo glamour. Gostaria de um homem de verdade... Não um desses que fica dizendo coisas bonitas. Não vou me importar que seja careca, use óculos ou qualquer coisa parecida. Gostaria que ele fosse interessante... e que entendesse de assuntos interessantes.

– Idade em torno de 35 ou 55? – perguntou o sr. Dakin.

Victoria fitou-o.

– Ah, 35 – respondeu.

– Fico aliviado. Por um momento pensei que estivesse me pedindo em casamento.

Victoria riu.

– E... sei que não deveria fazer perguntas... mas havia de fato uma mensagem tricotada no cachecol?

– Havia um nome. O grupo de *tricoteuses* do qual Madame Defarge fazia parte tricotava uma lista de nomes. O cachecol e o "boleto" eram duas metades de uma mesma pista. Um nos entregava o nome do xeque Hussein el Ziyara de Kerbela. O outro, quando tratado com vapor iodado, nos forneceu as palavras para induzir o xeque a partir com o que lhe fora confiado. Não poderia haver um local mais seguro para esconder aquelas provas, sabe, do que na cidade sagrada de Kerbela.

– E atravessaram o país levadas por aqueles dois andarilhos do cinema portátil; os mesmos que na verdade conhecemos?

– Exato. Figuras simples e bem conhecidas. Sem nenhum envolvimento político. Apenas amigos pessoais de Carmichael. Ele tinha toneladas de amigos.

– Deve ter sido uma pessoa muito boa. Sinto muito que tenha morrido.

– Todos temos de morrer um dia – disse o sr. Dakin. – E se há outra vida depois desta, no que eu acredito piamente, ele terá a satisfação de saber que sua fé e sua coragem fizeram mais para salvar este mundo velho e triste de um novo derramamento de sangue e miséria do que qualquer um poderia imaginar.

– É estranho, não é – disse ela, meditativa –, que Richard estivesse com uma das metades do segredo e eu, com a outra. Parece até que...

– Que teria sido obra do destino – completou o sr. Dakin com uma piscadela. – E o que vai fazer agora, se me permite perguntar?

– Seria bom encontrar um emprego – declarou Victoria. – Preciso começar a procurar.

– Não vai precisar se esforçar muito – disse o sr. Dakin. – Acredito que uma oportunidade está prestes a aparecer.

Saiu para o lado arrastando os pés com suavidade, cedendo o lugar para Richard Baker.

– Escute, Victoria – começou Richard. – No fim das contas, Venetia Savile não vai poder vir para cá. Aparentemente está com caxumba. Você foi muito útil lá nas escavações. Gostaria de voltar? Receio que seria apenas em troca de casa e comida. E quem sabe também sua passagem de volta para a Inglaterra, mas conversaremos sobre isso mais tarde. A sra. Pauncefoot Jones está vindo para cá na semana que vem. Bem, o que me diz?

– Ah, você de fato *me quer*? – exclamou Victoria.

Por algum motivo, Richard Baker ficou com as bochechas cor-de-rosa. Deu uma tossidinha e poliu seu pincenê.

– Acho que – disse ele – poderia ser... hã... muito útil para nós.

– Vou adorar – concordou Victoria.

– Neste caso, é melhor pegar sua bagagem e me acompanhar já rumo à escavação – sugeriu Richard. – Não quer ficar perambulando por Bagdá, quer?

– Nem pensar – disse Victoria.

II

– Então eis você de novo, minha cara Veronica – disse o dr. Pauncefoot Jones. – Richard saiu daqui num estado de nervos por sua causa. Bem, bem... espero que sejam muito felizes.

– Do que ele está falando? – perguntou Victoria, perplexa, enquanto o dr. Pauncefoot Jones flanava para longe dali.

– Nada – afirmou Richard. – Sabe como ele é. Está apenas... se precipitando um pouco...

Sobre a autora

Agatha Christie (1890-1976) é a autora mais publicada de todos os tempos, superada apenas por Shakespeare e pela Bíblia. Em uma carreira que durou mais de cinquenta anos, escreveu 66 romances de mistério, 163 contos, dezenove peças, uma série de poemas, dois livros autobiográficos, além de seis romances sob o pseudônimo de Mary Westmacott. Dois dos personagens que criou, o engenhoso detetive belga Hercule Poirot e a irrepreensível e implacável Miss Jane Marple, tornaram-se mundialmente famosos. Os livros da autora venderam mais de dois bilhões de exemplares em inglês, e sua obra foi traduzida para mais de cinquenta línguas. Grande parte da sua produção literária foi adaptada com sucesso para o teatro, o cinema e a tevê. *A ratoeira*, de sua autoria, é a peça que mais tempo ficou em cartaz, desde sua estreia, em Londres, em 1952. A autora colecionou diversos prêmios ainda em vida, e sua obra conquistou uma imensa legião de fãs. Ela é a única escritora de mistério a alcançar também fama internacional como dramaturga e foi a primeira pessoa a ser homenageada com o Grandmaster Award, em 1954, concedido pela prestigiosa associação Mystery Writers of America. Em 1971, recebeu o título de Dama da Ordem do Império Britânico.

Agatha Mary Clarissa Miller nasceu em 15 de setembro de 1890 em Torquay, Inglaterra. Seu pai, Frederick, era um americano extrovertido que trabalhava como corretor da Bolsa, e sua mãe, Clara, era uma inglesa tímida. Agatha, a caçula de três irmãos, estudou basicamente em casa, com tutores. Também teve aulas de canto e piano, mas devido ao temperamento introvertido não seguiu carreira artística. O pai de Agatha morreu quando ela tinha onze anos, o que a aproximou da mãe, com quem fez várias viagens. A paixão por conhecer o mundo acompanharia a escritora até o final da vida.

Em 1912, Agatha conheceu Archibald Christie, seu primeiro esposo, um aviador. Eles se casaram na véspera do Natal de 1914 e tiveram uma única filha, Rosalind, em 1919. A carreira literária de Agatha – uma fã dos livros de suspense do escritor inglês Graham Greene – começou depois que sua irmã a desafiou a escrever um romance. Passaram-se alguns anos até que o primeiro livro da escritora fosse publicado. *O misterioso caso de Styles* (1920), escrito próximo ao fim da Primeira Guerra Mundial, teve uma boa acolhida da crítica. Nesse romance aconteceu a primeira aparição de Hercule Poirot, o detetive que estava destinado a se tornar o personagem mais popular da ficção policial desde Sherlock Holmes. Protagonista de 33 romances e mais de cinquenta contos da autora, o detetive belga foi o único personagem a ter o obituário publicado pelo *The New York Times*.

Em 1926, dois acontecimentos marcaram a vida de Agatha Christie: a sua mãe morreu, e Archie a deixou por outra mulher. É dessa época também um dos fatos mais nebulosos da biografia da autora: logo depois da separação, ela ficou desaparecida durante onze dias. Entre as hipóteses figuram um surto de amnésia, um choque nervoso e até uma grande jogada publicitária. Também em 1926, a autora escreveu sua obra-prima, *O assassinato de Roger Ackroyd*. Este foi seu primeiro livro a ser adaptado para o teatro – sob o nome *Álibi* – e a fazer um estrondoso sucesso nos teatros ingleses. Em 1927, Miss Marple estreou como personagem no conto "O Clube das Terças-Feiras".

Em uma de suas viagens ao Oriente Médio, Agatha conheceu o arqueólogo Max Mallowan, com quem se casou em 1930. A escritora passou a acompanhar o marido em expedições arqueológicas e nessas viagens colheu material para seus livros, muitas vezes ambientados em cenários exóticos. Após uma carreira de sucesso, Agatha Christie morreu em 12 de janeiro de 1976.

Livros de Agatha Christie publicados pela **L&PM** EDITORES

O homem do terno marrom
O segredo de Chimneys
O mistério dos sete relógios
O misterioso sr. Quin
O mistério Sittaford
O cão da morte
Por que não pediram a Evans?
O detetive Parker Pyne
É fácil matar
Hora Zero
E no final a morte
Um brinde de cianureto
Testemunha de acusação e outras histórias
A Casa Torta
Aventura em Bagdá
Um destino ignorado
A teia da aranha (com Charles Osborne)
Punição para a inocência
O Cavalo Amarelo
Noite sem fim
Passageiro para Frankfurt
A mina de ouro e outras histórias

Memórias

Autobiografia

Mistérios de Hercule Poirot

Os Quatro Grandes
O mistério do Trem Azul
A Casa do Penhasco
Treze à mesa
Assassinato no Expresso Oriente
Tragédia em três atos
Morte nas nuvens
Os crimes ABC
Morte na Mesopotâmia
Cartas na mesa
Assassinato no beco
Poirot perde uma cliente
Morte no Nilo
Encontro com a morte
O Natal de Poirot
Cipreste triste
Uma dose mortal
Morte na praia
A Mansão Hollow
Os trabalhos de Hércules
Seguindo a correnteza
A morte da sra. McGinty
Depois do funeral
Morte na rua Hickory
A extravagância do morto
Um gato entre os pombos
A aventura do pudim de Natal
A terceira moça
A noite das bruxas
Os elefantes não esquecem
Os primeiros casos de Poirot
Cai o pano: o último caso de Poirot
Poirot e o mistério da arca espanhola e outras histórias
Poirot sempre espera e outras histórias

Mistérios de Miss Marple

Assassinato na casa do pastor
Os treze problemas
Um corpo na biblioteca
A mão misteriosa
Convite para um homicídio
Um passe de mágica
Um punhado de centeio
Testemunha ocular do crime
A maldição do espelho
Mistério no Caribe
O caso do Hotel Bertram
Nêmesis
Um crime adormecido
Os últimos casos de Miss Marple

Mistérios de Tommy & Tuppence

O adversário secreto
Sócios no crime
M ou N?
Um pressentimento funesto
Portal do destino

Romances de Mary Westmacott

Entre dois amores
Retrato inacabado
Ausência na primavera
O conflito
Filha é filha
O fardo

Teatro

Akhenaton
Testemunha de acusação e outras peças
E não sobrou nenhum e outras peças

ANTOLOGIAS DE ROMANCES E CONTOS

Mistérios dos anos 20
Mistérios dos anos 30
Mistérios dos anos 40
Mistérios dos anos 50
Mistérios dos anos 60
Miss Marple: todos os romances v. 1
Poirot: Os crimes perfeitos
Poirot: Quatro casos clássicos

lepmeditores

www.lpm.com.br
o site que conta tudo

Impresso na Gráfica COAN
Tubarão, SC, Brasil
2023